玻璃太陽

R
ouge

譽田哲也——著
王蘊潔——譯

※目錄※

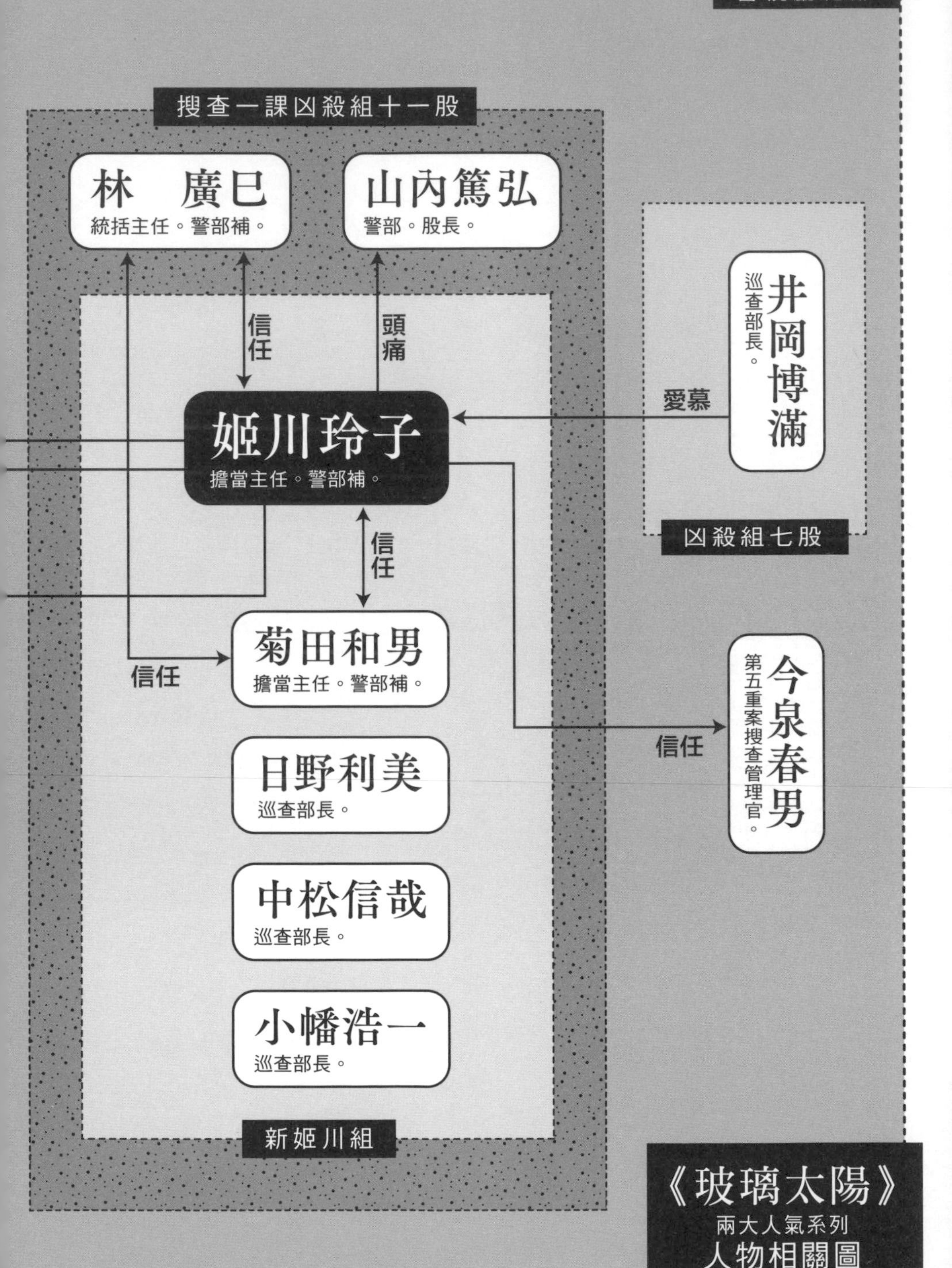
警視廳總部
搜查一課凶殺組十一股
林　廣巳
統括主任。警部補。
山內篤弘
警部。股長。
信任
頭痛
姬川玲子
擔當主任。警部補。
信任
菊田和男
擔當主任。警部補。
信任
日野利美
巡查部長。
中松信哉
巡查部長。
小幡浩一
巡查部長。
新姬川組
井岡博滿
巡查部長。
愛慕
凶殺組七股
今泉春男
第五重案搜查管理官。
信任
《玻璃太陽》
兩大人氣系列
人物相關圖

新宿分局

東　弘樹
刑事課重案搜查一股擔當股長。警部補。

第三眼
小川幸彥
刑事課重案搜查一股。巡查部長。

第一手
陣內陽一
新宿黃金街酒吧「艾波」的店長。

第一眼
市村光雄
黑道關根組組長。聖麒與次郎的監護人。

第二眼
上岡慎介
獨立記者。

第二手
聖麒

第三手
次郎

總指揮
齊藤杏奈
歌舞伎町的酒鋪老闆。

歌舞伎町七刺客

仰慕
照顧
照顧

接觸？
死對頭

勝俣健作
擔當主任。警部補。綽號鋼鐵。

死對頭

賞識

葉山則之
巡查部長。

信任

凶殺組八股

信任

川尻冬吾
八股。警部補。

公安一課

第一章

1

無論怎麼走，眼前都只見一片黑暗。

即使再怎麼向前走，我也只是被這片深沉的黑暗吞噬。

車子超越我時，車頭燈把不知道什麼時候開始下的雨照成一團，但車子經過後，立刻又溶化在黑暗中。從前方逼近的燈光也一樣。當因為太刺眼而轉過頭時，燈光很快就消逝在黑暗的過去中。

因為喝了酒的關係，我迷路了。今天中午過後，就在家喝酒。當我回過神時，發現已經喝掉了一瓶半野火雞威士忌。我無法開車出門，只能走在國道上——沒錯。結果不知道什麼時候下起了雨。

我想去有女人的店。但並不是想找女人上床。只是想要尋求一絲溫暖。想要尋求一點安慰。我想要尋找即使看到像濕抹布般迷路的狗，也願意不問理由，遞上乾毛巾的女人。

那家店的確有女人。一個是六十多歲的胖女人，另一個應該是她的女兒。那個女兒還很瘦，但不難想像，再過十年，她就可以穿她媽的衣服了。只是我並沒有明確的證據。其實我甚至不知道她們到底是不是母女。看她們的長相，好像來自東南亞，日語說得亂七八糟，也完全不會說英文。是我不好，沒有仔細確認招牌就走進去。不過，她們借了毛巾給我。

店裡只有三得利角瓶和J＆B兩種威士忌。我點了J＆B，而且叮嚀：「不要加水，也不要加冰塊」，沒想到喝起來很淡，很難喝，所以我第二杯點了三得利角瓶。雖然仍然不覺得好喝，但還是勉強喝了下去。我不想喝威士忌以外的酒。

我不知道在那家店坐了多久。記得喝到一半時想睡覺，就閉上眼睛，趴在吧檯上睡了一陣子。

我不記得那個男人是一開始就在店裡，還是在我閉目養神時進來的，反正那張臉看起來很不順眼。他的長相土氣，一臉窮酸相，看起來沒什麼水準。說話的嗓門很大，耳朵很大，牙齒也參差不齊。我不可能主動和這種男人說話。所以一定是他找我說話。果然，話不投機半句多。不一會兒，他不知道大聲嚷嚷什麼，然後推我的肩膀，我也反推回去。他一路向後倒退，撞到後方的牆壁。

那眼神是什麼意思？難道對我有意見嗎？你這種侏儒別想和我較量。殺你這種人，根本不費吹灰之力。怎麼了？不幹一架嗎？不撲過來嗎？要不要在這個胖女人和她女兒面前裝模作樣一下？如果你不過來，那我就要出擊囉。

沒錯。殺了他，殺了他，好好殺了他——。

先一把抓起他的胸口，然後把他的頭推向水泥地板。在他站起來之前，使出全身的力氣，用膝蓋踹向他的脖子。讓那對醜八怪母女聽聽脖子折斷的聲音。然後讓這兩個女人好好陪我爽一下。我要對她們拳打腳踢，把她們揍得血肉模糊。即使她們哭著向我求饒也沒用。我要狠狠操她們，把她們操得屄都裂開——。

不，不必了。這種女人，即使求我操她們，我也沒胃口。

我結完帳，離開那家店。雨還在下，我又被淋得濕透。

我覺得沿著這條路一直走，應該也走不到家裡。即使看了路標，也不知道該往哪裡走。雖然我確認了電線桿和門牌的地址好幾次，但都是陌生的地名。

我摸了摸放在懷裡的貝瑞塔手槍。這是一把線條俐落，重量大約一公斤的大型手槍。槍還很新，我還沒用過。

我在街角轉彎。如果是白天，還可以根據太陽的位置分辨東西南北。但在深夜，而且又下著雨，完全搞不清楚方向。果然不出所料，我偏離了大馬路，闖進一片不太密集的兩層樓房住宅區。

遙遠的前方有一盞路燈。我打算先走去那裡再說。記得中途有一戶人家的玄關前面有一個狗屋。我不知道那是什麼狗，只記得那雙紅色的眼睛一直盯著我。我想像著自己掀開狗屋的屋頂，把那條紅眼睛的狗拉出來又打又踹，然後高舉到頭頂，再用力摔向地面。然後再踩牠、踩牠，把牠踩得稀巴爛。濺在我腳上的不知道是狗血還是水窪的雨水，因為太暗了，根本看不清。即使是血跡也沒關係。反正這場溫熱的雨會把血沖乾淨。

我走到了路燈下。剛好看到有一個撐著傘的人迎面走來。我忘了黑色的傘上是圓點還是花卉圖案，只記得上面有什麼小小的圖案。我打算向那個人打聽去車站的路。只要走去車站，應該就知道回家的方向了。

我發誓，我發問時很有禮貌。對不起，請問離這裡最近的車站要怎麼走？撐傘的是個女人。而且很年輕，才二十多歲。一頭長髮，圓臉，皮膚很白。至少比剛才店裡那兩個女人漂亮多了。衣著也很整齊，看起來很親切。

沒想到那個女人竟然對我不理不睬。她加快腳步，與我擦身而過，一副完全沒有聽到我說話。她雙手握緊雨傘，想要就這樣離開。

喂，等一下。我遇到了困難，我喝醉了，找不到回家的路。妳告訴我去車站的路，接下來我會自己想辦法。所以，只要告訴我怎麼去車站就好，告訴我一下又不會怎樣。

但是，那個女人仍然不理我，想要快步離去。

喂，妳跩個屁啊——。

女人回頭看了我幾次，但繼續加快腳步，快步走在昏暗的住宅街上。地面可能不是柏油路，而是碎石子路。我記得走路時腳下很不穩，而且小碎石跑進我泡水的鞋子，走路時很痛。沒錯，我記得是這樣。我記得當時曾經覺得痛。

我去追那個女人。原本只是想問她怎麼走去車站的目的已經有點無所謂了。我盯著她的下半身，被雨淋濕的裙子緊貼在她身上，露出渾圓的屁股形狀，幾乎像什麼都沒穿。我一路追著那渾圓的屁股。

女人急忙繞進圍籬。她以為這樣就可以逃出我的手掌心嗎？我內心湧起了近似憤怒的感情。覺得她好像在小看我，又好像在挑逗我。

但是，當我跟著她走進圍籬時，才發現女人並不是打算躲去那裡，那棟窮酸的平房似乎就是她家。女人想要把鑰匙插進鑰匙孔，但不知道是因為鑰匙淋濕了，還是手在發抖的關係，她遲遲沒能成功打開門鎖。

我慢慢走向她。她把雨傘搭在肩膀，皮包掛在手肘上，用雙手想要把鎖打開。如果打不開，要不要我幫忙？當我打算伸手時，女人雙手伸向前方，接著聽到了輕微的金屬聲。她似乎順利打開了。

女人抽出鑰匙，轉動門把，把門打開了，她打算一個人進去，我當然不能讓她如願。我也一起擠進門內。只聽到她不知道在斥責我：「幹嘛？」還是說「不要！」但我並不在意。

我也搞不清楚狀況，也覺得很不爽。我搞不懂她為什麼不告訴我去車站的路，讓我心情超不爽。我完全無法理解，自己為什麼要受到這種對待。

因為遮雨窗關著，所以剛才在外面並不曉得，原來屋內亮著燈光。一走進門，就有一間小廚房連著客廳的房間，一對中年男女和另一個年輕女人坐在那裡。這個年輕女人可能才十幾歲。我猜想是那個女人的妹妹。

女人走進這個房間，繞到中年男人的背後向他求助。那個傢伙站了起來，他的頭已經禿了，全身的肌肉都垂到他的肚子上，穿著邋遢的內衣褲，窩囊的樣子感覺已經無法發揮任何男人的作用。看他的年紀，應該是那個女人的父親。

那個父親驚訝地抬起頭，我直直揮了一拳。父親搖晃著，女人想要扶住他，但反而被拉倒了，兩個人都一起倒在地上。接著，我又打了正打算站起來的另一個中年女人，應該是女人的母親。我用拳頭橫向一掃，打中了她的右臉。母親也當場倒在地上。那個應該是姊姊的女人大喊大叫著，妹妹掩著嘴，整個人縮成一團。既然她乖乖不出聲，就不必揍她。我打算晚一點再來收拾妹妹。

我踹開家裡的三個人原本圍坐的矮桌，讓房間中央騰出空間。父親想要站起來，這次我踹向他的臉。因為我沒脫鞋子，所以應該比光著腳時踹得更重。然後，我當下用左手一把抓起姊姊的頭髮，右手再度打向母親。我打了七、八拳，不，應該有十拳。母親的鼻子凹了下去，嘴唇被打爛了，碎裂的牙齦都露了出來。她的臉轉眼之間，就變成好像從屍體的肚子扯出來的內臟。

那個妹妹見狀，終於採取了行動。她站起來想要逃離。我立刻伸出手，想要抓住她穿著的睡衣的腰部，沒想到手一滑，抓住了她的屁股。結果她的睡褲被我扯了下來。她被自己的睡褲絆倒，整個人向前一撲，臉部重重撞到榻榻米，接著一動也不動了。

那個姊姊仍然大喊大叫。不，她比一開始更加激烈抵抗。所以我開始打她。全都是妳的錯。我只是問妳怎麼去車站，妳卻不告訴我，全都怪妳不告訴我。妳跩個屁啊。嗯？我叫妳不要叫，妳沒聽到嗎？妳這個賤女人。

我把她外套內的襯衫胸口撕開。把她的內衣扯下來，一把抓住她左右兩側的乳房，把指甲掐進她的肉，用盡渾身的力氣，把她的身體抓了起來。當她的身體站直時，踢向她的腳，把她向後用力一推。姊姊的腦袋在榻榻米上彈了一下，翻著白眼。

我翻起她被雨淋濕後黏在腿上的裙子，扯破了她的絲襪和內褲，直接上了她。怎麼樣？爽不爽？嗯？說妳很爽，說妳爽翻了。趕快喜極而泣地對我說，這是妳這輩子最爽的一次。怎麼了？為什麼不說？喂，他媽的。妳還不說嗎？喂，我打妳，妳也不說嗎？趕快說。還不說嗎？被揍得這麼慘還不說嗎？啊？喂，妳的左眼珠子跑出來了。喂，還要我操得更用力嗎？這樣嗎？這下子夠爽了吧？妳的鼻子跑去哪裡了？根本被打爛了嘛。

妹妹，妳打算去哪裡？等一下，等一下。妳也太天真了，難道以為我會白白放過妳嗎？

你們這些人，根本沒資格喊痛。我也會讓妳好好爽一下，像妳姊姊一樣。這是什麼東西？齒列矯正器？難怪剛才撞一下子，嘴唇就破掉了。還真醜啊。如果揍妳十拳，嘴巴不就開花了嗎？只有嘴巴周圍像骷髏一樣。這張臉還真奇怪，妳自己去看看。笑死人了。

喂，老太婆，妳也勉強算是女人。妳老公那根軟趴趴的東西，根本沒辦法滿足妳吧。等一下，我帶妳上天堂。讓妳腦筋一片空白，接著會看到一片花海。話說回來，雖然妳老公的身材很爛，妳的身材也太可怕了吧。渾身都是贅肉。這副德性——嗯，連我都吃不下去。但是，妳放心吧。我有好東西。我用那個好東西讓妳爽翻天，妳覺得怎麼樣？

我累壞了。趁著酒興大幹了一場，但酒醒之後，好像全身的肌肉都變成了沙袋，全身既沉重又疲勞。

房間正中央排了四具屍體。依次是父親、母親、妹妹和姊姊。所有人都趴著。為什麼？因為我酒醒之後，發現他們的臉都可怕得難以直視。每張臉都好像被炸彈炸過一樣。

但是，幸虧酒醒了。

只要警察調查那幾個女人體內殘留的精液，搞不好就會發現是我幹的。我竟然能夠想到這件事，真是太幸運了。是母親的屍體啟發了我。我沒有強暴她，把貝瑞塔手槍塞進她的屄裡直接扣了扳機，我想到也可以在那對姊妹身上用相同的方法。

我先處理姊姊。我掰開她屁股的肉，用槍口對準後開了一槍，子彈在她的陰道口發出啪嗄一聲，可能跑去屁眼了。為了以防萬一，我又開了兩槍。這下子子宮和內臟應該都稀巴爛了。

我也用相同的方式處理了妹妹。結束之後，發現只有父親倖免，似乎不太協調。子彈還剩下五、六發。但如果把子彈都打光，回家的路上萬一有什麼狀況，就會措手不及，所以我只向父親開了兩槍。

身上應該濺到了血，所以我找遍整個家裡，看有沒有可以替換的衣服，但我和那個父親的身材差太多了，他的衣服我都不能穿。無奈之下，我只能把身上的衣服拿去廚房洗乾淨，再用力擰乾，重新穿回身上。反正衣服原本就被雨淋濕了，只要覺得和原本一樣，就沒什麼大不了。

我口渴了，打開冰箱。發現裡面有三罐啤酒，我全數喝光。冰箱裡沒有下酒菜，但有草莓蛋糕，我就把蛋糕吃了。這塊蛋糕可能要留給晚回家的姊姊。所以，我吃了剛剛好。

然後，我記得抽了三支菸。

當然是那個父親的菸，我的菸早就被雨淋濕了，根本沒辦法抽了。

沒錯，我的菸早就沒辦法抽了——。

我在乾淨的房間窗邊醒來，房間雖然不大，冬天的朝陽隔著明亮的米色窗簾照了進來。

明明是平靜而清新的早晨，為什麼胸口有點悶悶的感覺？難道是昨天晚上吃烤肉，消化不良的關係？但昨天並沒有吃太多。而且也吃了很多蔬菜，完全沒有喝酒。已經有很長一段時間滴酒不沾了，也不再抽菸。每天的生活都很健康。

所以說，是那個嗎？隔了這麼久的時間，又做了那個惡夢嗎？在某個下雨的晚上，闖進陌生女人的家中，殺了她全家的夢嗎？

我已經搞不清楚是不是真的曾經發生過那件事。即使真的發生過，也無所謂了。反正已經是遙遠的過去，一定沒有人記得這件事。就連我自己，非但沒有被警察抓，甚至沒有遭到調查。八成只是夢。是因為酒、雨和調皮的黑暗創造出的惡質幻覺。不過，我已經戒了菸酒。雖然不知道是不是這個原因，現在做惡夢的次數也大為減少了。

我走下床，稍微活動了身體。這一陣子都沒有去健身房，小腹微凸。這和惡夢有什麼關係嗎？不，並沒有關係。那只是夢，是幻覺。根本不必在意那種事。

走廊上已經亮得像白天。如果我沒有睡糊塗，今天應該是星期一。沒錯，我要去看上週末上映的科幻片。我以前就很喜歡那個導演的作品。我要喝可樂，吃爆米花，像小時候一樣，好好看場電影。

我小心翼翼地走下狹窄的樓梯。雖然欄杆也很細，感覺很不穩，但我沒有怨言。現在的我很滿足，也很幸福。

走下樓梯後，我走進了飯廳。小百合站在飯廳後方的廚房，用一如往常的清亮聲音向我打招呼：「早安。」

「早安。健他們已經出門了嗎？」

「是啊，他們兩個人都在平時的時間出門了。」

一看牆上的掛鐘，已經八點半了。難怪他們兩個人已經出門了。餐桌上只剩下我的餐具，其他三個人的餐具已經收走了。

小百合問我要不要馬上吃早餐。我每天吃早餐都要看心情，有時候只喝咖啡而已，有時候要吃烤魚、煎蛋捲，味噌湯和白飯都要吃兩碗。今天剛起床時，胸口有點發悶，但現在已經完全沒問題了。我問小百合，有什麼可以吃的。小百合告訴我，健和城士都吃了乳酪燉飯和沙拉。我對小百合說，那我也吃一樣的。小百合做的乳酪燉飯真的很好吃。一大早就讓人有幸福的感覺。

我坐在餐桌旁，看著不遠處的大電視。電視上正在播平時常看的新聞報導。和晨間新聞相比，八點的新聞報導對每一則新聞的採訪都很詳細。目前正在討論最近東京都內頻頻舉行的遊行抗議。要求將駐日美軍趕出日本。

每個人都討厭戰爭，但我認為不能和安全保障的問題混為一談。任何戰爭都有主動挑起戰爭的一方和被挑起戰爭的一方。主動挑起戰爭的一方基於想要肥沃的土地，想要石油，想要奴隸，想建立傀儡政權，想推廣自己的主義、主張，想要征服世界，或是只是想發動戰爭等理由，總之，是為了自己國家的利益而發動戰爭。

但是，被挑起戰爭的那一方並不需要任何理由。一旦被盯上，一旦他國發動戰爭，就只有兩條路可走。不是迎戰，就是投降，必須從中進行選擇。但是，還有另外的選項是採取某些防禦措施，事先做好避免被他國侵犯的準備。

這就是安全保障。

如果向這個國家發動戰爭，就必須做好遭到嚴重報復的心理準備。無論怎麼樣，都得不償失，所以就打消發動戰爭的念頭。如果能夠讓對方這麼想，就是最理想而有效的安全保障。

大肆叫囂「美軍滾出去」很容易。說什麼日本目前仍然被美軍統治，大搞被害者意識也很容易。但我很懷疑那些人有沒有真的想過，如果美軍真的撤離該怎麼辦。如果只是吵著說：「不要不要！」簡直就和三歲的小孩沒什麼兩樣。我覺得那些參加示威遊行的人，都幼稚透頂。

有一件事不要搞錯，遊行時高舉的標語絕對不是所有日本國民的意見。只有一小部分人採取這種行動，大多數沒有表達意見的人想法更務實，也更成熟。

政府在說謊。媒體也在說謊。為了達到某些目的，有時候會發出完全相反的訊息。國民必須成為成熟的大人，才能夠避免受騙上當。

我不認為當今的日本國民會這麼幼稚。

啊，乳酪燉飯好了。

我回到自己的房間換衣服，準備去電影院。

壁櫥整理得很乾淨，熨燙好的襯衫都整齊地掛在壁櫥裡。

腳下有幾個大小不一的紙箱。我很少會打開那些紙箱。但我知道裡面裝了什麼。我記得很清楚。蘋果圖案的紙箱內，有一個老舊的木盒子。

木盒裡裝了一把手槍。貝瑞塔M9。那是一把好槍。

2

二月一日，星期六。

姬川玲子正在赤坂，正確地說，是溜池山王車站附近一棟住商混合大樓一樓的咖啡店。坐在她旁邊的是成城分局刑組課（刑事組織犯罪對策課）重案搜查股的鈴井巡查部長。他們正在向辦公室在這附近的演藝經紀公司「帕妃」的員工西森冬香瞭解情況。她今年剛好三十歲，所以比玲子小四歲。

西森是被稱為「地下偶像」或是「公演偶像」的女子團體的經紀人，「粉蠟筆漩渦」也是這樣的地下偶像團體之一。

「……上次交給你們的粉絲俱樂部名冊已經是全部了。粉絲會報也在上個月通知『粉蠟筆』暫停活動的號外之後，就沒有再發行了。也沒有再進行任何活動。無論是整個團體，還是團體內其他成員個人都沒有任何活動。」

上個月的事，上個月已經聽說了，所以玲子也知道。

「之後有沒有會員來辦理退會手續？」

「沒有……我覺得，」

西森露出銳利的眼神。

「你們要去清查我們交給你們的名冊上的每個人，這不是侵犯個人隱私嗎？」

如果不是為了清查，警察拿著粉絲俱樂部的名冊還能幹嘛？玲子反而很好奇。

「關於這件事……」

西森打斷了玲子的話，探出身體說：

「我直截了當地請教一下，姬川小姐，妳真的認為是『粉蠟筆』的粉絲殺了繭子嗎？警方真的認為凶手是粉絲俱樂部的會員嗎？」

玲子能夠理解她的憤怒，但辦案就是這麼一回事。

「……雖然我們也不願意這麼想。但是，在辦案過程中必須確認這件事。或許凶手並不是會員，但既然可能性不是零，我們就必須逐一確認。」

「如果確認之後，發現會員中並沒有凶手呢？」

「就可以證明所有會員都是清白的。」

「妳……妳也說得太事不關己了。」

根本不是事不關己。嚴格說起來，玲子覺得自己這一陣子都心浮氣躁的。

「西森小姐，請妳先冷靜一下。」

「我很冷靜。我很冷靜地向警方表達搜查工作對我們造成的影響。那些會員只因為參加了粉絲俱樂部就遭到警方偵訊，甚至有人在職場附近遭到拘留。」

不，那並不是「偵訊」，只是向他們「瞭解案情」，而且也不是「拘留」，不過是請他們「配合到案說明」。偵查員不可能因為那些人參加了粉絲俱樂部就逮人。至少據玲子所知，沒有任何偵查員會這麼做。

西森繼續說道。

「但是，那些粉絲人都很好，也都很溫暖。大家都很忍耐……不光是這樣。他們還說，我們沒有關係，既然要調查，就希望能夠徹底調查，只要能夠破案，他們願意提供任何協助，所以希望『粉蠟筆』至少不要解散，等破案之後，希望可以重新展開活動，我們會一直等待，幾乎所有的粉絲都這麼說。……但是，沒辦法。其他四個人都害怕站上舞台……也不敢參加握手會和其他活動。她們對所有的偶像活動都感到害怕。」

雖然這麼說有點不恰當，但和被害人處於相似立場的人，都會有同樣的感覺。並不是因為這次的被害人是偶像，所以就比較特別。如果銀行的業務員被搶，其他銀行的業務員也會感到不安。當有女性在夜歸時遭到暴力，所有女性都會感到危險。小孩子、老人、便利商店的店員——簡直不勝枚舉。

但是，即使現在討論這些也無濟於事。

「……我能夠瞭解妳的心情。」

「不，姬川小姐，妳根本不瞭解。這件事已經不只是我們公司的事了。除了像我們公司的那些非主流團體之外，連經常上電視的那些主流團體也受到了影響。經紀公司開始檢討是否有方法可以確認來參加握手會的粉絲的身分，還說必須在會場的出場方式和離開方式上多下一點工夫，雖然有提到要增加保全的人數，但問題是要調查保全的身分到什麼程度。那些大型經紀公司甚至指責說，都是因為我們這種小經紀公司讓年輕偶像參加活動時的管理鬆散，所以年輕偶像才會遭到殺害，害他們也遭到了池魚之殃。」

這是表達抗議的一方基本常識有問題，和警方偵查是否過頭是兩回事。如果要抱怨，玲子他們也有一大堆事想要抱怨。

雖然和目前的談話無關，但保全的確比一般粉絲更能夠近距離接觸到偶像的隱私。除此以外，主辦單位的工作人員、布置會場時僱用的臨時工作人員，或是競爭對手團體的成員，以及對方經紀公司的工作人員、粉絲，還有關係密切的媒體工作人員，警方都必須全方位懷疑。事實上，搜查範圍比當初特搜總部（特別搜查總部）成立時大幅度擴大，根本無法鎖定目標。

這種話，打死也不能說出來。有一句話如果說出來，可能會被懷疑人格有問題，所以玲子一直避免去想，但還是不時在腦海中閃現。

偶像被人殺害，警方才覺得困擾呢。

晚上七點之前，回到了成城分局。

六樓禮堂門口貼著「祖師谷二丁目一家三口強盜殺人事件特別搜查總部」的紙張。警方內部通常都簡稱為「祖師谷一家命案」或「祖師谷事件」，但包括網路在內的媒體，都稱為「偶像一家命案」，或是「地下偶像命案」。

命案發生在去年十月二十九日星期二晚上到隔天三十日凌晨。命案現場是世田谷區祖師谷二丁目△之◎的兩層樓獨棟房子。五十三歲的長谷川桃子、二十五歲的長女藺子，和二十歲的長子高志三人遭到殺害。父親隆一因為隻身在外地工作不在家。

一家三口的屍體都被排放在進入玄關後右側的兩坪多大和室內，這裡以前是長谷川夫婦的臥室，目前由桃子一個人使用。繭子在二樓自己的房間遭到殺害，桃子在進入玄關後左側的廚房兼飯廳遭到殺害，高志在玄關遇害。凶手在殺害一家三口之後，把三具屍體搬到了兩坪多大的和室內。目前仍然不知道凶手為什麼要這樣做。

最初遭到殺害的應該是長女繭子。那一天，她沒有外出打工，也沒有偶像團體的活動，獨自待在自己的房間內。她被闖入家中的凶手用刀子刺了三刀後死亡。除此以外，還有遭到毆打時留下的挫傷，脖子上有被勒住時留下的勒痕，臉部、肩膀和背部都有擦傷。但致命傷是直達肺部的胸部刺傷，死因是外傷性休克導致死亡。

接著應該是母親桃子遭到殺害。目前研判桃子是在繭子遭到強暴或是已經遭到殺害後回到家，剛好撞見仍然留在現場的凶手而慘遭毒手。桃子遭到割喉，失血過多導致死亡。桃子在離家走路十分鐘的會計事務所上班，平時通常在晚上七點左右下班回家。案發當天晚上應該也在差不多的時間回家，所以遇害時間應該是晚上八點左右。

長子高志應該是最後遭到殺害。凶手基於某種原因正在偽裝現場，高志剛好回來，結果也不幸喪命。他身上也有挫傷、勒痕、擦傷和割傷等多處傷痕，幾乎面目全非，但致命傷是刀子刺進胸口造成的刺傷，死因是出血性休克導致死亡。案發當天晚上，高志在晚上八點零七分通過住家附近的祖師谷大藏車站的驗票口，所以最晚應該在八點半之前到家，回到家之後遭到了殺害。死亡時間推測為晚上九點到十點。

雖然這些案情分析有一部分是推測，但至少還在辦案人員能夠理解的範圍。凶手透過某種方式得知了繭子當天在家，或是確認繭子當天在家後，闖入繭子的家中對她施暴，最後加以殺害。因為害怕事件曝光，所以也接連殺害了之後回到家中的其他家人。只不過，兇手在行兇後的行為太過匪夷所思，幾乎脫離了常軌。

兇手大費周章地將分別在屋內不同地方殺害的三個人的屍體，搬到一樓兩坪多大的和室內，讓屍體臉朝下地趴在榻榻米上，並分別對著他們的股間開了幾槍。對繭子這麼做還可以理解。兇手八成在她生前曾經強暴她，所以採取這種方法湮滅證據。雖然這種手法極其兇惡且粗暴，但以結果來說，兇手的確達到了目的。

繭子的內臟和子宮被那五顆子彈打得血肉模糊，無法判斷體內是否有男性的精液，以及生前是否曾經有過性行為。玲子也看過被害女子解剖之前的照片，生殖器和肛門全都血肉模糊，已經不只是慘不忍睹而已，簡直懷疑兇手是否有人性。這絕對不是在懷疑兇手到底有沒有人性，而是直接質疑兇手根本就沒有人性。

而且，兇手在母親桃子和弟弟高志身上也採取了相同的手法。負責解剖的法醫表示，兇手不僅把子彈打進被害人體內，而且還把手伸進了傷口。雖然繭子被打了五槍，桃子被打了三槍，高志挨了最多被打了六槍，但即使挨了這麼多子彈，內臟也不可能遭到如此嚴重的破壞。果真被嚴重破壞，那簡直就不是人的行為。之前那些被稱為「鬼畜」的罪犯，犯罪手法也不至於這麼兇殘。

活人的腸內當然有許多經過消化的食物，也就是很接近「排泄物」的物質。應該說，幾乎都是排泄物。竟然有人對著那裡開槍，而且還把手伸進去，把內臟——。

「玲子、主任。」

搭檔鈴井剛好離席，竟然有一個蠢蛋大剌剌地坐在玲子旁邊的空位上。而且這個蠢蛋穿了一件很土的米色夾克，讓人不得不佩服，他在這個年頭竟然還可以買到這麼土裡土氣的衣服。

這個男人名叫井岡博滿。

「……不要叫我的名字！我要說幾萬次你才聽得懂？」

「只有我們兩個人的時候沒關係嘛。」

玲子坐在即將舉行偵查會議的禮堂最前排，大部分偵查員都到了，他是哪隻眼睛看到「只有兩個人」？雖然玲子很想這麼問他，但完全不想聽他解釋。應該說，玲子根本不想和這個男人說話。

「走開！這裡不是你的座位。」

「就是啊，我的座位離妳好遠好遠……是喔，原來玲子主任也關心我的座位在哪裡。」

玲子完全搞不清楚，自己為什麼又和井岡在同一個特搜總部。她對這件事抱有很大的疑問。

玲子目前在刑事部搜查第一課凶殺案搜查第十一股。不知道該不該慶幸，她終於又以警部補的身分回到這個部門，職稱仍然是「主任」。這件事本身沒問題，完全沒有任何問題。井岡也在相同的時期被拔擢到搜查一課，被分到凶殺案搜查股。玲子當時很擔心井岡會和她同一股，但最後井岡被分到凶殺組七股（凶殺案搜查第七股）。對嘛，原本就不可能被分到同一股。玲子當時還暗自鬆了一口氣。

沒想到。

以搜查一課目前的實際狀況來看，這或許也是無可奈何的事，這半年來，東京都內連續發生多起命案，每起命案都成立了特搜總部，目前十二個凶殺案搜查股根本忙不過來。所以只能從偵辦工作已經大致有眉目的特搜總部調兩個人，或是從規模縮小的特搜總部調三個人，東拼西湊，才能勉強組成混合部隊。

但是，這個特搜總部是由十一股的姬川組主導，為什麼要派七股的人來支援？這已經是第幾次和這個井岡在同一個特搜總部了？怎麼可能會這麼巧？不，不可能。絕對不可能。既然不可能，為什麼會這樣？到底是誰，經過怎樣的刻意安排，才會發生這種事？她真想去問專門處理成立搜查總部相關事宜的重案搜查二股的負責人，為什麼要把井岡博滿塞進自己所在的搜查總部？一定要對方說清楚，講明白。

「我想應該是基於……永恆不滅的愛。」

「你腦筋有問題嗎？我根本不關心。而且我根本不知道你的座位在哪裡。」

「啊喲，這正是玲子主……」

他原本可能打算說「這正是玲子主任可愛的地方」之類的廢話，但他沒機會說完。

「……啊好痛好痛好痛。」

井岡像猴子般的大耳朵被人從正上方拎了起來，他的耳朵被拉得很長，簡直就像電影中的惡魔。如果不顧自己的耳朵，繼續坐在那裡，耳朵就會被扯下來，所以井岡只好站了起來。

井岡稍稍站了起來，他的面前站了一個個子高大，身材壯碩的男人。

「……你的座位不在這裡吧？」

「好、好痛、好痛，阿菊，好痛啊。」

沒錯。使出渾身力氣拎著井岡耳朵的人，正是凶殺案搜查十一股姬川組的另一名主任警部補，菊田和男。

「要回去嗎？你會回自己的座位嗎？」

「我、我會回去，馬上、就回去……會以光速回去。」

菊田太傻太天真了，竟然相信了井岡，鬆開了手。

井岡重重地重新在鐵管椅上坐了下來。

「……我說玲子主任，等一下開完會，和妳約會的事……」

井岡在說話時，把身體靠向玲子。

菊田見狀，只好再次拎起他的耳朵。

「你這傢伙，真是敬酒不吃吃罰酒。」

「啊，好痛啊好痛好痛好痛。」

從某種意義上來說，井岡的執著、不懂得汲取教訓，以及他的愚蠢，真的令人嘆為觀止。

無論他對玲子示愛幾萬次，無論追求幾十年，玲子也絕對不可能和井岡這種人交往。

命案發生至今已經三個月，但偵辦工作完全沒有任何進展。

決定加入這個特搜總部時，老實說，玲子還覺得「機會來了」。雖然是死了三名被害人的慘案，但對負責偵辦命案的刑警來說，這無疑是一起「好案子」。這是媒體會大肆報導，警視廳也絕對要破案的「招牌」事件。終於等到了可以親手解決這種案子的機會。自己有資格逮捕凶手。雖然玲子知道自己的這種想法是不對的，但這是「命案刑警」的真心話。這是一起好案子。絕對要親手偵破這起案子──。

然而，事與願違，偵辦陷入了瓶頸。這一個月來，幾乎沒有發現任何新的線索。

「……傍晚去向繭子所屬團體的經紀人西森冬香瞭解了情況，這已經是第四次了。對方說，這起事件目前對偶像業界整體產生了影響，業界正徹底加強保全工作……

但並未得到任何與命案有關的新線索。」

玲子的情況已是如此，真同情那些奉命在命案現場附近查訪的偵查員，不知道他們如何打發一天的時間。

ＳＳＢＣ（搜查支援分析中心）的機動分析股也加入了第一波偵查，徹底蒐集和分析了命案現場附近的監視器影像，不過並沒有得到任何有用的線索。

一聽到世田谷區，大家都會聯想到「高級住宅區」，但其實並不是整個世田谷區都是「高級住宅區」。事實上，長谷川家就是屋齡超過四十年的木造房子，建坪也是不到三十坪的小型透天厝。周圍大部分都是差不多大小的房子，附近完全沒有高級住宅區的感覺。而且房子的正前方是一片超過四百坪的農田，頗有田園風景的味道。

也許是因為這個關係，所以附近設置的監視器數量極少。雖然刑事部長上個星期怒斥：「難道沒有監視器影像，就沒辦法抓到凶手了嗎？」但玲子很想反駁說：「既然這樣，你就別和靠監視器影像破案的案子做比較。」只是這種話，當然不可能當面駁斥刑事部長。

負責在命案現場附近查訪的偵查員，並沒有蒐集到有力的目擊證詞。SSBC也舉起白旗，表示「這次揮棒落空了」。接下來只能從調查被害人身邊的人際關係，和現場遺留的物品查出凶手，但這方面的情況也很不樂觀。

凶手在犯案後曾經在現場翻找，可能想換下沾滿鮮血的衣服，高志房間內的壁櫥被翻得亂七八糟。但是，由於壁櫥的主人已經死亡，因此無從判斷裡面到底少了什麼。如果他母親活著，或許還可以發現線索，但唯一平安無事的父親隻身在外地工作，原本就猜想恐怕很難發現任何線索。果然不出所料，請他看了犯案後的現場照片後，他「完全不知道」家裡少了什麼東西。

凶手打開冰箱，喝了兩罐啤酒。因為從啤酒罐上採集到指紋和唾液，所以知道並不是桃子、繭子或是高志喝的。而且啤酒罐上還沾到了高志的血液，應該是凶手在犯案後喝的。

雖然採集了指紋，也從唾液中採集到DNA，但並沒有相符的前科犯。凶手使用的手槍是使用九毫米子彈的自動手槍，由於使用的是彈頭比較柔軟的子彈，因此也無法根據膛線判斷槍種。那些彈殼只有在逮捕凶手、扣押槍枝後進行比對時，才能夠發揮作用。

這樣看來，凶手在現場留下了不少證據，只是這些「點」遲遲無法連成「線」。雖然命案現場留下了像是球鞋的腳印，但那種球鞋是在量販店等店家大量販賣的款式，所以無法成為線索。

「……呃，今天在車站周圍……」

這個人說話帶有關西腔。玲子轉頭一看，發現自己果然猜對了。坐在後排，剛好位在玲子對面的井岡站了起來，開始報告今天的情況。而且，當玲子轉頭時，他竟然對著玲子擠眉弄眼。玲子目前的視力仍然有二點零，覺得自己看到了不想看的東西。

少來這一套！要說幾次才聽得懂！

3

林廣巳坐在左側最前排，聽著偵查員的報告。

搜查一課凶殺組十一股的股長山內警部、成城分局副局長涌井警視、刑組課的課長野田警部坐在正前方的上座。管理官今泉警視和局長澤邊警視今天缺席。特搜總部成立至今已經三個月，他們的缺席也情有可原，只不過以偵查會議的場面來說，的確有點冷清。

林其實也不想在偵查會議時坐在最前排。他認為應該由目前坐在右側前排的姬川，或是坐在姬川身後的菊田這些刑警來坐這個座位。林之前在警視廳工作時，都在搜查第一課第一重案搜查第二股，專門負責搜查總部的成立和蒐集、整理重案罪犯的偵查資料。在搜查一課中，負責幕後的工作，他也一直認為這樣的工作比較符合自己的個性。

所以，即使升上統括警部補後回到搜查一課，成為凶殺組十一股的統括主任之後，他也將第一線的查訪、瞭解案情和偵訊工作全權交給姬川等人，自己則在特搜總部專心做好領導資訊組的工作。此刻，他也很希望可以坐在禮堂最後方，用幾張桌子拼起來的資訊組座位上，俯瞰會議整體的情況。最前排只能看到幹部的臉，無法掌握整個特搜總部的氣氛。

姬川組是最先加入這個特搜總部的刑事部團隊。

凶殺組十一股除了姬川和菊田以外，還另外派了兩名主任警部補、六名巡查部長，再加上統括主任林，總共有十一人，但由於之前偵辦的那起案件還沒有完全解決，所以由姬川組的五名成員和林先離開，加入這起「祖師谷一家命案」的特搜總部。

偵辦工作從一開始就陷入了膠著。

首先，這起命案在案發三天之後才發現。父親隆一在命案發生的第三天，也就是十月三十一日打電話給桃子和一對兒女的手機，但手機都沒有人接。即使打家裡的電話，也同樣沒人接聽。他傳了電子郵件，還是沒有收到回覆。繭子的經紀人西森冬香也聯絡了繭子，不過繭子既沒接電話，也沒回覆電子郵件。高志打工那家店的店長和大學同學也都證實了同樣的情況。

隆一當然很擔心，但他是一家大型醫療顧問公司位在福岡分公司的副總經理，不可能因為一、兩天聯絡不到家人，就立刻趕回東京。隆一很傷腦筋，於是拜託之前曾經多次去家中作客，目前在總公司任職的後輩長尾寬也去察看情況。長尾在十一月一日星期五晚上七點多去了長谷川家，確認二樓的房間亮著燈。但是，他按了很久的門鈴，也打了家裡的電話，始終都沒有人應答。為了以防萬一，隆一告訴他可以用貼在冷氣機室外機下方的備用鑰匙開門進去察看，但他根本不需要找那把備用鑰匙。

因為玄關的門根本沒鎖。

他握著門把，輕輕拉開門，屋內立刻飄出了強烈的異臭。他從門縫向內張望，發現一片已經乾掉的血跡。他忍著惡臭走進玄關，發現有一雙腳從右側兩坪多大的和室門口露了出來。他叫了幾聲，但沒有聽到任何應答。雖然在這時候，他已經察覺到情況不對勁，但又覺得可能是自己搞錯了。他猶豫了一下，最後脫了鞋子，沿著走廊來到和室門口一看，發現三具屍體趴在地上。

隔天十一月二日，立刻在成城分局成立了特搜總部展開偵查。警視廳總部派了姬川組和林總共六個人，成城分局刑組課派了十一名成員，還有來自其他課的十五名成員，另外又從相鄰轄區的高井戶分局、北澤分局、世田谷分局、玉川分局、三鷹分局、調布分局分別借調了五至七名成員。搜查總部內除了幹部以外，總共有七十名偵查員。

但是，被害人有三人，而且其中一人又是地下偶像團體的成員，所以不得不擴大偵查範圍。一個星期後，又分別向凶殺組七股借調了四人、特殊組五股借調了三人，成城分局借調了六人，又從其他鄰近分局借調了十人，特搜總部的人員擴充到將近一百人的規模。

林認為主導偵辦工作的姬川表現得很出色。說實話，姬川組目前在十一股的成員，無法像以前在十股時的那些人那麼團結。原本以為姬川和同樣是女刑警的日野利美巡查部長可以相處融洽，但女人之間的關係顯然沒有男人所想的那麼簡單。

日野今年五十四歲。和姬川相差二十歲。對姬川來說，相當於她母親的年紀——雖然這麼說日野有點可憐，但這似乎讓人覺得兩人的關係近了一些。林希望日野對姬川的態度可以更友善，也曾經為此和日野談過，但反應並不佳。

「……我是不在意啦。她很年輕，工作也很努力，聽說她在二十七歲時就當上了警部補？我覺得她很厲害啊，我真的這麼覺得，也很尊敬她。她很有禮貌，衣著打扮也很乾淨俐落，外表也還算漂亮。只不過……要怎麼說呢？雖然她努力不表現出來，但同樣是女人，還是能夠看得出來。可以從她的表情，或是她的談吐中察覺，啊，這個女人知道自己很漂亮。她對我說話時也會用敬語，畢竟她小我很多歲。做人的基本，她不至於不懂。但是……該怎麼說，可以感受到她內心很好強。覺得我就是美女，美女有錯嗎？我年紀輕輕就當上了警部補，和你們這種人不一樣。反正就是可以看出她的心機……不好意思，我口無遮攔地說了一大堆，可見我的心眼也好不到哪裡去。」

林感到很驚訝。雖然原本就察覺到這兩個女人之間的關係不如自己的預期，但完全沒想到日野對姬川有這麼強烈的負面感情。不過，日野內心對姬川這麼反感，和姬川相處時卻表現得若無其事，也許該好好感謝日野。從這個角度來看，日野很稱職地在姬川面前扮演了「年長下屬」這個角色。最後林得出了結論，還是不要隨便插手她們之間的關係。

小幡浩一巡查部長的情況則完全相反。

小幡比姬川小一歲，警階也比姬川低一級。照理說，應該會仰慕同年代的美女上司，但他從一開始就表現出幼稚的競爭意識。

林曾經找他去居酒屋單獨聊天。

「你對姬川主任能不能再稍微……該怎麼說，可不可以再稍微溫和一點？」

小幡抽著「只有在居酒屋時」才會抽的香菸，小聲嘀咕：

「是啊。我一開始也覺得姬川主任是個討厭的女人。但我發現她其實人很好，也很有女人味，而且某些時候也很溫柔。這些我都知道。雖然知道……」

既然知道，那就對姬川好一點。雖然林這麼想，但問題似乎沒這麼簡單。

「我反而覺得，姬川主任有些時候沒有對我們敞開心房。她對菊田主任的態度，和對我們的態度完全不一樣。我知道他們一起合作多年。菊田主任做事也很有魄力，真的讓人望塵莫及。他幾乎不用睡覺也沒問題吧？」

沒錯。菊田經常在特搜總部和林一起整理資料到很晚，而且自己也熟讀相關資料，努力記住資料上的內容。林之前曾經問過他，為什麼這麼賣力？

菊田露出有點靦腆的笑容回答說：

「喔……因為姬川主任經常憑感覺處理事情。她說要重視印象。我認為這是身為刑警很重要的要素，但她有時候記不住一些詳細的數據。這種時候，身邊必須有一個人可以馬上提醒她。即使無法立刻回答，也要能夠告訴她，在資料上的哪裡，否則她的思考就會中斷……之前保哥和阿則都會幫忙這種事，現在他們兩個人都不在了，所以，我必須比之前發揮更大的作用……嗯，差不多就是這樣。」

小幡並不知道菊田付出了這些腳踏實地的努力，所以他才會說出這番話。

「我知道姬川主任很仰賴菊田主任的協助，但還是會覺得她可以多找我們幫忙。我們也不差啊。並不是剛進搜查一課而已。和她的年紀也差不多，也累積了一些搜查經驗。沒必要那麼……他們之前是在十股吧？讓人忍不住想要說，搜查一課並不是只有十股而已……啊，我說這種話太丟人現眼了。對不起。請你忘了我說的話。那只是很幼稚的嫉妒而已，對不起。」

聽了小幡的話，林才第一次發現，菊田後來才加入十一股，這也是導致狀況變得複雜的原因之一。

目前在姬川組中，沒想到中松信哉巡查部長對姬川的評價最公平。他平時沉默寡言，兩、三天才刮一次鬍子，外表看起來很邋遢。姬川也曾經和林討論過這件事，「中松先生不修邊幅的毛病不能稍微改一下嗎？」但不能否認，他是很優秀的刑警。

林忘了什麼時候，和他一起吃午餐時，聊到了姬川。

「我覺得她真的很優秀。能夠在堆積如山的資訊中，找出重要的線索。然後有辦法把一個個點連成線，掌握整體情況……警察的工作，就是減少社會上的罪犯。那些文書工作，事後再慢慢處理就好了。最重要的是把壞人抓起來。如果罪犯逃走或是死了，不就白忙一場了嗎？我認為姬川主任的頭腦在這方面很清楚。……雖然我知道有些人對她的做法不以為然……但我不一樣。我覺得那些人只是嫉妒。」

林聽了之後，稍微鬆了一口氣。

「對了，你以前是不是曾經和菊田共事過？」

忘了中松那天吃的是咖哩飯還是牛肉燴飯，他用湯匙把飯送進嘴裡時點了點頭。

「……是啊，以前在大森的時候。」

「多久以前的事？」

「應該超過十年了。那時候那傢伙才二十五、六歲。他剛當上刑警……雖然是菜鳥，但我並沒有指導他……也許正因為我沒有指導他，他才能夠順利升遷，到現在官階比我還高。真了不起。」

雖然這三個人各有各的想法，但在辦案時，都很挺姬川組。尤其在七股加入特搜總部之後，可能激發了小幡另一種競爭意識，他經常做出一些袒護姬川的言行，例如：

「我們主任在說話，你們安靜一下好不好？」

只不過即使心態有了改變，破不了的案子還是破不了。

目前，「祖師谷二丁目一家三口強盜殺人事件」的搜查工作，完全陷入了膠著。

林覺得偶爾需要放鬆一下，於是在偵查會議結束後，約了姬川和菊田一起來到千歲船橋車站。

只不過每次和他們兩個人走在一起，林都覺得有種距離感。

林去年滿五十五歲。比姬川大了二十多歲，也比菊田大了一輪以上。更重要的是，他們兩個人都很高。不光是「高」，而且是「又高又大」。姬川的身高應該有一百七十公分，菊田應該也有一百八十四、五公分。林的身高只有一百六十二公分，剛好勉強達到警視廳的錄用標準。他也很清楚自己很矮，走在這兩個人前面時，感覺就像幫派老大帶了兩名強壯的保鑣出門。但如果走在他們後面，就根本看不到前面的路，所以林只能走在他們前面。

「……你們平時都去哪種店？都是去那種潮店嗎？」

「沒有。」姬川在左後方小聲回答。

「就是普通的居酒屋。只是盡可能會選有包廂的店，這樣也比較方便聊工作的事。」

林察覺到菊田在右後方點頭。

「之前都是康平負責預約的。他只有在這方面特別細心。」

對他們來說，以前的「十股姬川組」的確是特別的團隊。

菊田突然指著斜上方說：

「這裡怎麼樣？」

那是一家看起來很普通的居酒屋，但招牌角落寫著「內有包廂」。原來是這樣，他們都去這種地方。但他們真的要去這種大叔出入的店家嗎？

「林統括，怎麼樣？」

「喔，好啊……我哪裡都可以。」

「主任，妳也沒問題吧？」

「嗯……菊田，你現在也是主任了啊。」

他們你一言，我一語地拉開了居酒屋的拉門。菊田問穿著長袖圍裙的年長女店員是否還有包廂，女店員回答說，二樓的大包廂和一樓裡面的小包廂都空著。

「我們只有三個人，小包廂就可以了。」

「好，這邊請……請跟我來。」

店員帶他們來到一間四坪大的和室，林坐在最裡面的座位，姬川和菊田並排坐在靠門的那一側。這樣坐，林的心情也比較輕鬆。

他們點了生啤酒，火鍋、生魚片和幾樣油炸的食物，啤酒送上來後，先乾了杯。

「乾杯……辛苦了。」

姬川和菊田異口同聲地說：「辛苦了。」林雖然不是小幡，但看到他們默契這麼好，不難理解旁人看了難免心裡不舒服。林認識他們多年，所以完全不會有這種感覺。而且，菊田兩、三年前結了婚。林雖然沒有見過他太太，但聽姬川說，她也是警察，是一個嬌小可愛的女人。所以說，姬川和菊田已經不是「那種關係」了。

姬川喝了一口，放下啤酒杯，用小毛巾擦拭嘴角的啤酒泡沫。

「……嗯，好喝。」

菊田只喝了一口，就已經喝掉了半杯。

「啊……即使是冬天，第一杯還是要喝生啤酒啊。」

「嗯，開會很容易口渴。」

「雖然完全沒有報告。」

「對啊……真的不知道該怎麼辦才好。」

姬川的眼珠子一轉，朝林的方向看過去。

「……林統括，特搜是幾月幾日成立的？」

「去年的十一月二日，所以今天剛好滿三個月。」

「唉。」姬川垂下頭，嘆了一口氣。

「……所以一課課長明天可能要來信心喊話了。」

「還有今泉先生。這一陣子，其他案子都陸續結案了，差不多該來盯我們了。」

在所有的菜都送上來之前，他們聊著這些無關痛癢的話。當牛雜鍋送上來後，姬川竟然為林和菊田各裝了一碗，而且動作還很俐落。

林忍不住問：

「姬川，妳平時會下廚嗎？」

姬川狠狠地瞪了林一眼，但嘴角隨即露出笑容。

「看吧……大家都以為我是完全不下廚的人。」

「不不，我不是這個意思。」

「不，沒關係，沒關係，我以前的確幾乎不進廚房，這是事實，所以我也沒話說。……差不多三年前，我搬離了老家，之後都一個人住，會稍微做幾樣簡單的菜。」

「嗯嗯。」菊田在一旁點頭。

「林統括，你知道嗎？姬川主任有時候會帶自己做的便當，看起來……」

姬川斜眼瞪著菊田。

「幹嘛？你要說看起來很難吃嗎？」

「才不是呢，我原本想說，沒想到還挺可愛的。」

姬川嘟著嘴，再度看向林。

「林統括，你也聽到了吧？菊田剛才加了『沒想到』這幾個字。說什麼『沒想到還挺可愛的』。這代表菊田心裡認定我做的便當不可愛。」

即使姬川這麼對林說，林也不知道該怎麼回答。

菊田笑著拚命搖手。

「沒有沒有沒有……不是這個意思。」

「就是這個意思啊。林統括，你知道菊田第一次看到我的便當時說什麼嗎？」

林毫無頭緒，只能搖頭。

「他說像家政課的課堂作業。」

啊哈哈。菊田捧腹大笑起來。姬川見狀，在菊田的大腿上打了一下說：「你這個人太過分了。」

菊田仍然笑個不停。

「不……不……不是很可愛嗎？因……因為、真的……很像……家……家政課……的課堂作業啊。」

「你還在說！」

在他們之後的對話中，感覺都是菊田在「逗弄」姬川。林感到很意外。

林原本以為，他們之間的關係沒這麼親近。在他的感覺中，姬川是凡事都衝在前頭的組長，組員只是默默地追隨她，菊田也是其中之一。但那是以前姬川組的情況，菊田當時還只是巡查部長。在菊田升上警部補，和姬川平起平坐之後，他們之間的距離似乎一下子拉近了。

如果是這樣——。

雖然這種假設沒有意義，但林還是忍不住想像，如果菊田早一點升遷，也就是在結婚之前就升上警部補，和姬川重逢，不知道他們之間會有什麼發展。雖然不知道菊田的太太是怎樣的女人，但他總覺得很難有一對男女，能夠比眼前的這兩個人更加匹配。

如果菊田娶的是姬川——。

果真如此的話，他們兩個人就無法在同一個部門，這又是另一個傷腦筋的問題。

4

玲子他們特地選擇了包廂座位，當然不可能一直天南地北地閒聊。在填飽肚子後，喝的酒也從生啤酒換成燒酒和沙瓦時，他們自然而然聊起了案情。

林喝著麥燒酒兌熱水說：

「繭子周邊的粉絲、以前的男朋友，和學生時代的同學，任何有可能的對象都已經查遍了吧？」

菊田放下裝了不鏽鋼把手的杯子，點了點頭。他也喝燒酒兌熱水，但他喝的是地瓜燒酒。

「她大學的同學幾乎沒有人知道她是地下偶像，甚至有人忍不住笑了起來……但隨後便慌忙掩住嘴，並露出嚴肅的表情說，對不起，繭子被人殺害，我不該笑才對。」

繭子的同學，年紀應該二十五、六歲。正是工作漸漸得心應手，開始感受到工作樂趣的時候。有些行業的人可能根本沒時間看報紙或是電視的新聞報導。

玲子也喝了一口現榨葡萄柚沙瓦。

「……但這也難怪。因為繭子在大學時代，完全沒有偶像的感覺。」

菊田搖著食指，頻頻點著頭。

「那幾乎都是化妝的功勞。我看了她大學和高中時的照片嚇了一大跳，很難相信可以變成那樣。」

雖然有人說，女人給人的印象有七成取決於眉毛，或是說七成取決於髮型，男人常說那是「騙術」，但玲子無法苟同。因為這代表男人看女人時，有七成是根據眉毛和髮型來判斷，這麼說，男人的判斷標準也未免太簡單、太容易受騙上當了。男人應該培養一下看女人的眼力。

「嗯。」林低吟了一聲。

「學生時代的男性朋友，也都已經採集了指紋吧？」

「對。」菊田回答。

「有三、四個人拒絕。但在調查之後，發現他們都有明確的不在場證明。遲遲沒有發現可疑人物，也完全沒有值得懷疑的地方。」

目前，特搜總部認為凶手是「微胖的男子」。身高「一百七十公分到一百八十五公分」，大部分的成年男人都在這個範圍內，所以這個數值沒有太大的意義。研判體重為「六十五公斤到九十公斤」，這也和身高一樣沒有意義。至於為什麼會認為凶手「微胖」，理由很簡單。因為採集到的指紋有點變形，所以就認定是手指較粗較胖的男人。玲子聽到這個報告時，近乎感到憤怒。萬一凶手是手指經常泡水的削瘦男人怎麼辦？也許該提醒一下報告的鑑識課課員，不要亂說沒根據的廢話。

先不管這些。

「……繭子最近真的沒有男朋友嗎？」

菊田用筷子夾著剩下的醬菜，微微偏著頭。

「學生時代的男朋友說和她完全沒有聯絡，也不知道她目前是偶像。但看到電視新聞之後，猜想到警察可能會去找他。他找了半天，出示了一張當時的合照……凶手不是那個男人。他現在有女朋友，而且比繭子漂亮多了……他在公司的風評也很好，完全沒有理由去殺害成為偶像的前女友。而且，還用那種方式殺了前女友的母親和弟弟……」

特搜也調查了其他家人。但因為人員不足的關係，和繭子相比，優先次序明顯差了很多。

「弟弟高志那方面，真的沒有可疑人物嗎？」玲子問。

「問題就在這裡，」林點了點頭。

「和繭子相比，他的交友範圍極小。他讀的是什麼系？……我記得是人數很少的系。」

菊田回答說：「人材管理系。」

「沒錯，就是那個系……雖然他參加了社團，但只是掛名而已。他有女朋友，但也不像是會引發什麼問題。」

負責向高志的女朋友瞭解情況的正是玲子。

「她看起來就是一個很普通的乖女孩，也不可能有人為了那個女生爭風吃醋而憎恨高志，對他下毒手。我去向她問話時，她還驚魂未定，我打算改天再去向她瞭解情況。」

菊田之前負責去高志打工的地方查訪。

「他打工也很認真。我原本以為他可能會和打工地方的女生劈腿，結果發現那家店幾乎都是男生。」

「聽說是像魚市場一樣的連鎖居酒屋？」

「沒錯。外場也都是男生，所以說話嗓門很大聲，環境很吵。但客人中，有不少是專門為了那些男店員而來的女人。高志的個子高高瘦瘦的，長相也不錯，但我去的時候，也看到好幾個粗獷型的帥哥。」

玲子也不討厭這種類型的男人。

「但是……女人對這種男人產生非分之想而失控，結果犯下了那起案子……感覺不太可能。」

「對，不可能。」

「嗯。不可能。」

大家對這一點都有同感。

雖然必須找時間再度向高志的女友瞭解情況，但在日程安排上，還是以「粉蠟筆漩渦」的成員為優先。

這個偶像團體有五名成員。繭子站在中間的位置，也最受歡迎。從照片上來看，繭子的確最亮眼，聽西森說，她的歌也唱得最好。

玲子實際見到其他人之後，發現其實站在繭子右側的大野香彌子更漂亮。不過，站在中間的位置不光是憑長相，還必須具備偶像魅力，以及唱歌的實力，所以玲子對繭子站在中間的位置並沒有異議。

大野香彌子很瘦，留著一頭黑色長直髮，感覺是「傳統型的美少女」。不，她的年紀比繭子小一歲，所以今年二十四歲，嚴格來說，很難再稱為「少女」。至少一般來說，很少會稱二十四歲的男人為「少年」，所以玲子認為，對女人也應該一視同仁。當然，這只是她個人的見解。

「……請問，妳最近身體狀況還好嗎？」
玲子來到香彌子的家中。那是以經紀公司的名義在港區租的套房公寓。
「是……已經好多了。」
命案發生至今已經三個月。即使是命案被害人的家屬，經過這麼長的時間，通常都已經重回工作崗位。長谷川隆一也已經回福岡上班了。最大的原因是如果不工作，就沒有收入。香彌子甚至不算是家屬。但她和經紀公司之間簽了約，即使不工作，也可以領取固定金額的薪水，所以不需要工作。藺子在澀谷的啤酒屋打工，其實只要不亂花錢，即使不打工，她的薪水也足夠維持生活。
「妳有沒有想起什麼關於藺子的事？」
香彌子垂下眼睛，靜靜地想了一下子，最後還是和上次一樣搖了搖頭。
「藺子的事……對不起。只要一想起她，現在仍然感到很難過……想到自己以後的情況，更是感到害怕……所以我都不敢去想。現在……」
雖然玲子很想安慰她說：「可以理解」，但玲子內心更想說的是「別那麼事不關己」。如果香彌子一起遭到攻擊，或許還說得過去。玲子以前曾經遭到強暴。她自認比起人生平安無事的人，自己更瞭解女人身體受到傷害的痛楚、痛苦和絕望。
即使實際成為被害人，不，如果真的是被害人，更應該協助警方逮捕凶手。這個過程或許需要一段時間。玲子當初也不是遭到強暴之後，便立刻協助警方進行調查。而是有一位女刑警每天都來探視她，努力陪她聊天，才漸漸打開她的心房，最後她終於鼓起勇氣，願意看強暴犯的肖像。

但是，香彌子並沒有受到任何傷害。如果努力回想，最後仍然想不到任何相關的線索也就罷了，玲子也不會責怪她。但連想都不願意去想就未免太過分了。只要抓到凶手，香彌子本人，以及其他三名成員，或是借用西森的話，整個偶像業界之後都可以安心展開各種活動。

只不過這些話當然不可能對香彌子說。即使說了，玲子也不難猜到她的反應。刑警小姐，像妳這麼堅強的人，不可能瞭解我的心情——這句話其實只說對了一半。

玲子現在的確很堅強，她自己也這麼認為。她也意識到自己變得堅強了。但這是克服痛苦之後的堅強。雖然曾經痛不欲生，苦不堪言，但她借助了周圍人的力量，從根本重新打造了自己，擺脫了那個受傷、崩潰的自己，才能夠這麼堅強。絕對不是像雜草一樣，被百般踐踏之後，自然而然變得堅強、粗壯。

「我能夠理解妳的心情。日後除了藺子以外的成員，還是會繼續活動，光是這樣，應該就會感到很不安。我相信妳對繼續活動也會產生排斥……但是，香彌子小姐，最痛苦的是遇害的藺子小姐。我相信她一定心有不甘。妳們這個團體漸漸走紅，正是要大放光芒的時候。……我相信妳現在會感到害怕，也會感到很痛苦。但正因為這樣，可不可以請妳和我們一起回想一下藺子小姐的事？失去藺子小姐之後，並不是只有妳和其他成員感到悲傷，感到痛苦，感到不甘心。廣大的粉絲和我們也都一樣。必須跨越眼前的狀態，才能夠邁向下一步。」

玲子說完這番話，卻覺得有哪裡不對勁。佐田倫子當初對自己說了什麼，才帶給自己重新站起來的契機？

佐田的母親把她的日記交給了玲子，玲子至今仍然將它珍藏在家中書桌的抽屜裡。除了衣服以外，她大部分的東西都留在老家，但因為那本日記很特別，是玲子的守護神，所以在搬家時也一起帶在身邊。

回家之後，再把日記拿出來看一遍。

看了之後，也許能夠帶著更溫柔的心情面對命案的關係人。

這一天，玲子還和剩下四名成員中的另一人菅井愛華見了面。愛華並不是獨自在外租屋，而是和父母、兩個哥哥同住。不知道是否因為和父母同住而感到安心，她並不像香彌子那樣不願正視這起命案，而是努力回想之後，告訴了玲子不少情況。

「我和繭子的關係最好。」

上次見面時，愛華曾經這麼說。

「……我努力想了很久，凶手，到底是怎樣的人……繭子在握手會時的表現也都被稱為『神對應』，很受粉絲的好評，絕對不可能有粉絲憎恨她。如果有的話，就是單戀，或是跟蹤狂之類的情況……但是，藺子從來沒有跟我說過這種事，也從來沒有聽她提到有這方面的擔心。如果有這種情況，她一定會發現，而且也一定會告訴我。她對這種事……不，應該說，她對所有的事都很敏感。她會記住握手會或是現場演唱會的常客，即使不是來捧她場的客人，而是我和香彌子的粉絲，她也會記得比我們更清楚。她有時候會說，那個人這兩次演唱會都沒有來，不知道是不是身體不舒服，或是今天看起來瘦了些，或是那個人換了背包。」

玲子不知道她們總共有多少粉絲，所以難以判斷藺子的記憶力有多強。「粉蠟筆漩渦」每個月會舉行三、四次規模從一百人到三百人的演唱會，如果要記住所有客人的特徵，應該不是一件容易的事。但如果只是「常客」，範圍當然就縮小了。目前粉絲俱樂部的成員有二百一十七人。如果只有這些人，應該勉強可以記住。

在玲子他們打算離開時，愛華說：

「……我覺得『粉蠟筆』可能沒辦法持續下去。其他成員已經沒這個心情，而且藺子不在了……根本已經稱不上是『粉蠟筆』了。」

玲子無法回答這個問題。

下午四點半時走出愛華家。回成城分局的時間有點早。

「鈴井先生，要不要去現場看一下？」

「喔，好啊。那去看看。」

在向「粉蠟筆漩渦」的其他成員瞭解情況時，鈴井幾乎不插嘴。但玲子知道那並不是他興趣缺缺，也不是他不瞭解怎麼問話。而是他認為向年輕女性瞭解情況，就交給玲子處理。

鈴井走到大馬路後，攔了計程車，對計程車司機說：

「我們要去祖師谷二丁目，請你先去祖師谷大藏車站。到那附近時，我們會再告訴你要怎麼走。」

成立特搜總部時，和總部刑警搭檔的轄區分局刑警經常被認為「只是帶路的」，因為加上了「只是」這兩個字，所以聽起來很不舒服，但其實光是能夠發揮帶路的作用，就幫了總部來的刑警很大的忙。玲子根本無法像鈴井剛才那樣清楚說明路線。雖然知道離現場最近的車站是祖師谷大藏，卻不知道是不是該先到車站之後，再去二丁目。而且，鈴井比玲子年長七歲，今年四十一歲，卻始終不厭其煩地協助玲子，從來不曾皺一下眉頭。玲子對他心存感激。

差不多二十分鐘左右就抵達了現場。已經快傍晚五點，天空和街道都像晚上一樣暗了下來。

鈴井抬頭看著長谷川家，小聲嘀咕說：

「變成這樣……看起來果然有點可怕。」

玲子和鈴井正站在黑暗的農田前觀察現場。

這片區域除了長谷川家以外，右側有一棟房子，後方還有三棟房子，總共有五棟房子。隔著狹小的巷子，左側那片區域也是幾棟排列相同的房子。但後方又是一片農田。長谷川家所在區域的右側，也是農田。祖師谷二丁目並不是田園地帶，不知道為什麼，這附近竟然有很多農田。

也許是因為這個原因，雖然這裡位在東京二十三區內，但入夜之後光線很暗，一片漆黑。

而且，長谷川家的玄關前仍然拉著『警視廳　禁止入內　KEEP OUT』的黃色封鎖線。一眼就可以看出這棟房子已經無人居住，也無法居住。

「是啊……像這裡都已經開始剝落了。」

玲子指著玄關大門旁的門燈。門燈現在當然沒有亮。外面有白色筒狀的燈罩，但燈罩的下方開始剝落缺損。如果玲子的記憶沒錯，三個月前的狀態並不是這樣。雖然可能是被棒球或是小石子打破的，但玲子猜想並不是這樣。

當房子沒人住時，便會突然開始老化。雖然桃子生前未必會擦拭門燈的燈罩，但只要房子沒人住，就會發生這種奇怪的現象。玲子平時不太有迷信的想法，但每次看到這種情況，還是會忍不住覺得，也許房子有生命。

因為並沒有借鑰匙，所以無法進屋察看。玲子一開始就知道不能進去。她只是想看一下現場，即使只在外面看一下也好。

如果有什麼新發現，當然就是「賺到了」，但即使沒有發現新的線索，也可以重新調整辦案的心態。可以在心裡雙手合十，向死者報告，雖然已經過了三個月，仍然未能逮捕凶手，但我們會努力早日破案。

因為北側和東側分別緊挨著鄰居，所以無法看到，玲子仔細打量了玄關所在的南側，和面向狹小巷道的西側。

西側二樓的窗戶是高志的房間。高志是在玄關遭到殺害，不過凶手曾經去高志房間尋找替換的衣服。凶手可能從那扇窗戶打量這條路和農田，也可能站在窗邊觀察周圍的情況。

下方那扇窗戶是廚房兼飯廳。桃子就是在那裡遭到殺害。桃子是在知道繭子的情況之後才被殺害的嗎？還是毫不知情，就慘遭凶手割喉？這兩種情況並沒有好壞之分。只是在不知情的情況下遇害，感覺到恐懼的時間應該會比較短。

玲子又繞到南側，中央是玄關，左側還有另一扇廚房兼飯廳的窗戶，右側的窗戶就是三具屍體陳列的和室。只有和室窗戶的遮雨窗關著。應該是鑑識課人員在離開前關上的。為了避免週刊記者或是好奇的民眾試圖窺視室內，或是想要拍攝滿地是血的現場照片。

凶手是從玄關進入屋內。因為門鎖並沒有遭到破壞的痕跡，所以有好幾種可能性。也許是趁門沒鎖的時候溜進屋內，或是按門鈴後進入，或是在有人回家打開門時，強行闖進屋內。

鑑識人員根據腳印和血跡的分布，研判繭子是在自己的房間遭到殺害，接著桃子在回家時遭到殺害，最晚回家的高志最後遭到殺害，但玲子對此產生了疑問。

既然凶手沒有破壞門鎖就進入屋內，可能是繭子去便利商店——不，在偵查後，並沒有發現繭子有類似的行動，所以可能是因為其他原因出門。總之，凶手可能是在繭子出門返家時強行闖入，或是發現門沒鎖就闖進屋內。但如果這種假設成立，同樣的情況也可能發生在桃子回家的時候。

假設凶手和桃子一起進入了長谷川家。在這種情況下，最先殺了桃子比較省事。桃子的死因是失血致死。受傷之後，隔了一段時間才死亡。也就是說，可能桃子最先遭到攻擊，但並沒有馬上死亡。當繭子在二樓受到攻擊時，她仍然還活著，之後才斷氣。

玲子正在想這些事時，長谷川家往西的第一個路口，冒出了一個人影。就是剛才從祖師谷大藏車站走到長谷川家時，經過的那個路口。

那個男人穿著棕色皮夾克，背了一個大背包，身高一百七十公分出頭，身材不胖也不瘦。玲子原本以為是附近的鄰居從車站走回來，並沒有太在意。但那個男人一看到玲子他們，立刻轉身走向相反的方向。他原本在路口向右轉，但隨即一百八十度轉彎，走向遠離玲子他們的方向。

他是誰？

玲子立刻跨出一步想要追上去。但那個男人的反應更快，而且逃得也很快。轉眼之間就在下一個巷口轉彎，不見了蹤影。

鈴井甚至沒有察覺那個男人的出現，直到聽到腳步聲，才看向那個方向。

「……嗯？什麼狀況？」

如果要問是什麼狀況，只能說有可疑人物做出了奇怪的舉動，然後逃離了現場。

沒關係。玲子已經完全記住了那個人的樣子。

一定要查出那個人到底是誰。

5

昨天，長谷川高志的女朋友聯絡了玲子。

菊田在今早的會議之前，得知了這件事。

「她打電話給我，說終於有心情看高志的照片，花了幾天的時間整理了一下，總算整理完了，如果我有時間，可以去跟她拿……我今天打算再去向大野香彌子和菅井愛華瞭解情況。菊田，你可不可以代替我去一下？不行嗎？你今天的行程很滿嗎？」

菊田今天打算去高志以前就讀的高中。

「不，我並沒有和對方約好，所以可以改天再去。但妳之前不是說，要親自再去向高志的女朋友瞭解情況嗎？」

「嗯，」玲子坐在她的座位上翻著記事本。

「我原本是這麼打算……但今天沒辦法。問題在於，如果不是在接到電話之後馬上就去，對方可能會沒了興致，到時候就無法問到原本可以打聽到的事……我也沒有答覆說今天一定會去，但脫口說了『會馬上找時間趕過去』之類的話。」

菊田能夠理解玲子的意思。

「我沒問題，但我去真的沒問題嗎？不是由女生去會比較好嗎？」

「喔，她應該不需要有這方面的顧慮。雖然命案剛發生時，她有點消沉，但我猜想她是個性直爽的女生。而且她和父母同住。她媽媽都在家，所以即使是男刑警上門，應該也沒問題……你有照片嗎？」

菊田手上的照片是高志和他女朋友寺內未央奈，以前參加社團時的團體照。他們是大學同學。

「看這張照片……是這個女生吧？」

「對。現在頭髮比較長，長相也……該怎麼說，感覺更成熟，臉比較瘦，沒有這麼孩子氣。」

「我知道了……那我上午過去。」

「是嗎？謝謝，你幫了大忙。會議結束之後，我會馬上聯絡她。」

早上的會議只是通知了兩、三項聯絡事項，並沒有重要的內容。玲子在會議結束後，立刻聯絡了寺內未央奈，對方似乎也接受了其他刑警前往這件事。

「好，晚一點會有姓菊田和田野的兩位刑警去府上……麻煩妳了……那就先這樣。」

玲子把手機放回口袋的同時，轉頭對菊田說：

「我已經通知她了，那就拜託你了。」

玲子立刻拿起皮包和大衣，快步走向禮堂門口。一旁的鈴井也向菊田點了點頭，立刻追上了玲子。

菊田目送他們離去。

「……怎麼了？姬川主任又把難題丟給你嗎？」

菊田聽到問話聲，一回頭，看到中松巡查部長一邊穿上大衣，一邊看著他。

「啊，沒有……並不是什麼難題。」

「你已經不是她的下屬了。該說的時候，還是要把話說清楚比較好。」

中松說話的時候，嘴角帶著笑容。

菊田以前在大森分局剛當上刑警時，中松曾經把搜查工作的步驟和訣竅全都傳授給他，所以是他的大前輩。對菊田來說，中松堪稱是他的恩師。雖然目前菊田的官階比較高，但無論在辦案方面，還是為人處事方面，他從來都不認為自己比中松更厲害。

「嗯……沒事啦。寺內未央奈說整理了高志的照片，我只是去拿一下而已。」

中松嘟著嘴，微微偏著頭說：

「這件事有那麼重要嗎？」

中松這麼問，菊田也不知道該怎麼回答。

「我、也不太清楚……姬川主任認為，之前沒有好好向未央奈瞭解情況，所以有必要和她見一面。」

「既然這樣，不是應該姬川主任親自去嗎？」

「她今天好像已經約了人。」

「明天就不行了嗎？」

「我、也不太清楚……」

中松追問時，菊田終於想起一件事。

玲子有時候會想把功勞讓給同事。只是她做事的方式不夠圓滑，結果反而變成自己抓到了凶手，就結果論來說，功在玲子，但玲子心裡應該是想把功勞讓給同事，只不過其他人可能看不出來。

也許玲子認為寺內未央奈可能會提供有助於破案的線索，所以才讓菊田去找她。

寺內未央奈的家位在阿佐谷。菊田他們搭小田急線來到新宿，再改搭中央線，剛好和小幡巡查部長搭了同一班車。

菊田的搭檔田野巡查部長和小幡的搭檔武藤巡查長，都是成城分局刑組課的成員，彼此很熟，在電車上閒聊了起來。

但是，菊田和小幡卻沒什麼話可聊。

「你目前在查澀谷那家店吧？」

「……是啊。」

「會查一陣子嗎？」

「……也許吧。」

他們之間的對話僅止於這種程度。小幡不會問他：「菊田先生，你今天要跑哪裡？」因為在電車上，不方便細聊案情。但菊田覺得，其實還可以多聊些什麼。菊田的警階比小幡高一階，年紀也比他大四歲。他無意倚老賣老，只是覺得小幡身為一個成年人，應該要懂得製造話題，活絡彼此的關係。

話說回來，小幡和中松、日野在一起聊天時看起來很自在。雖然不至於常保笑臉，但表現得很正常，至少不會像現在這樣面無表情，一副很冷漠的樣子。對了，他和玲子在一起的時候是怎麼樣？菊田努力回想，卻想不起玲子和小幡單獨聊天的畫面。

先不管這些——到底是怎麼回事？難道自己在不知不覺中得罪了小幡嗎？

「……我們先下車了。」

小幡和武藤在新宿前兩站的參宮橋下了車。

真是莫名其妙。

寺內家位在杉並區阿佐谷北二丁目，那是一片很普通的住宅區，有許多兩層樓的房子。

「請問有人在家嗎？我是警視廳的菊田。」

『好，請稍等一下。』

不一會兒，一個穿著灰色刷毛上衣，體態有點豐腴的女人來到玄關。

「請進。」

「打擾了。」

菊田和田野低頭致意，走進玄關。看起來像是未央奈的年輕女人，也剛好從樓上走下來。她的確比那張團體照看起來更成熟。

「早安，我是警視廳的菊田。」

「我是成城分局的田野。」

他們出示了警察證。母女兩人都只是瞥了一眼，接著微微欠身說：「是。」

「我是未央奈……請進。」

她帶菊田他們來到放了沙發的客廳。客廳右側有一架直立式鋼琴，正前方的電視旁放著獎盃和獎狀。原本以為未央奈鋼琴彈得很好，但當她母親去泡咖啡時，菊田仔細看了一下，都是珠算和軟式網球的獎狀。沒有一張是鋼琴的獎狀。

未央奈回自己的房間後，拿了一大疊照片走進了客廳。

「我和姬川小姐在電話中也說了……我現在才終於有勇氣看高志的照片，我花了幾天時間整理……都在這裡了。」

「謝謝。借我們看一下。」

放大列印的照片有數十張，但不到一百張。

有他們和幾個朋友一起去迪士尼樂園的照片，也有他們兩個人一起去看聖誕燈飾的照片。

「這是六本木嗎？」

「嗯……不，我記得是丸之內。」

有他們和其他人一起拍的照片，還有他們兩個人的合影，以及高志的獨照。他們兩個人的每一張合影，看起來都一臉幸福。夏天的海邊，未央奈在泳衣外穿了一件白色T恤，高志只穿了一件海灘褲。他的上半身很結實，肌肉飽滿。

「高志有健身嗎？」

「不，應該沒有特別健身。」

沒有特別健身，這樣的身材太好了，是屬於「有肌肉的瘦子」。仔細一看，發現高志的五官也很帥氣。只是沒有帥到可以像繭子那樣當偶像——不，這種男生出現在偶像團體的後排，應該也不奇怪。

高志和未央奈在夏天拍的照片上，兩個人都戴了像是手環的東西。不，可以看到手環上打了一個小小的結，所以是幸運繩？自從J聯盟的足球選手戴了之後，日本的年輕人之間很快就開始流行戴這種繩狀的飾品。

菊田不經意地看向未央奈的手腕。她今天穿了白色長袖針織衫，所以不太確定，但看起來不像是戴著幸運繩。是在高志死後拿下來的嗎？或是更早之前就不戴了？

再來看照片。

下一張應該是校慶時的照片，周圍有一些穿上紅色或藍色短褂，頭上綁著毛巾的年輕人，右側拍到了巧克力香蕉的攤位。照片中央有四個人。從左到右分別是高志、未央奈，另一個女生，和最右側的男生。四個人都笑著比出勝利的手勢。

「這兩個人是？」

「喔，是我們一起上外語課認識的深川惠理和清水通。」

這張照片上也已經穿著長袖，無法確認有沒有戴幸運繩。但也不方便直接問未央奈，現在還有沒有戴幸運繩。如果她回答說「高志死了之後就拿掉了」也就罷了，但萬一她接下來哭了起來，菊田就不知道該怎麼收場了。

未央奈的母親端著咖啡走了進來。

「謝謝。」

「……那我喝了。」

未央奈喝了一口咖啡後，娓娓訴說起來。

「高志很愛他姊姊……聽他說，他姊姊也很疼愛他。他姊姊……繭子其實已經不需要打工了，但為了幫高志付學費，所以繼續在澀谷那家店打工。我們大學的學費有點貴，原本高志打算讀學費便宜一點的學校，但繭子說……她會努力工作，希望高志去讀他想讀的學校……」

糟了。她快哭了。

「高志說，他很慶幸讀這所學校，因為讀了這所學校，才會認識我，這一切都要歸功於他姊姊……我曾經見過繭子三次。第一次是在繭子打工的那家店，第二次……就是剛才那張在丸之內拍的照片。前年聖誕節之前，我們四個人一起吃飯……那張照片也是繭子幫我們拍的。第三次是去看她們的演唱會，我們還去了後台。」

她剛才是不是說，一起吃飯的不是三個人，而是四個人？

「可以打斷一下嗎？第二次吃飯的時候，除了妳、高志和繭子以外，還有誰？」

未央奈點了點頭。

「我表哥也一起去了。他的名字叫加山篤史。比我大八歲，他是……『粉蠟筆漩渦』的粉絲，所以硬是拜託我……」

原來是這樣，這種情況很正常。

「請問，妳表哥的名字要怎麼寫？」

菊田問，未央奈皺了皺眉頭。

「加法的加，山峰的山，篤是……竹字頭一個馬，歷史的史……但是，篤史表哥絕對和這起案子無關。他甚至沒有問繭子的聯絡方式，他知道這樣很失禮……他畢竟是大人了。」

即使這樣，如果在握手會上重逢，彼此的關係可能會更好。

菊田緩緩點了點頭。

「我瞭解。既然妳這麼說，我相信他應該很正派。我們只是想確認一下。只要確認那一天他在哪裡就好。可不可以請妳把加山先生的聯絡方式告訴我們？」

玲子應該不可能料到這件事。但可能有某種預感，覺得現在去找未央奈，可能會有什麼新線索，所以玲子才會讓菊田來這裡。如果「加山篤史」就是新線索，當然無法輕易放棄。

「拜託妳了。我們只要打電話確認一下就好。」

雖然不可能只打電話而已，但目前只能這樣說。

未央奈很快就點了點頭。

「告訴你們電話也沒問題……但真的和他沒關係。因為篤史表哥去年二月就調去華盛頓了。雖然夏天的時候和年底的時候都回來過一次……但命案發生的那一天，他人在華盛頓。」

原來是這樣。未央奈剛才說「絕對和他無關」原來是這個意思。

菊田拿了照片，為了謹慎起見，他還請未央奈把相關檔案複製在光碟上，然後就帶著這些東西離開了寺內家。

「謝謝。如果之後妳還有想起什麼，請妳聯絡我或是姬川，隨時都可以。拜託妳了……那我們就先告辭了。」

因為時間不早了，他們在阿佐谷車站前的牛丼店吃了午餐，下午去了高志之前就讀的高中。

結果——目前雖然一無所獲，但他們向學校借了畢業紀念冊和名冊等也許有參考價值的物品，這些東西或許有一天能派上用場。

稍微打發時間後，傍晚前往下北澤，到高志打工的那家居酒屋看看。高志以前的打工時段主要是從傍晚到深夜，但這家居酒屋中午前就開始營業，中午供應午餐，下午三點開始休息兩個小時，傍晚五點後繼續營業。

菊田和店長聊了三十分鐘，和田野各喝了一杯烏龍茶，吃了炸魚之後就離開了。

這裡也沒有任何收穫。

晚上七點之前回到了特搜總部。

同組的人中，只有日野利美巡查部長已經回來了。

「啊喲，菊田主任，辛苦了。」

菊田被調到凶殺組十一股已經十個月，也已經習慣和玲子一樣被稱為「主任」了。

「妳也辛苦了。今天這麼早就回來了。」

「嗯……繼續調查桃子周邊的人際關係，也查不出什麼東西了。第二次、第三次上門，都要看人家臉色。」

菊田完全瞭解。任何案子在偵辦的過程中，都會遇到相同的狀況。

一旦案情陷入膠著，特搜總部的刑警就很痛苦。因為無法像轄區刑警一樣，暫時去做其他工作——不過菊田完全無意說他們是在「逃避」。他們只能專注於眼前找不到凶手的案子，每一天都必須持續搜查。即使搜查工作沒有任何成果，即使查訪看起來完全沒有意義，也不能停下腳步。每天都必須思考在自己被分配到的搜查範圍中，是否隱藏了有助於破案的線索。

日野不知道遞過來什麼東西。

「……嗯？那是什麼？」

「每次去桃子工作的地方，都會拿到一些吃的。」
那是白色包裝的糖果，塑膠紙的兩端是黑色的，中央寫著『鹽糖』兩個字。這是很久很久以前，應該是在菊田出生的很久之前就有的老牌子糖果。
「要吃嗎？」
「不……我不要。」
「我也不太喜歡這種糖果。」
「喔喔……那真傷腦筋啊。」
「又不好意思丟掉。主任，你就硬著頭皮吃吧。」
「不，這顆糖果很大……開會的時候含在嘴裡不太好吧。」
「也對……那等一下拿給林統括吃。」
日野和小幡不同，她會和菊田正常聊天。
今天早上的疑問，要不要問她一下？
「呃，日野巡查部長，」
「嗯？你要吃？」
「不，不是……我想問一下小幡的事。他這一陣子是不是有點奇怪？還是只有針對我？」
日野點了點頭，似乎心裡有底。

「只是因為目標一致吧。」

「啊？什麼意思？」

「因為阿幡和你的目標一致。」

日野有時候會叫小幡「阿幡」。

「我和小幡的什麼目標一致？」

「菊田主任，你不是也喜歡姬川主任嗎？」

菊田還來不及說：「別胡說八道了」，日野就繼續說了下去。

「阿幡原本有點討厭姬川主任，但人心是會改變的。不是經常有人由討厭轉變成戀愛關係嗎？沒想到你突然冒了出來，阿幡覺得很不好玩。這種事，你就別跟阿幡計較了……不過，真好啊。年輕真好，真讓人羨慕。」

不，不不不，這不是問題的重點。

第二章

1

我以前是陸軍的直升機駕駛，也去過越南。

起初的主要任務是運送士兵、武器和物資去前線。越南有很多河流和山脈，直升機的速度比卡車和吉普車快多了，每次運送的量也比較多，所以用直升機運送效率比較高。而且可以飛越河流、山脈，以及敵人埋伏的叢林，效率當然比較高。

從空中俯瞰越南的風景，很有東方的味道。但這麼說並不是正面的意思。我覺得那些農村地區看起來很貧窮，很寒酸。綠地也不像美國本土那麼遼闊，看起來很貧瘠，且到處都是濕漉漉的、又臭又小的泥地。我以為這戰爭很快就會結束。那些小個子不可能打得過我們。我真的這麼以為。

沒想到運輸作業漸漸不再順利。這也是理所當然的，因為敵人當然比我們更瞭解自己的土地。敵人會預先埋伏在直升機能夠降落的平地，或是設置長矛等陷阱讓直升機無法降落。事實上，我駕駛的直升機也曾經遭到埋伏和攻擊，坐在後方的好幾名戰友都身受重傷。有時候只能放棄降落，重新飛回基地。在中途還說著：「我沒事」的戰友，在抵達基地時，已經變成冰冷的屍體。

之後開始使用煙霧彈，避免敵人看清楚降落地點。同時，還派了偵察隊，瞭解是否能夠安全降落。沒想到偵察隊也經常遭到攻擊，就這樣有去無回。

我記得差不多從那個時候開始，在直升機上裝設了機關槍。因為裝在側面的門上，所以我們都稱為「門槍」。我只負責開直升機，坐在後面的戰友則連續開槍掃射。比起和敵人同時站在地面上開槍，從空中射殺沒什麼罪惡感，反而覺得很有趣。

有一名戰友曾經說：

「根本不覺得對方是人，簡直和玩遊戲差不多。隨著砰砰砰砰的槍聲，只看到遠處的人影啪答啪答倒了下來。前一刻還在草叢裡奔跑，下一刻看起來像人的東西就倒在地上。每次看到這一幕，就覺得太棒了，打中了，剛才那個是我打中的……就只有這樣的感覺。反正就是不斷重複這樣的過程。」

我的戰友也曾經搜索、掃蕩躲在農村的游擊隊。如果只是短時間，我就會留在原地等待，如果戰友需要長時間作戰，我就會先飛回基地。

在原地等待時很無聊。戰友一旦發現游擊隊，就會用槍托打他們，或是用堅硬的鞋底踩他們，等到他們無力反抗後，再把他們帶回去，但也經常因為覺得太麻煩，所以就當場殺了他們，還常常一把火燒掉民房的稻草屋頂。我在遠處看到煙霧升起，就知道他們又在燒房子。

不久之後，直升機上搭載了火箭彈發射裝置和機關槍合為一體的「子系統」，原本主要負責後勤任務的直升機變成了「武裝攻擊用直升機＝砲艇機」，無論外型和功能都改變了。改成這種形式之後，機長和副駕駛員都可以在駕駛座上直接開機關槍。

之前坐在後方那些同袍說的話，原來是真的。

任何人點燃鞭炮後，聽到「砰」的爆炸聲都會興奮。點燃幾個連在一起的鞭炮，聽到一連串「砰砰砰砰砰」的爆炸聲，一定會覺得有趣極了。開機關槍就是那種感覺。

從空中開機關槍時，塵土會筆直從地面竄起。發射火箭彈時，白色或灰色的煙霧前方會冒出橘色的火花。當命中建築物和車輛，或是看到綠色的地面掀起，就會覺得「太棒了！」忍不住情緒激動了起來。真是太好玩了。

起飛和降落失敗，不僅會危及自己的生命，甚至可能波及機上的其他同袍，以及機體周圍的友機，甚至會為基地帶來危險，所以隨時都處於緊張的狀態。但只要成功完成任務，就又會有「太棒了！」的感覺。

刺激。我覺得這就是戰場上的一切。

我從來沒有思考過戰爭的意義。雖然那些政治人物大肆宣揚如果印度支那被共產主義占領就完蛋了，共產主義的勢力會包圍自由主義國家。但我們這種士兵在握著操縱桿或是扣下扳機時，根本不會想到這種事。有人很不甘願，有人告訴自己在執行任務，也有人樂在其中，我相信每個人的情況都各不相同。至於我，應該是覺得介於任務和娛樂之間。不，只有一開始的時候覺得開心。中途之後，感覺幾乎麻痺。什麼都不想，只是專心地殺越南人。

我猜測，正因為陷入了麻痺，才能夠繼續打仗。因為長官教我們不要把那些人當人看待，所以我只是照做而已。

但是，只要深呼吸幾秒鐘，停下來思考一下，就會發現一件事。

那些越南人和我們一樣，也有家人，也有女朋友，也有朋友。我曾經看到一個母親抱著全身都被汽油彈燒傷的嬰兒，在農田之間奔跑的身影。即使在戰爭中，也不能殺傷失去戰鬥能力，已經投降的敵兵，當然更不能殺害普通百姓。照理說，我們應該救那對母子。但是，我們並沒有積極的作為，而是眼睜睜地看著那對母子被游擊隊設置的詭雷炸死了。當時我也沒有流淚，只是事不關己地抽著菸，覺得那個母親真傻。

我從思考中徹底排除了越南人和我們一樣，都是人類的想法，也排除了同情或是設身處地去思考。

殺、殺、殺。即使是普通老百姓又怎麼樣？反正他們一定支持游擊隊，一定被共產主義洗腦了，是我們的敵人。

殺、殺、殺。

如果不殺他們，他們就會殺我們。想一想被地雷炸斷雙腿的傑克。想一想腰部中彈，導致半身不遂的克拉克。想一想因為來不及逃走，遭到游擊隊包圍，被打成「蜂窩」的卡爾。既然不想死，就要努力活下去。如果想要活著踏上美國的土地，就要多殺一個越南人，不管對象是誰都沒關係。如果想活著和家人團聚，想和女朋友接吻，想和妻子擁抱，想和兒子打棒球，就要把眼前的越南佬殺個精光，把那些丹鳳眼殺個精光。

沒錯，幹得好。安索尼，你殺了不少人。真是太優秀了。

曾經有一次，因為機體故障，無法飛回基地，只能臨時迫降。雖然成功迫降在河邊的平地上，但最後螺旋槳碰到了樹枝和地面，機上的六名同袍全都被甩出直升機外。在機長和擔任副駕駛的我逃出之後，直升機便連同火箭彈一起爆炸，燒了起來。

有兩個同袍摔斷頸骨死了。倖存下來的六個人只好走回基地，但我們身上的武器和彈藥都有限。我和機長只帶了手槍和刀子。一旦遇到敵人，只能靠四名帶著自動步槍的同袍保護。而且周圍是一片叢林，完全不知道敵人躲在哪裡。

天色很快就暗了。我們只有少量的水，完全沒有任何食物。口袋裡也沒有菸。

因為擔心被敵人發現，我們不敢用手電筒，也不敢生火。幸好即使在晚上，氣溫也超過十度，所以還不至於凍僵。

我們默默地等待天亮，當東方天空漸亮的同時，我們就動身出發。平時大家都很尊敬我這個飛行員，但那一次，同袍都奚落我。

「又沒帶什麼行李，不能走快一點嗎？至少不要拖累我們。」

「你要不要走在我們前面瞭解狀況。如果看到越南佬，就用你那把刀子把所有人都殺光光。」

「好主意，這省了我們不少事。」

最後說話的那名同袍最先中槍。在聽到槍聲的同時，他按著兩腿之間，當場跪了下來。

「慘了，我們被包圍了。」

接下來簡直身處地獄。

我拿起倒地的同袍手上的步槍，連續射向跳過樹根逼近的越南佬。我應該打中了兩、三個人。但對方至少有超過二十個人。昨天傍晚，直升機墜落冒煙時，應該被他們看到了，於是組成了搜索隊來殺我們。

我看到同袍的腦袋開花了。又看到另一個同袍的手臂斷了。子彈也打到我的腳下，泥土和枯葉飛了起來，我立刻轉過頭，但是再轉過來時，已經搞不清楚其他同袍在哪裡，敵人在哪裡。

我不顧一切地往南跑。我發現一塊大岩石，在岩石後方躲了幾分鐘，但被三名敵兵發現，只好繼續逃跑。我和其中一名敵兵展開了肉搏戰，兩個人抱在一起，從山坡上滾了下去。後背不斷撞到粗大的樹根和突出的岩石。身體被折斷的樹枝割得到處是傷。

好不容易墜落坡底時，我剛好壓在敵兵上方。對方也受了重傷，所以無法馬上動彈。

我勉強可以活動身體。我從腰間的皮套中拔出刀子，但在下手之前，我猶豫了一下。

之前我都是在直升機的駕駛座上開槍。只看到地面揚起塵土，完全沒有想過那裡死了哪些人，死了幾個人。甚至不會多看一眼。更何況因為距離太遠，根本看不清楚。

但是，現在不一樣。敵兵就在眼前。和我有著相同的體溫，和我一樣氣喘如牛，和我一樣滿臉是泥。他看起來才十幾歲。那雙眼睛很漂亮。那雙眼睛狠狠瞪著我，眼中充滿了仇恨。事後回想起來，我可能曾經殺了他的父母。可能殺了他女朋友，可能殺了他的好友，也可能曾經殺了他的兄弟。

但是，當時我完全沒有想到這些事。

原來我們體溫相同。但即使體溫相同，身上也未必流著相同的血。用機關槍掃射時，根本看不到血。用火箭彈轟炸時，只看到火柱和煙霧竄起。不知道割他的喉嚨，會有怎樣的結果。但不試試看，又怎麼知道結果呢？

「嗚呃……」

哇，好多血。而且還熱熱的。怎麼又黏又滑？他媽的，都濺到眼睛裡了。我根本看不到前面。不管怎麼擦，都還是黏得要命，根本睜不開眼睛。怎麼回事？怎麼整片叢林都變成了紅色？

如果可以選擇位置，下次應該避開喉嚨。濺出來的血未免太多了。

這傢伙死了嗎？啊，已經死了。他有沒有武器？自動步槍之類的。喔喔，不就掉在那裡嗎？那就歸我了。

有人從斜坡上衝了下來。因為我滿身是血，所以他似乎一時不知道我是敵是友。

蠢貨，我是美國人。不要把我當成你們越南佬。去死吧——。

我對著他的腦袋連開了幾槍，把他的腦袋都打飛了。他的腦漿像一顆打爛的大番茄般四濺。太痛快了。這是最有趣的遊戲。我全身熱血沸騰，感覺到腎上腺素從全身所有的毛細孔中噴了出來。

但是，下一剎那。

隨著一聲槍響，我的左肩感受到巨大的衝擊。這次是我被打飛了。對喔，我只殺了兩個人，還有一個人。幹！我竟然忘了這件事。剛才的衝擊把我搶來的步槍也震飛了。

我連滾帶爬地想要躲到樹後，但對方仍然無情地對著我開槍。我的右腿被打中了。但幸好只是擦過而已，只是有點痛。用泥巴抹一下，傷口很快就會痊癒。

越南佬舉著槍，一步一步向我逼近。

幹！你身上的衣服是怎麼回事？那件棕色的襯衫，原本就是這種顏色嗎？這個顏色真醜啊。簡直就像大便。臭死了，別過來。我還有手槍呢。如果你再過來的話，我就要一槍斃了你這個越南佬。但是，你為什麼不開槍？哈哈，你的子彈用完了吧？那把是什麼槍？是蘇聯的ＡＫ嗎？你假裝要開槍，然後到我面前時，打算用前面的刺刀把我刺死嗎？

那就別怪我不客氣了。

「……嗚呃！」

怎麼回事？怎麼突然開槍了？你還有子彈嘛。你這傢伙太卑鄙無恥了。簡直難以相信，竟然對我開了三槍。我快沒命了嗎？我會死在這種地方嗎？我不要！我絕對不要死在這種像大便一樣的傢伙手上——。

我戰戰兢兢地伸手摸向槍套。沒想到沒摸到槍，槍套是空的。不知道是剛才滾下斜坡時掉了，還是之前就不見了，反正我現在手上沒有任何武器，沒有任何方式可以幹掉這個越南佬。

我忍不住閉上了眼睛。眼前只剩下向上帝祈禱了，但我平時根本不去教堂，也不相信基督，即使我向祂祈禱——正當我在想這些事時，連續聽到四、五聲槍響，接著聽到「咚」的一聲，有人在我面前倒下了。

我睜開眼睛一看，發現剛才的越南佬倒在地上。有一半的腦袋不見了。兩顆眼珠子也從眼窩裡掉了出來。

「……嗨，副駕駛。要尿的話等半夜再尿，否則越南佬很快就會聞到味道了。」
剛才對我說「至少不要拖累我們」的同袍救了我一命。
當時，我的確嚇得屁滾尿流，他左手的手肘以下全都不見了。

不久之後，越戰結束了。到底是哪一個國家獲勝，至今仍經常被拿出來討論。我認為在這場戰爭中，美國和越南都沒有獲勝，兩個國家也沒有任何一方是輸家。

從戰爭的意義這個角度來說，不久之後，南北越便統一，成立了「越南社會主義共和國」，因此可說是北越和支持北越的共產主義陣營獲勝。

不過，如果是根據死亡的人數，用「戰爭的總值」來衡量的話，當然就是美國獲得勝利。美國只是撤軍，並非打到最後戰力耗盡而逃回美國。美國既沒有在軍事審判中被判為戰敗國，也沒有向越南道歉，更沒有賠償。從這個角度來看，我們不妨說美國並沒有輸。

如果硬要說的話，我認為美國，不，應該是美軍，美軍只是在國民的輿論中輸了這場戰爭。從越南回國之後，可以發現美國舉國上下的反戰氣氛濃厚。我知道這是美軍無法繼續在越南打仗的最大原因。而且，雖然越南變成了共產國家，但東南亞整體並沒有全面共產主義化。所有人應該都在想：越戰到底有什麼意義？

但是，沒有人願意承認這件事。無論是主導那場戰爭的政治人物，還是實際上戰場的士兵，都無法承認這件事。我們是為了守護自由，守護國家，守護家人和女朋友，為了捍衛國家的未來而上戰場。如果不這麼想，根本沒辦法繼續過日子。

當時，我已經有了老婆、孩子。我希望別人覺得我是堅強的男人，而且我也必須成為堅強的男人才行。電視上經常播放越戰的實際影像。有很多殘酷的畫面，沒有上過戰場的人根本無法直視。雖然我太太從來沒問過我，但兒子曾經問我：「爸爸，你也做過這種事嗎？」

我原本不打算回答。我認為不可以回答。然而，身體卻不受控制。我兀自站了起來，兀自比手劃腳地說起自己在越南幹了什麼。

「那些越南佬根本不是人，而是矮小卑鄙的噁心動物，不管怎麼殺，他們還是不斷冒出來。……沒錯，我開槍殺了他們。砰砰砰地殺了很多人。用火箭彈打他們。還騎在他們身上，用刀子割他們的喉嚨。即使對方身上濺出的血，濺得我全身都黏呼呼的，但為了守護這個國家的自由，為了守護世界的自由，我仍然挺身戰鬥。我不奢望你現在能夠瞭解，但你總有一天會瞭解。我們的戰爭是正義的戰爭。如果我們沒有上戰場，世界的秩序就會遭到破壞。我們必須挺身阻止。美國就是這樣一個國家。……我沒有一絲一毫的後悔。」

之後，我又加入了空軍，積極申請前往駐外美軍基地。

這麼做，只有一個原因。

因為我無法忍受在美國和家人一起生活。繼續當軍人還比較輕鬆。

在越戰結束剛好十年時，我第一次來到日本。

起初我很看不起這個國家。我完全不把日本人放在眼裡，覺得他們不過是個子矮、眼睛小的東洋人，和越南人差不多。日本既沒有自己的軍隊，也沒有核武，一旦遭到他國攻擊，美國就會伸出援手？開什麼玩笑！誰要為你們打仗？日本列島前方就是中國和蘇聯。這裡只是阻止共產主義膨脹的前線基地。你們這些日本人只不過是防波堤的管理員。不，就像是躲在消波塊縫隙裡的螃蟹。你們這些軟弱無能的傢伙，只要乖乖看著我們做事就好——。

但是，沒過多久，我的這種想法就改變了。

不僅是軍隊問題，我對日本人沒有槍這件事也抱持疑問。他們政府不允許人民擁有槍枝，難道說，這是一個無法自立的「幼小民族」嗎？

但是，事實和我想的不一樣。比起擁槍自保，日本人選擇所有人都放棄槍枝，藉著遵守各自的規律和秩序來保護自己。

同時，我之前對軍隊的認識也大錯特錯。日本有自衛隊，雖然稱為「自衛隊」，但實質就是軍隊。無論裝備和隊員的訓練都屬於全世界最高水準。每次參加共同訓練，我都深刻認識到，全世界也很少有這麼高素質的軍隊。

而且，日本人很勤奮。這一點充分表現在武器的維修上。駐日美軍的大部分戰機都是由日本人進行維修。我驚訝地發現他們在維修上很細心、精準。戰車和戰艦如果發生故障，只要停下來就好，並不會造成人員死亡。但戰機不一樣。除了會因為故障墜落之外，只要稍微碰觸到一起執行任務的其他戰機，導致死亡意外的可能性就會很高。雖然有人認為，一旦戰機發生故障，只要跳機就沒問題，但這也必須以座椅經過完善的維修，能夠順利彈出為前提。如果座椅在緊要關頭無法彈出，那就只有死路一條。

我對日本人的態度，從輕蔑變成了尊敬，然後又繞了半圈，變成了一種恐懼。尤其在喝酒之後，對日本人的嫌惡感就會瞬間膨脹，連我自己都難以控制。

這些人整天把「和平」掛在嘴上，但當初不是他們的祖先在珍珠港向美國挑起戰火的嗎？日本人具備這麼高度的技術、經濟實力，而且教育也很完善，為什麼不想打仗？為什麼不想超越美國，成為世界第一？難道是因為害怕？不，他們不可能害怕。反而是美國該感到害怕。美國相信日本，把戰機賣給他們，並由他們負責維修，美國已經沒有任何軍事機密可言。

他們到底在打什麼主意？

如今，他們擺出「我們不會發動戰爭」的嘴臉，乖乖地製造電視、汽車，但不知道什麼時候會把這些技術運用在軍事上。日本經濟能這樣快速成長，難道不是因為美國一手包辦了安全保障這些事，將軍事預算壓低之故嗎？

你們這些日本人，打算用這段期間培養出的技術和存下的錢幹什麼？

如果他們真心想要擴充軍備，而且修訂法律，就會天下大亂。到時候，他們會使用比美軍性能更良好、製造更精良的武器，認真地直接發動戰爭。我們美國人最瞭解日本人特有的、不怕死的戰鬥方式。珍珠港、硫磺島、沖繩。一旦真的打起仗來，日本人應該是最可怕的民族。

喂喂，開什麼玩笑。我們在這裡真的沒問題嗎？雖然這些日本人整天笑咪咪的，但根本不知道他們心裡在打什麼鬼主意。

日本人比越南佬更惡劣。

2

二月五日星期三，玲子終於拿到了祖師谷大藏車站的監視器錄影帶。但並不是案發當天，去年十月二十九日的錄影帶。而是前天二月三日，下午三點到晚上七點這四個小時的錄影帶。

那一天，玲子和鈴井巡查部長在下午五點左右來到長谷川家門前。從祖師谷大藏車站走到長谷川家不到十分鐘，所以只要清查五點前後兩個小時的監視器影像就沒問題了。如果在祖師谷大藏車站的監視器中沒有找到人，接下來就去計程車行調查。如果還是沒有收穫，再去附近的投幣式停車場查訪。假設還是找不到人，就要調閱前一站的千歲船橋車站，和後面那一站成城學園前車站的驗票口監視器影像。

而且，祖師谷大藏車站只有一個驗票口。確認監視器影像並不會太困難。

玲子在上午十點半過後回到特搜總部，走向位在禮堂後方的資訊組。

「林統括，電腦可以借我用一下嗎？」

「喔，好啊。」

「謝謝。」

玲子坐在刑事部提供的筆電前。她按了側面的按鍵，打開光碟機，把請祖師谷大藏車站的人員燒錄好的ＤＶＤ放了進去。

鈴井也在玲子右側的座位坐了下來，但基本上他無事可做。這也難怪。因為只有玲子在長谷川家附近看到那個身穿棕色皮夾克，背著大背包，身高一百七十公分出頭，不胖也不瘦的男人，以及他的那些可疑舉動。

鈴井看著玲子的臉問：

「……那個人這麼可疑嗎？」

「對啊，太可疑了。」

「他一看到妳，就掉頭離開了嗎？」

「對。他背了那麼重的背包，竟然跑得那麼快。如果缺乏想要逃走的強烈意志，不可能跑得那麼快。絕對不可能因為突然想要上廁所，或是想起什麼事而趕回家。」

「原來是這樣。」鈴井雖然點了點頭，但似乎並不太認同。不過，這也沒關係。因為鈴井並沒有看到那個男人，無論怎麼向他解釋，他都不可能體會玲子內心的懷疑。

玲子先從計時器顯示『17:00:00』的地方開始播放影像。那個男人應該在這個時間之前通過驗票口，所以必須倒帶確認。如果玲子沒有猜錯，那個男人會像麥克·傑克森一樣倒退出現，也會倒退著通過驗票口。

「鈴井先生，請你幫忙一起看。他穿了棕色皮夾克，背了一個看起來很重的肩背包。」

「好，棕色皮夾克、大背包……棕色的皮夾克，是深棕色還是淺棕色？」

「嗯……顏色不是很深。以牛奶糖的顏色來比喻，應該最好懂。」

「喔，原來是牛奶糖色。」

好像不太對。

「對、對啊……就是普通的牛奶糖顏色。」

設定了倒轉模式之後，發現速度太慢了，於是又調整了播放速度。

林也從左側探頭張望。

「就是妳昨天報告上提到的祖師谷大藏的影像嗎？」

「嗯，是啊。我想確認我們到的前後兩個小時，這共計四個小時的時間內，他應該會通過。如果是在後半段的時間，會因為撞見了我們，而有所警戒，有可能因此不去車站搭車，但是如果是在前半段的時間……我認為他絕對會搭電車。」

「嗯，嗯。」林點著頭，抱著雙臂。

「話說回來……驗票口倒帶的影像，該怎麼說，看起來很不舒服。」

「是嗎？我不覺得啊……鈴井先生呢？你看了會覺得不舒服嗎？」

鈴井也抱著雙臂，微微偏著頭。

「嗯，至少看起來不是很舒服……像這樣倒著走樓梯的樣子……聽林統括這麼說之後，的確覺得有點不舒服。」

那算了。我自己看就好。

好險。連續看了好久倒帶的影像，遲遲沒有發現那個男人。原本以為自己猜錯了。

但是，快到下午三點的時候。

「……啊，有了。」

身穿牛奶糖色皮夾克、背著肩背包的男人，以月球漫步的方式，不，只是以很正常的方式後退通過驗票口。

「哪一個？」

「這個，這個男人……等一下，我用正常的方式播放。」
正常播放很簡單，只要按中間的三角形按鍵就好。
「仔細看喔，就是從這裡開始……你看，就是這個男人。」
「對欸。真的是牛奶糖色的皮夾克。」
雖然這不是重點，但不重要。
坐在一旁的的林也走過來看。
「……真的是牛奶糖色。」
這件事並不重要。
玲子按了暫停後，用逐格播放的方式，盡可能尋找臉部比較清晰的瞬間。攝影機離那個男人有一段距離，而且是監視器的影像，所以清晰度不可能太高。玲子儲存了她認為最清晰的影像，即使放大之後，可能只有熟人才認得出來。
玲子列印出來後，交給了林。
「這個男人什麼時候通過驗票口？」
「下午三點零三分。」
「他幾點在長谷川家門口遇到你們？」
「將近五點的時候。」
「大約兩個小時……他在那一帶做什麼？」

「可能是工作，在現場附近查訪的偵查員，可能曾經近距離和他擦身而過。」

為了確認這件事，在晚上的偵查會議上，將照片發給了所有人。

玲子直接向大家說明了情況。

「請各位看一下剛才發給你們的三張照片。」

第一波偵查結束後，偵查員的人數也大為減少，但應該還有五十個人。目前大致計算一下，回到搜查總部的將近四十人。這才是搜查總部正常的人數。

「這是前天、三日下午三點零三分，在祖師谷大藏車站的驗票口附近拍到的。就是照片中間這個身穿棕色皮夾克，背著包包的男人……當時我和鈴井巡查部長在長谷川家門口，這個男人一發現我們，立刻轉身跑向相反的方向，然後就逃走了。也就是說，這個男人在祖師谷大藏車站下車後，在附近活動了將近兩個小時。在案發現場附近查訪的偵查員，有沒有曾經和這樣的男人接觸過，或是曾經看到他？」

後方立刻有人舉手。太好了，中了。但發現舉手的是井岡，玲子內心的喜悅頓時萎縮了。

「……井岡巡查部長，請說。」

「請問這個男人大約幾歲？」

「嗯，年齡嘛……看起來不年輕。大約三十五、六歲，或是三十七、八歲到四十多歲，搞不好五十多歲……但他跑得很快。他逃走的時候，一下子就不見了。」

「是喔……」

井岡抓著頭，坐了下來，禮堂正中央立刻有另一個人舉起了手。玲子不知道他的名字。

「請說。」

「不知道是否因為光線的關係，看這張照片，好像頭髮有點花白。姬川主任當時看到他的時候，情況怎麼樣？」

有道理。看這幾張照片，頭髮的確像是花白。

「我看到他的時候，天色已經暗了，對他頭髮的顏色無法斷言。這張照片是從錄影帶上擷圖下來的，前後還有其他影像，我晚一點會確認這一點。」

之後還有另一名偵查員發問，但至少這天晚上參加偵查會議的偵查員中，沒有人見過這個男人。

第三天，七日早上的偵查會議上，終於有了動靜。

果然不出所料，負責在命案現場附近查訪的偵查員，高井戶分局的川澄巡查部長報告了這個線索。

「不好意思，因為昨天回來晚了，所以現在才報告這件事。呃……關於姬川主任看到的那個穿著皮夾克的可疑人物，我打聽到了相關的目擊證詞。」

終於來了。玲子心想。她移動膝蓋，轉頭看向斜後方，忍不住注視著川澄的臉。

「我一開始先去向郵差打聽了情況。這位姓小牧的郵差是祖師谷四郵局的局員，專門負責在那一帶送信。我出示了照片，問他有沒有看過這個人，他說曾經見過兩次。一次看到他從祖師谷二丁目▲之△的水島家走出來。那天他剛好去水島家送信，把機車停在玄關前的時候，有一個男人向水島太太道謝後走了出來，那個人很像照片上的男人。第二次看到他邊翻記事本邊走路。兩次的具體日期都記不清了……」

邊翻記事本邊走路？他在調查什麼嗎？該不會是媒體記者？

「我立刻去水島家，向水島太太瞭解情況，她說的確有這個人上門採訪。由於那個人留下了名片，我就向水島太太借了名片帶回來了。」

既然願意留下名片，至少意味著不是從事什麼違法行為。只不過真的只是「採訪」嗎？

「這個人叫上岡慎介。上下的上，大岡越前的岡，慎重的慎，介紹的介，上岡慎介。除此以外，只有手機號碼和電子郵件信箱，既沒有公司名，也沒有地址，我猜想可能是獨立記者……當然也可能是偽裝成記者。」

如果是獨立記者，案發至今已經三個月，現在到底在調查什麼？難道是來嘲笑警方，都過了三個月還沒破案嗎？

「他採訪水島太太的內容正是關於這起事件，他一開口就問，在三個月前那起事件發生前後，有沒有發現什麼可疑的地方。水島太太見過長谷川桃子，她說覺得那起事件很令人痛心，至於有助於破案的線索……因為沒什麼可以對媒體記者說的，所以就對上岡說，之前把知道的事都告訴媒體記者了，已經沒什麼好說的，但上岡仍然不放棄……問她在案發當時，在現場附近有沒有看到外國人。」

外國人？為什麼突然問這種問題？

十一股的股長山內也訝異地看著川澄。

「外國人，是指哪個國家的人？」

沒錯，這是關鍵。如果這起命案牽涉到中國人或韓國人，事情就會變得很複雜。不要說和日本之間沒有簽訂引渡條約的中國，就算是簽了引渡條約的韓國，一旦凶手回國，搜查和逮捕就會變得極其困難。

沒想到川澄說出了更令人意外的答案。

「……是白人。據說個子不是很高，頭髮應該是介於金髮和白髮之間。」

「年紀呢？」

「他並沒有明確提到年齡。」

只要問一下當事人，應該就知道他要幹嘛。

早上的會議結束後，有任務的偵查員都外出了。特搜總部只剩下玲子和菊田兩組人，還有拿到上岡名片的川澄組。不知道為什麼，井岡和他的搭檔也留了下來。
「井岡，你為什麼會留下來？」
「因為……」
在他說出「因為愛」之前，玲子已經揮出拳頭。
「好凶啊。」井岡斜睨著眼睛說：
「山內股長叫我們留下來。」
「真的嗎？我等一下去確認。」
「妳……我不可能為了留下來而不惜說謊。」
「少騙人了。你說這種謊，連眼睛也不會眨一下。」
「是啊，只要能夠和玲子主任在一起。」
菊田在一旁聽了，忍不住嘀咕：「你這個人還真是死皮賴臉。」
結果井岡竟然嘟起了嘴，露出現在連小孩子都不會做出的生氣表情說：
「欸，真是的，那個、那個，你知道嗎……阿、菊先生，你已經是有老婆的人。可不可以不要再管這種事？你沒資格了，所以請你閉嘴。」
雖然不知道菊田在想什麼，只見他站起身來，突然抓住井岡的胸口說：
「如果要說資格……你一開始就沒這種資格。」
「嗚、好、好難受……玲、玲子主任，救、救我。」

玲子不理會那個笨蛋，走向資訊組。

林已經坐在那幾張辦公桌中央的位置。玲子站在他身旁時，他指著電腦螢幕，上面顯示了他剛才搜索的結果。

「只要輸入名字，就可以顯示出資料。似乎是擅於撰寫歌舞伎町相關問題的獨立記者。」

林說的沒錯。雖然不知道是否混入了其他同姓同名者的相關資料，但包括部落格和社群網站在內，總共有超過五千筆相符的資料。

「不知道搜尋圖片，會不會出現他的照片。」

「搞不好有。要不要試試？」

林點選了「圖片」。

「……啊，沒錯沒錯，就是這種感覺。」

螢幕上立刻出現了他的照片。至少最前面的六張都是同一個人。即使和在祖師谷大藏車站的驗票口被拍到的照片相比，也看不出有什麼不一樣。這個人應該就是「上岡慎介」。

川澄不知道什麼時候走了過來。

「我用這張照片去向水島太太確認。」

「好啊。林統括，這張照片……」

「我知道，要列印出來……那裡的雷射印表機會印出來。」

幾秒鐘後，印表機吐出一張Ａ４的紙。川澄和他的搭檔拿了之後，說了聲：「那我們走了。」便離開了禮堂。

玲子他們開始看上岡的部落格。

「原來他已經五十歲了。我以為他更年輕。」

「嗯，妳在天黑之後才看了他一眼，看不清楚也是很正常的。」

之後走過來的菊田探頭看著電腦螢幕。井岡也站在他旁邊。他們已經和好了嗎？

菊田指著部落格上寫的電子郵件信箱。

「雖然他公開自己的電子信箱，但直接和他聯絡，還是太過魯莽吧？」

「是啊。但如果是阿菊出馬，應該沒問題。」

「暴牙，你給我閉嘴！」

他們又開始吵架，玲子暫時不理會他們。

「林統括，是不是先向媒體瞭解一下情況？」

「如果查不到，可以再去新宿分局。既然他寫了這麼多關於歌舞伎町的報導，在分局應該也有熟人吧。」

「有道理。那我先去一趟。」

「啊，我也一起去。」井岡立刻舉起了手。

「不行，」玲子立刻拒絕了。

「你和菊田主任留在這裡。幸運的話，應該可以查到他的地址。」

「是。」「瞭解。」

菊田和另外兩個人回答。

井岡不發一語，露出一副哭喪的表情。

從千歲船橋搭小田急線，二十多分鐘就到了新宿。

玲子起初打算去新宿分局，但後來想到，既然上岡是很熟歌舞伎町的獨立記者，那去歌舞伎町派出所更直接。歌舞伎町派出所被稱為「日本最大的派出所」，隨時都有數十名地域課的員警在那裡工作。直接去那裡，應該可以遇到認識上岡的人。

鈴井在小田急線的車上，用手機看了上岡的部落格。

「他……似乎和區政、歌舞伎町重建問題也有關係。」

「是喔。原來不是普通的獨立記者。」

玲子也拿出手機看了起來。

原來如此。雖然他是專門報導歌舞伎町的獨立記者，但並不只是採訪黑道或是色情行業而已，正如鈴井剛才所說，他還參與了區政和社區經營、歌舞伎町商會、廟會等活動，甚至還和牛郎組成志工在町內撿垃圾，積極參與歌舞伎町的所有活動。同時，他還撰文探討了如何支持脫離幫派者就業等嚴肅的問題。

但是，和歌舞伎町關係如此深的記者，為什麼會出現在祖師谷命案的現場附近？該不會東京都警方和新宿區警方聯手進行的掃清作戰奏效，因為歌舞伎町被清得太徹底，使得受訪對象相對無趣？還是他向來都會同時採訪類似的事件？

電車抵達了新宿車站。

玲子對新宿並沒有特殊的感情。她從來沒有去歌舞伎町玩過，到伊勢丹和高島屋購物的次數也屈指可數。有沒有來新宿看過電影？應該不超過十次。相較之下，她對兩年前任職的池袋熟悉多了。雖然一名下屬在那裡殉職，成為令她感到痛苦的地方——。

隨著人潮走出JR的驗票口，從東口來到了地面。雖然可以繼續走地下通道，但反正沒下雨，今天的天氣也沒有特別冷，所以走在戶外也不錯。

玲子正想著這些事時，口袋裡的手機突然震動起來。如果不打一聲招呼就停下來會和鈴井走散，所以玲子從背後拍了拍他的肩膀。

「鈴井先生，等我一下。」

拿出手機一看，發現螢幕上顯示『成城分局』。應該是特搜總部，而且可能是林打來的。

「……你好，我是姬川。」

『喂，我是林。現在方便嗎？』

「沒問題，我們剛到新宿車站。有什麼事嗎？」

『沒想到竟然有這種事……我剛才和今泉管理官通了電話，他突然提到「上岡慎介」這個名字。我嚇了一跳。』

玲子在想上岡到底做了什麼，當她從今泉口中聽到他的名字，腦子一時轉不過來。

「啊？這是怎麼回事？」

『上岡慎介被殺了。』

「什麼？」

玲子不自覺的提高音量。旁邊的幾位路人露出困惑的表情看著玲子。鈴井也露出有點困惑的表情。

「……這是怎麼回事？」

『目前我們這邊也完全不瞭解詳細情況。只知道他是在代代木分局的轄區內遭到殺害，看來又要成立特搜總部，所以今泉管理官很傷腦筋。也不能說是今泉管理官，應該說是重案組二股在傷腦筋。這次又要從這裡調一個人，那裡調兩個人，東拼西湊才能組成特搜總部。』

林在說成立特搜總部的事時，玲子幾乎沒在聽。

重點是，上岡慎介被人殺害了？

過去也曾經發生過獨立記者因為之前採訪的新聞而被殺的事。

上岡也是這樣嗎？

他因為發現了「祖師谷命案」中不可告人的真相，所以遭到殺害嗎？

3

這天早上，勝俣健作在新宿車站附近的拉麵店。

警界有一句俗話，「刑警不能吃長飯」。尤其是發生刑案，展開第一波偵查的期間，更是嚴格禁止。所謂「長飯」就是指麵條。因為吃麵時把麵撈起來的動作，會讓人聯想到「搜查期間會拉長」。

勝俁覺得這簡直莫名其妙。

能夠迅速破案的案子，通常不是現場留下了大量證據，就是監視器拍到了決定性的畫面，或是兇手與被害人的關係很單純，或是兇手很蠢、逃得太慢，也可能是犯案之後感到害怕的膽小鬼，自己跑去警局自首，所以才能迅速破案。和辦案的刑警有沒有吃麵條完全沒有任何關係。不妨規定全國二十六萬警察午餐只能吃麵，然後調查一下破案率的變化。可以斷言，對破案率完全不會有任何影響。破案率既不會上升，也不會降低。勝俁很想問，如果吃麵條會影響破案率，為什麼警察食堂要供應拉麵和烏龍麵？

不管是蕎麥麵、烏龍麵，還是拉麵，勝俁都很喜歡。光是聞到立食蕎麥麵店的排氣口飄出來的湯汁味道，勝俁就會坐立難安。我想吃，我現在就想吃，想要呼嚕呼嚕用力吸蕎麥麵，吃得湯汁四濺也無所謂。年輕時，即使心裡再怎麼想吃也會拚命忍耐。因為只要說自己想吃麵，就會挨前輩的拳頭。但是，那些前輩早就退休了，或是已經去投胎了，現在已經沒有人會命令他「不可以吃長飯」了。所以，他想吃就吃。想吃多少，就吃多少。有什麼意見嗎？沒意見就閉嘴。你們這些蠢貨王八蛋。

當他把拉麵碗底那些沉在味噌湯底的玉米粒都吃得精光時，有人打電話過來。這通電話來得真是時候。

拿出電話一看，螢幕上顯示了『磯村』的名字。他是刑事部搜查一課重案搜查二股，專門負責設立搜查總部相關事宜的主任。

「……喂，在哪裡？」

『代代木發生了命案。』

這傢伙口條不錯，但腦袋有點不靈光。

「我是問你現場在哪裡，你只說『代代木』，我怎麼可能知道在哪裡？你這個豬腦袋，到底要說幾次才聽得懂？想清楚一些，要說之前先對著祖先合掌膜拜好嗎？」

『是……地點在代代木三丁目◎之▲，代代木月租公寓二〇五室。』

「你可以做到嘛。所以下次別再裝模作樣，一開始就說清楚。也難怪別人會叫你炸火腿排。」

『那我先掛……』

「別掛，先別掛。死了幾個人？誰死了？應該還知道其他情況吧？」

『上岡慎介，五十歲。目前只知道這些情況。』

「好，辛苦了。」

真搞不懂。為什麼這個世界上到處都是蠢貨？

勝俁在七點十分過後抵達現場。代代木分局地域課和刑組課的人，以及警視廳總部的現場鑑識人員已經在現場了。因為現場有車，表示機搜（機動搜查隊）應該也已經到了，只是並沒有見到人，應該是在附近搜索。警視廳的其他搜查員和幹部還沒有來。現場也只有十來個圍觀的民眾。

勝俁決定坐在鑑識人員的廂型車副駕駛座上等待。現場進行鑑識作業時，即使進去也無濟於事。好事會自己送上門，只要靜靜等待就行了。在鑑識結果出爐之前，自己可以悠閒地抽根菸。

這輛車應該也是禁菸車，但勝俁根本不管這種事。說什麼抽菸有害健康根本是迷信。少許的毒反而有助於促進身體健康。就像預防接種一樣，可以提升免疫力。最好的證明，就是勝俁的肺和支氣管都很健康。所以他也總是基於好心，從不吝於和周圍人分享二手菸。自己是在和他人分享健康，那些人要好好感謝自己才對。

那些拒菸的傢伙，其實只是討厭二手菸而已。是所謂的「厭煙者」。既然這樣，那就別去烤肉店或是爐端燒的店，更不要去露營燒篝火，新年不能去參拜，也絕對不能去掃墓或是參加父母的葬禮。

勝俣非常討厭那些因為自己討厭，就認為可以大大主張權利的人。如果這樣就有權利，那自己想主張的事可多了。

比方說相撲。兩個脫得光溜溜的胖子只是遮住兩腿之間，就大剌剌地在相撲台上相互擠著彼此的奶子。相撲選手很莫名其妙，去看相撲的觀眾更是一群專愛胖子的變態集團。想到自己支付的NHK收視費有一部分用在那種人身上，就忍不住感到噁心。而且還說相撲是日本的國技？開什麼玩笑。不要以為經過長時間思考說出來的蠢話就不是蠢話。不行。絕對不能原諒。是不是從一月開始就停止轉播相撲比賽。畢竟自己每個月都有乖乖支付NHK的收視費——勝俣至少有權利說這些話。其實勝俣並沒有特別討厭相撲，只是用這樣的例子來做比喻。

鑑識作業似乎終於告一段落。一名現場鑑識人員抱著紙箱，從命案現場的週租公寓玄關走了出來。那是橫瀨巡查部長嗎？如果是橫瀨，勝俣在他剛進警視廳，還包著尿布的菜鳥時代，就和他很熟。如今他已經是總部的鑑識課人員了。穿起工作服也有模有樣。

橫瀨看到勝俁坐在廂型車的副駕駛座上，於是向他走近。
勝俁打開副駕駛座旁的車窗向他打招呼。
「……嗨，一大早就很賣力啊。」
「勝俁哥，你也是啊。還沒有通知你們，你這麼快就到了。」
這小鬼在說什麼屁話。
「這次輪到我們。我在第一時間來掌握現場有什麼問題嗎？」
「你不是來掌握現場……而是來掌握證據吧？」
橫瀨把紙箱裡的東西出示在勝俁面前。
「有什麼有趣的東西嗎？」
「零錢包、鑰匙圈、上面沾到鼻屎的手帕、拋棄式打火機，還有剩下七支菸的菸盒……皮夾、包包和手機都不見了，應該被凶手帶走了，但這個東西可能比較有意思。」
他的一隻腳踩在左前輪上，把紙箱放在腿上，從裡面拿出一個塑膠袋。
「這是什麼？」
裡面有一個扁平的黑色東西，看起來像是塑膠製品。外型有點像拋棄式打火機，但沒有旋轉式的火石輪和按鈕，沒辦法點火。
啊，知道了。

「這是那個嗎？……UFO隨身碟嗎？」
「是USB。你是故意的吧？這笑話很冷喔。」
「拿來。」
「有！什麼事？」
「笨蛋，我不是在叫你的名字橫瀨，而是叫你把UFO交給我。」
「因為是不明飛行物……即使從現場消失，也不會有人覺得奇怪。」
沒錯，就是這麼一回事。

勝俣打發了時間後，在八點多，走進了位在櫻田門的警視廳總部。
今天輪到八股的這幾個人A在廳，就是在六樓的搜查一課辦公室內隨時待命。八股的三名巡查部長坐在各自的座位上。
「早安。」
三個人分別小聲地向他打招呼。
「早……」
三個人中最年長的黑田在看報紙。今天看的是《朝陽新聞》，上次看的是《產京新聞》。同時看好幾份報紙是好習慣，不管是兩份還是三份，如果不是固定閱讀，根本沒什麼意義。但黑田這傢伙，搞不好只是隨手把別人丟在電車網架上的報紙拿回來看而已。

坐在對面的北野無所事事。勉強可說是在看罐裝咖啡的成分。這傢伙是腦袋空空的蠢貨。

唯一有前途的就是坐在前方的葉山。他以前是姬川玲子手下的刑警。那個女人在工作上出了差錯被調職時，葉山也遭到池魚之殃，被調去了北澤分局。這傢伙出色的地方，就在於他之後通過考試，升上了巡查部長，靠自己的力量回到了警視廳。和靠今泉的仁慈與積極奔走，從後門偷偷溜回警視廳的姬川大不相同。這一點必須給予肯定。

葉山的手上經常捧著書，現在也是如此。有時候是升等考試的參考書，有時候是令人費解的哲學書，有時候是科幻翻譯小說。勝俣對別人的閱讀傾向沒什麼興趣，只知道他看很多書。

勝俣嘆了一口氣，巡視著寬敞的刑警辦公室。火災搜查股和性犯罪搜查股的人也在辦公室，但凶殺案搜查股目前只有勝俣和手下這三個人。令人擔憂的是，接下來無論發生再大的命案，都只有這四個人參加第一波偵查。雖然轄區警局會出動數十名刑警，但主導搜查工作的搜查一課凶殺組只有這四個人。這種人員配置根本毫無章法。勝俣驚訝得無話可說。

接下來會成立特搜總部的命案，應該就是剛才去現場察看的代代木命案。勝俣已經拿到了USB隨身碟，只是不知道能不能派上用場。不能慌了手腳。好事會自己送上門，只要躺在床上抽菸，靜靜等待就行了。

九點半過後，勝俣桌上的電話響了。

「喂，我是凶殺案搜查八股的主任勝俣。」

『我是重案搜查第二股的磯村。辛苦了。因為發生了凶殺案，所以要在代代木分局成立特別搜查總部。』

果然不出所料。

「瞭解。集合地點呢？」

『請去現場集合。地點在代代木三丁目◎之▲，代代木月租公寓二〇五室。根據代代木分局的首次報告，被害人名叫上岡慎介，五十歲。職業是獨立記者。命案發生在今天清晨五點到六點之間。』

這些情況只要去現場，馬上就可以知道，不需要在電話中囉嗦。

「收到。」

掛上電話，三名巡查部長都注視著勝俣的臉。

「……各位，要去代代木遠足了。立刻做準備，馬上出發。」

今天的天氣很不錯。應該是適合搜查的好日子。

雖然今天早上已經來過一次現場，但目前的狀況和當時不一樣，所以又有不同的新鮮感。

命案現場的公寓面對一條單行道。從公寓門口走到前方第一個街角大約四十公尺，剛才沿著通道走過來大約五十公尺左右。也就是說，命案現場前方是一條一百公尺左右的單行道。現在已經拉起了禁止進入的封鎖線，地域課的人員也在旁邊站崗。代代木分局的鑑識人員蹲在封鎖線內，正在採集證物。

機搜隊的隊員正在玄關前向代代木分局的刑警報告。

「……辛苦了……好、好，辛苦了。」

勝俁帶領其他三個人走進玄關。一走進玄關，左側就是不知道該稱為管理員室，還是櫃檯的地方。前方有一道玻璃門，平時有自動門禁系統控制開關，但目前玻璃門敞開著。

玻璃門內有樓梯和電梯。勝俁知道命案現場在二樓，所以決定走樓梯。

走到一半時，看到管理官梅本在上方探出頭。

「喔喔，勝俁。」

「辛苦了。」

走上樓梯，發現那裡是走廊。六間客房中倒數第二間的門敞開著。那裡應該就是命案現場。門的前方掛了一塊藍色塑膠布，避免媒體拍攝。

勝俁問梅本：

「鑑識作業已經完成了嗎？」

「對，室內已經完成了。屍體送去東朋大學了。」

「可以進去現場看一下嗎？」

「可以啊。」

勝俣沿著走廊往前走，另外三個人也跟在他的身後。梅本下了樓梯。

二〇五室門口放有裝著鞋套的盒子。勝俣從裡面抽出兩個鞋套，套上鞋子後進入室內。

裡面還有一名身穿工作服的警察。

「好，好，辛苦了，辛苦了。」

走進玄關，短短的走廊右側是簡易浴室，裡面是起居室。起居室右側是只有水槽和微波爐的小廚房，以及一張床，左側是冰箱和書桌，還有一個寬度只有五十公分的壁櫥。這就是室內所有的設備。比三坪大的套房小，也比飯店的單人房更小。

屍體倒在床和書桌之間。灰色的拼裝地毯上畫了白色的人形。大量的血跡擴散，和上半身的形狀並沒有非常的吻合。這裡的清潔費用由週租公寓自行吸收。如果對此有意見，以後就別讓可能會遭到殺害的客人入住。

獨自留在現場的是警視廳鑑識課負責拍攝現場的攝影員。他把鑑識標識放回包包後，說了聲：「那我先告辭了」，便走了出去。

勝俣走到最裡面的窗邊，回頭看著室內。黑田和北野目不轉睛地盯著腳下的人形。到底怎麼殺人才會流這麼多血？凶器是什麼？這裡到底發生了什麼事？看他們的臉就知道，他們一定在想這些無聊的問題。

但是，葉山不一樣。

他看著小廚房旁裝在牆上的遙控器。不知道是冷氣還是熱水器的遙控器。

「葉山，那是什麼？」

葉山看了勝俣一眼，又立刻將視線移回遙控器。

「是和樓下入口的自動門連結的對講機。主任，你剛才說，命案是在今天清晨五、六點時發生的，對吧？」

勝俣剛才聽磯村這麼說之後，就告訴了他們三個人。

「對啊……」

勝俣原本想問這有什麼問題，但立刻猜到了葉山在想什麼。

根據目前的觀察，房間的門和窗戶都沒有遭到破壞的痕跡。也就是說，凶手是從玄關走進來的。以常識來判斷，應該是當時在屋內的上岡打開了樓下的自動門，也打開了房間門，讓凶手進到屋內。由此可以判斷，凶手是上岡的熟人。命案的架構很簡單。

不過，要等實際搜查之後，才知道到底是不是這麼一回事。

命案的架構與勝俁的預料大相逕庭。

首先，成為命案現場的代代木月租公寓二〇五室，承租人並不是遭到殺害的上岡慎介，而是以「齊藤雄介」的名義租的。向管理員確認後，得知齊藤雄介和上岡慎介是兩個不同的人。因為請管理員確認了上岡部落格上的本人照片，所以證實了這點無誤。住在這裡的除了上岡之外還有別人。齊藤雄介在住宿卡上填寫了假地址，但電話號碼是上岡名下的手機。

齊藤雄介到底是誰？

這起命案是經由路人報案後才發現的。

報案人吉岡夏夫今年五十一歲。他的興趣是跑馬拉松，每天清晨五點，都會在代代木附近跑三十分鐘到一個小時。

吉岡在五點四十分左右來到現場附近，當時他想要轉彎進入代代木月租公寓所在的那條路，但看到有幾個人同時走出公寓，幾乎把整條路都擋住了，所以便放棄轉進這條單行道。至於理由，硬要說的話，就是他「覺得事情並不單純」。但他很好奇到底是什麼狀況，所以就在轉角處探頭張望。

從公寓走出來四個人，三個戴著淺色頭套，只有一個人露出了臉。那四個人走向遠離吉岡的方向。至於當時的情況，他也說「現在回想起來，覺得事情並不單純」。

沒有戴頭套的男人不知道是不是身體不適，似乎無法自行走路。另外三個蒙面男人扶著他，他才能勉強走路。但看起來不像是被帶走的感覺。因為那三個蒙面人並沒有用強硬的手段，沒戴頭套的男人也沒有抵抗。

四個人的身影在前方的街角消失後，吉岡仍然感到很不放心，便走到公寓前察看。他發現玄關前有幾滴黑色的液體，還有鞋子踩過的痕跡。因為天還沒亮，光線太暗，看不清楚，他用身上的小型手電筒一照，發現不是黑色，而是像血一般的紅色。週租公寓的玄關前向來打掃得很乾淨，現在竟然有血跡和踩過的腳印。還有三個戴頭套的男人，和另一個無法自行走路的男人。且這一切又都發生在清晨。

「我覺得事情並不單純，所以就報警了。」

公寓的監視器和對講機所留下的影像，和吉岡的目擊證詞完全相符。

二月七月凌晨四點零七分，上岡來到二〇五室。上岡應該是請自稱是齊藤雄介的男人打開自動門，進入了公寓。五點十三分，三個蒙面男人出現。當時在二〇五室的某個人，可能是上岡或自稱是齊藤的人打開了自動門，讓三個人進入公寓。

五點四十四分，自稱是齊藤的人被三個蒙面人帶離公寓。經管理員確認，被帶走的男人的確是「齊藤雄介」。幾名凶手背了一個大背包，酷似上岡在四點零七分出現時肩上背的背包，研判可能是凶手集團帶走了上岡的背包。

之後的調查發現，凶手集團和自稱是齊藤的人，坐上了停在轉過前面街角的黑色廂型車，離開了現場。但是，其中一個蒙面人並沒有上車。他獨自走路離開現場，而且好像知道監視器設置的位置，始終走在鏡頭的死角處，最後消失在代代木的街頭——。

這些都是SSBC根據蒐集到的監視器影像進行分析後瞭解的情況，特搜的偵查員只是逐一向管理員確認而已。SSBC發揮了執著的精神，查到了和走路離開的那位蒙面人服裝相似的男人，曾經從代代木八幡車站搭上小田急線，並在下北澤車站下了車。當然，那時他已經拿下了頭套。設置在下北澤車站驗票口附近的監視器，清楚拍到了他的臉。

勝俣完全沒看過那張臉，但從澀谷分局調來支援的刑警說：「這個人是不是砂川雅人？」即使聽到這個名字，勝俁也不知道是誰，但得知他是最近經常在東京都內各地舉行「反美軍基地遊行」的領袖時，才終於恍然大悟。

轄區警局的刑警和警視廳警備．公安部的人，經常有機會和這些人接觸。自己是刑事部搜查一課的人，當然不可能認識——如果能夠這麼斷言，當然就輕鬆多了，但勝俁無法認同自己內心仍有的「稅金小偷劣根性」。

SSBC追蹤了凶手集團的行動，甚至查到了他的相貌。附近轄區分局來支援的刑警說出了那個人的名字。然而自己，不，不光是勝俁而已，包括黑田、北野和葉山，搜查一課的成員目前在特搜總部內完全沒有任何成果。

勝俁此刻的心情並不是不甘心，也完全不是覺得丟臉。硬要說的話，應該最接近生氣的感覺。別人的努力受到了肯定，掌握了特搜總部內的發言權，露出得意洋洋的表情。這些事都讓他感到火大。

沒關係。過一陣子，自己也會做出成果。

到時候要好好運用那個USB隨身碟，進行大規模搜查。

要讓他們好好見識一下，曉得勝俁式搜查是別人學不來的。

4

獨立記者上岡慎介遭到殺害，代代木分局已經成立了特搜總部，玲子身為「祖師谷命案」特搜總部的成員，已無法再輕易展開搜查。

之後，負責在命案現場附近查訪的偵查員也報告了幾則目擊證詞，但都和川澄之前打聽到的內容大同小異。上岡拜訪住在命案現場周圍的居民，先是問他們是否瞭解「祖師谷命案」的內情，之後就問他們「在案發當時，是否曾經在附近看到外國人？」而且，那個外國人的特徵是「金髮，但個子並不是很高的白人」。上岡似乎認為那個外國人不是亞洲人，而是歐美人。

上岡到底掌握了什麼線索，才會展開這些採訪工作？如果沒有根據，不可能用這種方式發問。他一定知道什麼。他一定掌握了幾乎可以確信「祖師谷命案」和白人有關的某些證據。

好想知道。如果可以，真希望能去上岡家搜索。如果他家有電腦，希望可以帶回來好好查一查。也想去和他有合作關係的出版社，瞭解他最近的工作情況。打聽一下他最近是否在調查「祖師谷命案」，或是出版社方面是否委託了他相關的案子。

但是，現在無法這麼做。因為玲子想到的這些事，代代木的偵查員應該都已經在做了。即使玲子能夠搶在代代木的偵查員之前向相關人士瞭解情況，也會馬上接到抗議電話，「你們的偵查員搶在我們之前查訪相關人士，造成我們很大的困擾，請嚴加督導，以後不要再有類似的行為」，然後上司就會限制玲子的行動。

如果是以前今泉股長的時代，根本不必理會。今泉應該只會說：「妳想做什麼就放手去做，責任我來扛。只是不要太明目張膽。」

但是，現在的山內股長無法通融。玲子還沒有採取任何行動，他就已經先發制人地叮嚀：

「姬川主任。雖然我們也很想蒐集關於上岡慎介的情報，但在這個問題上必須格外謹慎，也必須要求相關人員徹底遵守。……我相信不需要我詳細說明，妳應該也能夠瞭解。對我們來說，上岡既不是被害人，也不是凶手。只是關係人而已。雖然很希望能夠在他生前瞭解相關情況，但可惜我們錯過了機會。在他死了之後，我們就不再有調查上岡的權利。對代代木的特搜來說，上岡是命案的被害人。瞭解上岡是逮捕凶手的第一步，也是最大的捷徑。代代木的特搜理所當然掌握了調查上岡的權利。……不能因為這裡的搜查陷入了瓶頸，就去別人家的院子搗亂。組織搜查需要循正當的管道。這種事，應該不需要我再特地說明了，但我之前聽到一些關於妳的負面消息，為了以防萬一，特別多說幾句……不好意思，浪費了妳的時間。沒事了。請妳回去忙自己的工作。」

這個人真討厭，真是太討厭了。玲子忍不住想。

好不容易出現了一個可能瞭解命案的人，卻無法針對這個人進行調查。於是，玲子他們只能根據寺內未央奈提供的照片，列出高志平時穿的衣服清單，確認在命案發生之後，那些衣服是否還在高志的房間內。這麼不起眼的工作，就連井岡也忍不住嘀咕「無聊死了」。

其他偵查員正在進行的調查也看不到什麼希望。比方說，由成城分局刑組課的八名成員組成的特命組，開始著手調查「粉蠟筆漩渦」對手團體的相關人員。

雖然這種可能性微乎其微，但對手團體的相關人員可能看到「粉蠟筆漩渦」漸漸步上軌道，因而心生不滿，具體來說，可能是對手團體所屬經紀公司的工作人員、粉絲或關係良好的媒體人員，殺害了長谷川藺子——不不不，很難想像會有這種情況。但退一百步來說，搞不好對手團體的粉絲中，有人願意為了偶像付出生命，因為嫉妒「粉蠟筆漩渦」的成功，認為「只要沒有她們就行了」，所以就下了手——其實「粉蠟筆漩渦」並沒有成功到這種程度，但因為無法斷言沒有這種人，所以就必須調查。玲子認為雖然無法斷言，但絕不可能有這種事。相信在調查這件事的八名偵查員會更加持疑。

然而，一旦被外界知道警方在針對這方面進行調查，一定會遭到抗議，認為警方偵查過當、侵犯人權。所以只能在絕對不能和調查對象進行接觸的情況下，極機密地展開調查。

「啊……累死了。我快受不了了。」

正坐在筆電前的玲子抬起頭，舉起雙手伸了個懶腰。正在看電腦的鈴井也抬眼看了看掛在禮堂柱子上的時鐘。

「要不要我去買咖啡？」

「不用了，我自己去。」

雖然自己是總部的警部補，對方是轄區警局的巡查部長，但玲子不希望成為差遣比自己年長七歲的男人去買咖啡的女人。

玲子從放在後方桌子上的托特包中拿出皮夾，站了起來。以前，自己把皮包放在特搜總部時，鋼鐵——勝俣健作曾擅自翻她的皮包，還偷看她的記事本。但是，這裡應該沒問題。鈴井這個人很值得信賴，而且林統括也在場。

玲子不由地想起了勝俣這個人。

從林口中得知，勝俣加入了「上岡命案」的特搜總部。但並不是凶殺組八股全體成員都一起加入，而是和玲子他們一樣，只有八股一半的成員加入。

勝俣曾是玲子討厭多年，不，應該說是痛恨多年的對象，老實說，玲子恨不得他去死，但自從葉山則之被分到勝俁所在的凶殺組八股之後，她漸漸有了不同的想法。

警務部人事二課決定了人員的分配，基本上和葉山個人的意願無關。公務員只是聽從人事命令的安排而已。但是，每個部門的幹部都會認為「某某很有前途」，或是「希望某某來自己的部門」。玲子也一再向管理官今泉要求，希望菊田、葉山，最好還有湯田康平都回來自己的手下。她幾乎每次見到今泉，就會提出這樣的要求。也因為這個原因，才成功地將菊田調到目前這個股。

但是，在爭取葉山這件事上失敗了。被勝俁搶走了。

之前曾經為了葉山的事多次和勝俁爭執。玲子和勝俁都很看好葉山，也都希望把他延攬到自己的手下。玲子做夢也沒有想到，在這個地球上，和自己的價值觀南轅北轍的勝俁，竟然會和她爭奪同一名刑警。

原來自己內心也有和勝俁相同的價值觀——。

玲子絕對不願意承認，也覺得不可以承認這件事，但內心也感到一絲安心。原來勝俁其實是和自己一樣的人。開始對他有了這種程度的理解。

正因為這樣，玲子絕不希望葉山被搶走。

如果葉山被分到勝俁的手下，不知道勝俁會要求他做什麼事。認真老實的葉山，純潔過度的阿則會遭到汙染，會被帶壞。他會變得目露凶光，出言不遜，被強迫用違法手段辦案，在禁菸的地方若無其事地吞雲吐霧。

「……絕對不可以。」

啊，不小心說出來了。幸好周圍沒人。走廊遠處，一個走去廁所的女職員露出「怎麼了？」的表情看了玲子一眼，但這麼遠的距離，對方應該不知道玲子在自言自語，可能以為她在對著手機怒吼。

沒錯。不如乾脆直接和葉山見一面。

玲子目前正在偵辦的命案，發生已經超過三個月，特搜總部也處於原地踏步的狀態，但葉山他們手上的案子才一個星期。正在展開第一波的偵查。正是辦案人員最充滿幹勁，也是最忙的時期。

玲子當然知道這些情況。雖然知道，不過心裡一旦想見葉山，想要和他見面聊聊，就無法再克制自己。

晚上的偵查會議結束後，她對菊田說：

「菊田，我今天先走一步。」

「是嗎？好……辛苦了。」

玲子也向山內和林打了招呼。

「不好意思，我先告辭了。」

「好，辛苦了。」

「辛苦了。」

玲子走出禮堂，井岡立刻追了上來，電梯門剛好敞開著，玲子立刻衝進電梯。

「玲、玲、玲子主任。」

玲子進入電梯後，立刻拚命按「關」的按鍵。

井岡哭喪的臉，慢慢消失在漸漸關閉的電梯門縫中。

「再見。」

「玲子主任……」

井岡不可能衝下樓梯等在那裡。

幸好一樓電梯前空無一人。走去大門口，也只有三名轄區分局的值班員警坐在櫃檯前。

「我先告辭了。」

「辛苦了。」

玲子在成城分局門口拿出手機，發現才晚上八點半。代代木的偵查會議應該還沒結束。但是不必緊張。在第一波偵查期間，警視廳的偵查員都會住在成立特搜總部的轄區警局。即使會議結束，除非發生重大情況，否則葉山應該都會待在代代木分局內。

她從千歲船橋搭小田急線，在九點二十分抵達了新宿。雖然代代木的偵查會議應該還沒結束，但玲子先傳了一封電子郵件。她打算在新宿打發一下時間，如果葉山回覆今天無法見面，那就直接回家。如果能見面，玲子可以去代代木，也可以請葉山來新宿。

她在紀伊國屋總店附近找到一家酒吧，走了進去。點了一杯葡萄酒和起司，正在思考現場留下的高志的衣服中，並沒有看到那件肩膀上有三角形布章的牛角釦大衣，要去向寺內未央奈確認一下，他最近有沒有穿這件衣服，就在這時收到了葉山的回覆。

『辛苦了。我剛開完會。等一下還要調查一些事，所以不能去太遠的地方。如果妳方便來初台附近，我十一點可以到。葉山』

玲子收到這封回覆，認為自己的目的幾乎已經達成了。

玲子覺得，葉山至今仍然沒變。

她走進初台車站附近的串燒店，坐在吧檯座位上等葉山出現。她在十點零五分時用郵件告訴葉山這家店的店名。葉山在十點五十分走進店內，比約定的時間提早了十分鐘。

「不好意思，讓妳久等了。」

葉山可能是一路跑過來的，喘著氣說道。

「我沒關係。我才不好意思，臨時找你出來。」

葉山坐在玲子的左側。玲子之所以坐在吧檯的座位，是不希望葉山在誰坐上座這種事上費心。而且一起坐在吧檯，比較不方便討論案情。玲子希望藉此向葉山表示，自己找他出來並不是為了這個目的。

「要喝什麼？啤酒嗎？」

「我想想……不，我要檸檬沙瓦。」

葉山叫住了店員，自己點了酒，又加點了一份綜合串燒。店員離開後，他不經意地巡視周圍，才終於轉頭看向玲子。

「不坐有桌子的位置嗎？」

「嗯，今天就坐這裡。」

「是嗎？……我來之前，以為一定會聊那些事，還做好了心理準備。」

在以前的姬川組內，葉山和玲子的關係最疏遠。和菊田之間的關係，老實說，很接近戀愛的感情。最年長的石倉就像是「父親」。從這個角度來說，湯田康平就像是弟弟。他活潑輕率的個性，也的確很像弟弟。

葉山後來才加入姬川組，這應該也是原因之一。起初玲子曾經擔心「他好像不太融入大家，會不會影響工作？」但後來發現他的個性原本就比較冷淡，而且也很耿直，漸漸覺得「他就是這種個性」，也就接受了他。

奇怪的是，雖然當初在團隊中，和葉山之間的關係最疏遠，但像這樣見面時，仍然覺得充滿了懷念。玲子發現自己的心情漸漸變得溫柔。

於是，就忍不住想要惡作劇。

「心理準備……你以為我要和你聊哪些事？」

「呃……」葉山輕輕發出聲音，坐直了身體，露出有點為難的表情。葉山則之以前也這麼有趣嗎？好像是，又好像不是。

「聊什麼……其中之一，就是我目前在勝俁組這件事吧？」

其中之一嗎？

「這是人事的安排，從某種意義上來說，算是不可抗力。」

「是沒錯啦……那是什麼事？」

如果說「只是想見你」，會引起誤會嗎？

「嗯……原本想了很多，但現在沒事了。」

「什麼意思？」

「嗯，該怎麼說……我的確有點擔心，你跟著鋼鐵，會不會被他帶壞了……嗯，但我現在知道你沒問題，所以也就安心了。」

葉山的檸檬沙瓦送了上來。但綜合串燒還沒送來。

「安心……主任，妳還是這麼自由。乾杯！」

「乾杯……啊喲，你不必客氣啊。可以把心裡想的話說出來，說我是一個以自我為中心的女人。」

「我才沒這麼想。」
「不，你會這麼想。絕對會這麼想。阿則……你可以先吃啊。」
「不好意思。我先開動了。」
葉山喝了一口沙瓦，點了點頭，似乎整理了自己的想法。
「……我覺得自己無論在姬川組還是勝俣組時都一樣。只是主任換成了勝俣先生，除此以外，沒有任何改變。」
雖然也可以理解成正面的意思，但玲子故意解釋成相反的意思。
「什麼意思？你的意思是說，姬川組和勝俣組一樣嗎？不管主任是我或是鋼鐵都一樣嗎？你這樣說，會不會太過分了？」
葉山沒有看玲子的眼睛，但嘴角露出笑容，搖了搖頭。玲子覺得他變成熟了。但這樣反而讓玲子覺得更懊惱。
「……我不是這個意思。我在姬川組學會了如何在警視廳工作，至今仍然用這種方式工作。無論之前在北澤，還是在勝俣組，不管去哪裡都一樣……我是說這個意思。」
玲子忍不住用手肘輕輕戳了他一下。
「我知道。因為你說的話太感人，所以忍不住想要追究一下。」
葉山帶著笑容，硬是皺起了眉頭說：

「……所以是故意逼我說這些。」

「有什麼關係嘛。讓前上司高興一下又不會怎樣。」

氣氛漸漸融洽後，玲子問了另一個問題。

「阿則，先不說這個，你剛才不是說『其中之一』嗎？」

「……我有這麼說嗎？」

葉山鬆開了眉頭，露出一眼就可以看出在裝糊塗的表情。他最近也學會了這樣的表情嗎？

「你說了啊。如果只想到一件事的時候，不會說這種開場白。這意味著你已經做好心理準備，至少還要聊另一件事。那我就洗耳恭聽了。」

「……我還以為妳會聽聽就算了。」

「不，我會緊咬不放，所以你也要說明白。」

「嗯。」葉山微微點了點頭，把身體稍微靠向玲子。

「我們正在偵辦上岡的命案……聽說他是你們那起案子的關係人？」

他也壓低了聲音，不讓旁人聽到。

「你是從哪裡聽說的？」

「管理官對勝俣主任說的。」

所以是第五重案搜查管理官的今泉，告訴了第四重案搜查管理官的梅本嗎？

「是喔……原來上面的人在協商相互交換相關線索嗎？」

「不，現狀應該剛好相反。梅本管理官和勝俣主任意氣相投。我猜想……應該是提醒勝俁主任，可能會有『祖師谷』的人出沒，要他小心提防。」

玲子對葉山願意告訴她這些事感到欣慰的同時，漸漸覺得他一臉嚴肅的表情很有趣。

「怎麼了？」

「沒有啦……我只是覺得，勝俁組的阿則說這麼多沒關係嗎？」

葉山突然坐直了身體，和玲子拉開了距離。

「這種程度……又不算是洩漏機密。」

「我知道，完全沒問題。」

「就是啊……沒問題啦。」

綜合串燒終於送上來了。

他們聊了將近一個小時，走出了串燒店。結帳的時候，兩個人各付各的。

「能和你聊一聊，真是太好了。等你的案子告一段落後，我們再去喝酒。我現在和菊田在同一股。」

葉山輕輕點了點頭。

「我聽菊田說了。他看起來超高興的。」

玲子覺得胸口被刺了一下。

阿則，其實我希望你和菊田一樣來我們這一股——雖然玲子這麼想，但這句話絕對不能說出口。

「那就先這樣……不好意思，你正在忙，還把你找出來。」

「不，我沒關係。主任，妳路上小心。我先回去了。」

兩個人同時走向相反的方向。

玲子很想回頭目送葉山的背影，但拚命忍住了。如果一直看著葉山，他可能也會回頭。玲子討厭自己有這樣的期待。

不再回頭。不需要回頭。

5

林對目前特搜總部在原地踏步的狀態感到焦慮。

姬川在命案現場附近發現了可疑人物。經過抽絲剝繭仔細調查之後，終於查到了「上岡慎介」這個人。沒想到上岡馬上遭到殺害。正確地說，在七日早上的會議上，第一次出現「上岡慎介」這個名字時，上岡已經被人殺害，所以無論如何，都不可能向他瞭解相關案情。

其實在會議上報告這件事的川澄，在六日晚上就查到了這條線索，只是因為那天晚上無法趕回來參加會議，所以直到隔天七日早上的會議上，才報告這件事。如果在六日晚上的會議上報告這件事，狀況可能會有所改變。

但如果這麼說，川澄也未免太可憐了。事實上，川澄也的確為此感到消沉，「對不起，如果我那天晚上趕回來開會就好了。」如果特搜在六日晚上掌握了「上岡慎介」的名字，是否能夠在隔天早上五點之前，也就是趁上岡還活著的時候和他接觸？這個可能性幾乎為零。誰都無法料到他會在七日清晨遭到殺害，所以最快也是「明天試著去找他」。

報紙和電視新聞都報導，殺害上岡的凶手是三個人，而且都戴了頭套。同時還提到，現場可能還有另一名男子，代代木的特搜總部目前正在尋找那個男人的下落。

雖然山內股長叮嚀，「不要去別人家的院子搗亂」，但林打算用自己的方式調查一下上岡。雖然自己不擅長像姬川他們那樣在外面奔波，靠腿力四處查訪，但搞不好自己也能夠發揮一點作用。幸好目前禮堂內只有他一個人。

他聯絡了很久之前辦案時認識的出版社員工。原本以為對方可能已經離開了週刊部門，一問近況，發現他調動了三次，現在又回到了週刊編輯部。對林來說，當然是求之不得。

『喔喔，你說那起事件啊……我也認識上岡先生啊。』

雖然很幸運地發現他認識上岡，但林還有一個隱憂。

「已經有其他刑警去向你瞭解情況了嗎？」

『好像還沒有來我們這裡。至少沒有人來找過我。』

「那如果之後有人去找你，可不可以別提我曾經打電話給你？」

『好啊，沒問題……是不是因為部門不同，搜查總部不同的關係？我瞭解。』

「嗯，就是這樣……感激不盡。」

對方也是在出版社這個組織內討生活，想必平時就為週刊、書籍出版、行銷和業務、廣告、總務等各部門之間的隔閡吃盡了苦頭。

林承蒙他的好意，向他打聽了上岡是怎樣的獨立記者。

『比起我們這裡，上岡先生最近比較常為《近代週刊》寫文章。一方面是因為他對歌舞伎町的內幕比較熟悉，所以可能是透過那方面的人脈，或是輾轉介紹之類的，感覺他對各種事件都有深入的瞭解。他對黑道幫派的事也很清楚。知道哪個幫派的誰誰誰最近要出獄，或是因為某起事件逃亡的誰誰誰目前在九州之類的。他不是那種靠假消息賺小錢的人，也從來沒寫過那種腦補報導。』

他們所說的「腦補報導」，是指那些未經查證，消息來源可疑的報導。

「有沒有和人結怨呢？」

『如果要說可能性，當然就有無限的可能。因為，他畢竟是在那樣的世界裡混。正因為是不為人知，不能公諸於世的消息，才有報導的價值。對我們來說，才有刊登的價值。當然，如果捅出什麼漏子，出版社會遭到抗議，但獨立記者……為了蒐集消息，往往需要拋頭露臉，嗯……我相信他應該也很瞭解這些狀況。』

「具體來說，你知道是哪方面嗎？」

『喔，那就不清楚了。要不要向其他可能知道的人打聽……？』

「不不不，」林慌忙打斷了他。

「被太多人知道，反而有點麻煩。所以不必了，謝謝你。如果還有問題，下次再請教你。」

林說完之後，掛上了電話。

掛上電話之後，他發現自己的心跳加速。

他終於曉得，姬川他們每天都像這樣一邊走鋼索，一邊解決了多起案子。尤其是姬川，她具有堅定的信念，即使會招致其他部門的人不滿，即使遭到上司阻止，她還是會去該去的地方。正因為這樣，她之前才會受到懲處，被調離警視廳，也曾經讓自己身處危險，經歷了很多事。但林很崇拜姬川的某些部分。覺得像她那樣在工作上兢兢業業、勇往直前，應該很暢快才對。

「做幕後工作的人，就乖乖做好幕後工作……」

他小聲嘀咕時，有人走進了禮堂。林一看到走進來的人，發自內心慶幸自己還好早一步掛上了電話。

進來的是今泉管理官和山內股長。

林站了起來，兩個人都立刻轉頭看著他，然後走了過來。

「兩位辛苦了。」

林向他們打招呼，走在後方的今泉親切地舉起手向他打招呼。

山內默默無言地走到辦公桌旁，左右巡視了桌上的情況。

「……林統括，現在方便嗎？」

目前特搜總部處於這種狀態，沒有任何緊急的工作需要處理。

「是，我沒問題。」

「其他人什麼時候回來？」

「他們剛出去吃午餐，一個小時之內應該還不會回來。」

「那就在這裡談吧。」

在山內的示意下，今泉和他一起繞過了桌子，走到林的面前。他們似乎不想被其他偵查員聽到。

今泉把手上的大衣和皮包放在旁邊的桌子上。山內拉了兩張椅子，兩個人分別坐了下來。

「林統括……我就直截了當地問你。我打算把姬川主任從這裡調去代代木的特搜，你認為如何？」

代代木的特搜？是「上岡命案」的搜查總部？

「呃，這個……」

山內面無表情地繼續說了下去。

「我之前也對姬川主任說了，組織搜查需要循正當的管道。但如果繼續這樣下去，她一定會用某種方法，調查上岡手上掌握的消息。搞不好她已經有什麼動作了。昨天晚上，她難得第一個離開，而且是單獨離開。當然也可能是去處理和搜查無關的事。目前已經不需要住在這裡了，她回家這件事本身並沒有問題。但如果她在離開之後，和誰見面……這完全是我的想像，她以前的下屬目前在代代木的特搜總部。就是姓葉山的巡查部長。如果她和葉山接觸，試圖瞭解相關線索，之後就會很麻煩。」

不知道這件事進展到什麼程度？山內有幾分的把握？姬川和葉山接觸這件事，真的只是山內的想像嗎？是不是山內聽到了什麼風聲？

「這的確……不是值得稱讚的行為。」

「雖然不能說是幸好，但代代木那裡人數不足。目前警視廳只派了一名主任帶領三名下屬進駐，股長和統括主任都暫時無法離開小岩那裡的特搜總部。二股希望可以趕快派警視廳的偵查員進駐，哪怕只有兩、三個人也好……我是這麼解釋的，今泉管理官？」

「嗯，」今泉終於開口。

「……目前每天都會向二股報告搜查進度，但是……目前這裡的狀況也沒有進展。所以二股認為乾脆先縮小規模，將人員調配到剛開始搜查工作的特搜總部，等兩、三起案子結案，特搜總部的數量減少之後，再回來這裡。照理說，應該讓姬川他們幾個人留在這裡。那個是在幾股？井岡……是在七股吧。讓他們去支援，但山內股長認為反過來比較好。」

山內立刻反駁說：

「我沒有說反過來比較好。只是說，不如這樣比較好。」

「沒錯，你說不如這樣比較好……因為姬川一定會採取行動。雖然我不知道她有沒有聯絡葉山，但以姬川的個性，早晚會這麼做。即使派井岡他們去支援，結果也一樣，井岡搞不好會很樂意把那裡的情況告訴姬川。既然這樣，不如直接讓姬川去代代木支援。」

這樣的安排未免太大膽了。

「我瞭解了。容我先確認一下，只有姬川主任一個人去代代木支援嗎？」

今泉低吟一聲，微微偏著頭說：

「二股要求先派五個人去支援。但我說五個人有點困難，所以後來改成三個人。

除了姬川以外，還要再派兩個人。」

山內看著林說：

「我認為讓菊田和姬川一起去比較妥當。」

「啊？」林忍不住叫了一聲。

「菊田也一起去嗎？」

「有什麼問題嗎？」

姬川和菊田的合作的確很有默契。但是，一下子被調走兩位主任，的確有點吃緊。

「呃……希望只調走一名主任。」

「你不是還在這裡嗎？」

「不，我和他們兩個人的性質完全不一樣。」

「那就林統括和姬川，再另外安排一個人。中松、日野，或是小幡。你覺得誰比較好？」

對喔。如果姬川去代代木，必須有人在那裡支援她。比起自己，菊田的確能夠發揮更大的作用。這一點絕對不會錯。

「好吧。比起我，菊田去那裡更能夠發揮戰力……好，那就派菊田去。」

「另外一個人呢？」

這又是另一個難題。

「如果管理官和股長沒有特別指定的人選，不如讓兩位主任自己決定？我相信他們也會有他們的考量。」

林的話音剛落，山內就站了起來。

「那就這麼辦。姬川主任今天沒有外出吧？」

「對，她去吃午餐……」

「那等她一回來，就告訴她這件事。因為還要和其他股進行協調，所以不可能說走就走。管理官，具體從什麼時候開始？」

今泉也「嘿喲」一聲站了起來。

「最快也要後天……星期六。」

「林統括，就麻煩你一併轉告。我等一下要去光之丘分局，也無法參加晚上的會議。那就拜託你了。」

「是，瞭解。」

山內向今泉低頭致意，走出了禮堂。

今泉一臉茫然的表情目送他離去。

「……真是個奇怪的人。」

林和今泉認識多年，二十多年前，兩人在當時的搜查一課重案搜查第七股，俗稱的「和田組」共事過。只不過今泉和林不同，之後也一直在搜查第一線。雖然今泉比林小一歲，但林認為今泉無論身為刑警，還是身為一個男人，都很值得尊敬。

相反地，有些人即使在搜查第一線很活躍，也無法讓人尊敬。

「管理官……鋼鐵不是在代代木嗎？把姬川派去支援沒問題嗎？」

今泉咬著下唇，轉頭看向林，但並沒有看林的眼睛。

「目前的狀況，無法顧及那麼多，而且是山內股長提出要讓姬川去代代木。即使跟他說勝俣在那裡，他也不會理會這種事。最多只是問一句，那又怎麼樣？」

的確是這樣。

「代代木那裡那麼缺人手嗎？」

「嗯。」今泉用力點了點頭。

「這裡也因為其中一個被害人是藝人的關係，所以不得不擴大搜查範圍。他們那裡也……獨立記者似乎也很麻煩。雖然梅本不太願意透露詳細的情況。」

梅本警視是第四重案搜查的管理官。勝俣的凶殺組八股屬於第四重案搜查。

「因為被害人的交友關係……其實大部分都是採訪對象，但因為範圍太廣，無法完全掌握。他今年五十歲。在那一行的資歷也不淺，扣押的電腦中有為數龐大的稿件。但目前幾乎還沒著手處理這部分，完全丟給資訊組的人，由他們確認其中的內容。」

今泉說到這裡，突然看著自己的手錶。

「啊，慘了。我沒時間了……林統括，我會參加今天晚上的會議，可能會晚一點到。姬川那裡，也可以到時候再詳細向她說明。總之，萬事拜託了。」

「好，知道了。」

「那我先走了。」

今泉拿起大衣和皮包，也走出了禮堂。

沒想到姬川很早就回來了。在今泉離開後大約十分鐘，她就走進了禮堂。

「姬川主任，可以麻煩妳過來一下嗎？」

「喔，好啊。」

姬川把東西放在自己的座位上，大步走了過來。剛才帶著鈴井和資訊組的兩個年輕人一起去吃午餐，可能順利轉換了心情，臉上的表情也開朗了些。

林向她招了招手，把姬川帶到了窗邊。

「……有什麼事嗎？」

要怎麼開口呢？不，這種事，並沒有很多不同的表達方式。

「不瞞妳說，今泉管理官剛才來過了，還有山內股長。」

「是嗎？但是我並沒有做什麼會挨罵的事啊。」

林原本想確認葉山的事，但這件事，並不一定要現在問。

「他們並不是來抱怨的，是來討論一件事……也不能說是討論，該說是提議……或者說是命令。」

姬川噘起了擦著漂亮口紅的嘴唇。她吃完午餐後，順便補了妝嗎？

「到底是什麼事？請你說清楚點。」

「嗯……其實是打算把妳調去代代木的特搜……」

姬川的眉頭一皺，眼神也變得銳利，好像會被她的眼神看穿。

「我去代代木？」

「嗯，和菊田一起。還可以再帶一個人過去。」

「代代木？鋼鐵不是在那裡嗎？」

「是啊，他在那裡……妳果然會在意。」

姬川的眉頭漸漸舒展開來。

「代代木的、特搜……上岡命案的、特搜……支援……」

姬川有時會露出這樣的表情。雖然她應該只是在想事情，但旁人看在眼裡，內心會感到非常不安。如果不怕誤會，直截了當說的話，她好像沒有心，整個臉看起來有如靈魂悄悄出竅，著實讓人感到憂心。不，也許不同的人有不同的看法。即使勝俁看到玲子這樣的表情，可能只覺得「這是什麼蠢樣子」。菊田看到她如此毫無防備的表情，可能會看得出了神。但是，林——。

「……我知道了。那我去。」

姬川回神的時候，也只要一眨眼的工夫。

「喔，喔喔，是嗎？妳要去嗎？妳願意去嗎？」

「既然是命令，就只能執行啊。不管是鋼鐵還是日下在那裡，只要上面叫我去，我就會去啊。」

沒錯。姬川以前在十股時，和同在十股的日下警部補關係也很差。日下目前升了一級，已經是統括警部補了。

「……我和菊田，還有誰？」

「目前還沒有決定。中松、日野、小幡……或者是七股的人也可以。」

「不需要。我不會帶七股的人去……那我帶小幡。」

沒想到姬川不加思索便回答，而且她的選擇也令林感到意外。林認為中松是比較適任的人選。

「喔，小幡……為什麼選他？」

「因為中松和日野比較能幹。既然我可以帶菊田走，就不能太貪心。林統括，你應該也希望留下一點戰力……啊，但是這件事，即使是開玩笑，也請不要告訴小幡。」

怎麼可能告訴小幡？

又不是勝俣。

第三章

1

我逃避家人，逃避在越南的殺戮記憶，逃避被越南人追殺，嚇得屁滾尿流的過去。

我想要否認這一切。

我愛我的家人。我為自己身為美國公民感到驕傲。所以我才會上戰場。那場是正義之戰，而且我們打了勝仗。我們堅不可摧，那些矮小的東方人一點都不可怕。

然而，我愈是這麼想，愈把自己逼入絕境。我被那些滿身是血的越南佬包圍，即使把他們的心臟打穿，即使轟掉了他們的腦袋，即使扯下他們的雙手雙腳，他們仍然在我的周圍爬來爬去，七嘴八舌地說著話。雖然他們沒有嘴巴，卻對我說個不停。

嗨，偉大的美國人。你的老婆、孩子還好嗎？下次休假的時候，帶全家來這個充滿回憶的地方嘛。在你們用藥劑讓樹木都枯死的叢林玩狩獵遊戲。這一次，我們絕對不會輸了。會讓你、你老婆，還有你的兒子都落入和我們相同的下場——哈哈哈，開玩笑的。只是遊戲而已嘛。只是用刀子割喉，用自動步槍把身體打成蜂窩的遊戲。不必露出這麼害怕的表情。

也可以不要在叢林啊。比方說，可以選一棟小房子。因為外面下著雨，因為已經是深夜了，所以就在房子裡玩遊戲吧。先姦你老婆，再把你兒子吊起來，用他的頭去撞地板，把他的臉打成像腐爛變形的水果，最後把子彈打進他的屁眼——剛才已經說了，這只是遊戲。別太認真了。呵呵呵——。

我經常在早晨因慘叫而睜開眼睛。尤其是休假回到家時，太太每天早上來叫我時，幾乎都會露出擔心的表情。

老公，你又做惡夢了嗎？流了好多汗。安索尼，沒事了。這裡是你的家，你的祖國，不需要再感到害怕。

對我來說，看到兒子的成長是最大的喜悅。

原本只是搖晃學步的幼兒，下一次回家時，發現他學會了踢足球。再下一次回家時，他已經不愛足球，說以後要當NBA選手，在庭院內的兒童籃架前練習灌籃。

雖然無法參加他中學的畢業典禮，但我參加了他高中的畢業典禮。當時，他已經放棄了NBA的夢想，說將來想當建築師。

我以為他的「將來」還有很多年，但兒子——健說「是現在」。我問他為什麼這麼著急，原來他交了女朋友。

「爸爸，我交了一個很好的女朋友。她的名字叫小百合……爸爸，你聽到她的名字應該就知道了，沒錯，她是日本人。她和我同年，來我們的高中留學，大家都很喜歡她，我也對她一見鍾情。她也很愛我。我想和她一起去日本學建築。所以我們打算結婚……這個週末，我想介紹小百合給爸爸認識，我可以請她來家裡嗎？」

不可能吧，我想。

我平時在家時，的確經常說「日本是一個出色的國家」。街道很乾淨，也有很多自然環境。日本人都很親切，也很平和，最重要的是，他們都很勤奮。我之前在日本工作時，幾乎每天都像在休假。

但是，兒子和日本女人交往卻是另一回事。

我刻意不提日本人可怕的一面。不想讓妻兒知道我對日本人感到害怕。也不想告訴他們，為什麼會覺得日本人可怕。因為所有這一切，都和之前在越南的記憶有關。東方人都很可怕，不知道他們腦袋裡到底在想什麼。雖然表面笑嘻嘻的，但內心沒有在笑。比方說，下雨的晚上，即使迷了路，問他們怎麼去車站，他們不會回答，連招呼也不打一聲就急忙逃走。我身處異鄉，在雨夜的黑暗中不知所措，對方竟然就這樣丟下了我。怎麼可以原諒這種女人？啊？這種女人殺了也是剛好而已——。

不，我在說什麼啊。沒必要說這種不知道多久以前做的惡夢。不，不是這樣的。日本很出色。喔，交了日本女朋友嗎？那很好啊，帶她回家看看啊，爸爸很期待看到她。

我也問了妻子，健哪時候開始交什麼日本女朋友的？為什麼之前都沒有告訴我？因為你都在海外，又不接電話，想要寫信，也不知道該寄去哪裡。而且，你不應該說「什麼日本女朋友」這種話，如果健聽到了，一定會很難過。小百合是很好的女生，我也很喜歡她。你不是經常說，日本是一個優秀的國家，日本人都很優秀嗎？健對你說的這些話印象很深刻，也這麼對小百合說了。他說，我爸爸告訴我，日本是很優秀的國家，日本人都很親切、認真。我們全家人都很喜歡日本。

不對不對不對，不是這樣的。這只是場面話，美國和日本之間的關係更複雜、更難處理，無論在經濟上、政治上，還是之前的戰爭問題上，至今仍然存在著很多無法抹滅的問題。比方說，美國人以前曾經殺了很多日本人。例如日本空襲、原子彈、無論在硫磺島還是沖繩，甚至在雨夜的民宅，把人打得面目全非，然後把子彈打進他們的屁眼——不，沒這回事。扯到哪裡去了。不，沒這回事。

聽好了，冷靜下來，沒這回事。

我知道，我當然知道，那只是惡夢，並不是實際發生的事。日本人也早就忘了那起命案。不對，根本沒有發生過那起命案，哪有什麼忘記不忘記的問題，根本沒這回事嘛。

那個週末，健果然帶了小百合來家裡。

十月的佛羅里達還很悶熱，小百合穿了一件白色薄洋裝來到家裡。

「安索尼，你好。我是小百合，豐田小百合（Sayuri Toyoda）。」

「妳好，很高興認識妳。小百合……原來妳姓豐田（Toyota），我對豐田很熟，我也曾經去名古屋的工廠參觀。以前在日本工作時，我開的是豐田的皇冠，但是二手車。」

「呃，那個……雖然我姓氏的漢字和汽車廠的豐田一樣，但發音不太一樣。我們家族的姓氏讀成『Toyada』，最後的音不發『TA』，而是要發『DA』的音。日本人也經常搞不太清楚這種發音的問題。」

「原來要發Toyada的音啊，好，我知道了。但我可以叫妳小百合嗎？」

「當然可以，安索尼。」

我太太說的話果然沒錯。我立刻知道健會愛上小百合的原因。

在日本女人中，小百合算是很高大。差不多有一百七十公分。她一頭黑色長髮，一雙細長的眼睛充滿知性，是很漂亮的少女。

沒錯，健愛上了這個女生，我太太也很中意她，我也必須接受她，必須接受小百合是健的女朋友這件事——。

那天，我們邀請小百合一起吃午餐。

「小百合，妳是什麼時候來佛羅里達的？」

「兩年前，因為父親工作的關係，母親、弟弟和我四個人一起來這裡。父親三個月前去亞特蘭大工作了，這次他一個人去。所以母親、我和弟弟三個人住在一起。父親很擔心我們，所以讓我們搬去保全很完善的公寓，即使他不在家，我們也不會有危險……但父親自己在亞特蘭大只住一個小套房，是不是很好笑？」

小百合的父親很為家人著想，和我完全不一樣。

我妻子把菜端了上來。

「既然妳在這裡已經住了兩年，這些東西可能已經吃膩了吧？」

那是一盤佛羅里達龍蝦。我們家向來都把龍蝦的殼剝掉之後裝在盤子裡，因為健都懶得剝殼。

「哇，看起來真好吃，我最喜歡吃了。我媽媽很想念日本，所以我們家大部分都吃日式料理。雖然我來這裡已經兩年了，但很少吃龍蝦。」

健第一個伸手拿龍蝦。

「小百合的媽媽做的菜很好吃。那叫什麼，就是圓圓的，好像小小的鬆餅一樣，有點甜甜的……」

「喔，你是說章魚燒。」

健之前完全沒有提過他在女朋友家吃了章魚燒這件事。還是他告訴了他媽媽？

小百合轉頭問我：

「安索尼，你以前在日本工作，你知道章魚燒嗎？」

「啊，嗯……但我分不清章魚燒和大阪燒，那種小小圓圓的，是不是章魚燒？」

「沒錯，大阪燒是扁扁的，那更像鬆餅。」

「我以前在日本時喜歡吃拉麵。有各種不同的口味，無論去哪家店，拉麵都很好吃，但我還是喜歡最基本的醬油口味。」

健露出有點不悅的表情。

「我還是不太習慣那種吃麵的方式。吃麵的時候發出那麼大的聲音，在一旁看著就很不舒服。」

雖然我很想告訴他，那才是日本的吃麵方式，但小百合搶先說了。

「對，歐美人可能不太習慣那種方式，但那種方式可以同時享受到隨著熱騰騰的麵湯飄來的香氣，而且，用那種方式，就可以趁熱吃麵。健，你下次可以試試，否則恐怕很難瞭解蕎麥麵、烏龍麵和拉麵真正的美味。」

妻子聽得興致勃勃。

「我還沒有吃過你們說的……拉麵？不知道是怎樣的食物。」

小百合真可憐，只顧著說話，遲遲沒時間吃龍蝦。

「拉麵就是麵條放在熱湯裡，但嚴格來說，拉麵並不是日本的食物。原本來自中國，我們日本人都認為那是中華料理，只不過日本人很喜歡改良。我的中國朋友說，日本的拉麵和中國的拉麵完全是不同的食物。所以，一開始我們為這個問題爭執不休。拉麵是中華料理。這種食物才不是中華料理。不，是中華料理。才不是呢。我們為這件事吵了半天。」

小百合的英文很好。無論動作和表情看起來都很高雅。東方人——沒錯，雖然她是東方人，但完全沒有格格不入的感覺。當然也完全不會讓人感到害怕。感覺和很多生活在佛羅里達的亞裔美國人差不多。

想到這裡，反而感到不寒而慄。

也許國家和國家之間的隔閡，隔絕東方和西方之間的，只是語言而已？如果那些越南佬會說流利的英文，如果那天深夜，在雨中遇到的那個女人聽得懂英文，會不會有不同的結局？也許美國就不會和蘇聯、中國爭奪越南，我們也不會像殺螻蟻一樣槍殺、燒死那些越南佬，也不會到處灑藥，我也不會在那個雨夜，殺了那家人——。

「……我覺得是這樣。」

健不知道說了什麼，但我沒有聽到。

「抱歉，你剛才說什麼？我沒聽到。」

「爸爸，是不是因為小百合來家裡，你太緊張了？」

「是啊，有可能。……健，我提醒你一件事。我猜想你認識的日本女生可能不多，小百合很漂亮，你千萬不要以為，去了日本之後，到處都可以看到像小百合一樣的美女。」

「沒這回事。」小百合用力搖著手說：

「我不是美女。尤其在日本……大家都覺得眼睛更大，鼻子更挺的女生才是美女。」

妻子立刻反駁說：

「不，小百合，妳很漂亮。妳的眼睛很迷人，鼻子挺是西方人的特徵，絕對不代表漂亮，而且鼻子太大，反而很醜。」

妻子在說話時，不知道為什麼，健一直看著我。妻子在稱讚小百合，但他並沒有認真聽。

「健，怎麼了？」

「……爸爸，你剛才說，我去了日本之後。」

「嗯？」

「你剛才說，千萬不要以為，去了日本之後，到處都可以看到像小百合一樣的美女。」

「啊，啊啊……沒錯，我說了。」

「所以說，爸爸贊成我和小百合一起去日本。小百合的爸爸下個月就要調回日本了，小百合也會回國。她爸爸在日本的建築公司工作，雖然和我沒有直接的關係，但我打算去學習日本建築，以後帶回美國。日本的建築不是有獨特的美感嗎？如果帶回美國，一定是很好的生意。」

我完全沒想到，自己隨口說的話，竟然被兒子解釋為我贊成他去日本。

因為健和小百合一起去了日本，所以我就和妻子一起留在美國生活。

那段日子很平靜。我很快就從空軍退役，進入一家民營公司任職。我覺得有什麼力量引導我這麼做，不，應該說，我必須這麼做。

差不多就在那個時候，妻子發現生病了。她得了肺癌。諷刺的是，就在一個星期後，得知小百合懷了健的孩子。雖然他們兩個人還是學生，但小百合決定要生下孩子，她的父母也同意，健打算立刻和小百合結婚。

但是，即使第一個孫子出生了，我們也無法去看孫子。因為妻子的病情很不理想。

妻子在孫子——名叫「喬治」的孫子一歲生日的十天後離開了人世。

健趕回來參加葬禮。小百合也帶著喬治一起趕來了。

喬治才剛學會走幾步路。說來一點都不誇張，當他笑的時候，簡直就像天使般可愛。我不由地想起健小時候。但是不知道為什麼，我記憶中的健站在原地，一動也不動——我知道了，我都是從照片上看到健，而且是已經褪色的、四周都已經磨損變圓、變得很陳舊的生活照。

「……喬治，喔喔，喬治……」

我失去了心愛的妻子，卻遇見了新生命。我為此感謝上帝，也為自己能夠發自內心地愛這個孩子感到欣喜。

我真心覺得，現在我或許可以改變。

為失去妻子而悲傷的我，發自內心愛著孫子的我。這兩個都是我。這才是真正的我。我並不是惡魔，也不是殺人魔。戰爭結束了，我甚至已經不再是軍人。戰爭使人瘋狂。當年在越南，像玩電玩遊戲般殺戮越南人的，是我，卻也不是我。在那個雨天的夜晚，因為怒不可遏而殺了一家人的，也不是我。那只是一場惡夢。是假的，全都是假的。

我已經滴酒不沾，也不再抽菸。雖然無法重生，但人生可以重來。我這麼以為。

葬禮之後，健把我叫到客廳，說「有事情要談一談」。喬治已經上床睡覺了，所以小百合也一起加入。

「爸爸，我打算繼續住在日本。我明年就大學畢業了，也已經找到工作了。我以後還是打算把日本的建築引進美國，但現在時機還不成熟。我必須再多累積一些經驗。

在此之前，我還不能回美國……所以，爸爸，你要不要搬來日本生活。你不是也很喜歡日本嗎？雖然原本希望你和媽媽一起來……因為我能力不足，所以無法如願。但我至少希望你可以來日本。怎麼樣？你願不願意考慮看看？比起一個人住在美國，搬來日本，和我們住在一起，不是對大家都比較好嗎？」

我對兒子的提議感到高興。如果是以前，我一定會毫不猶豫地回答：「不可能。」但是，現在不一樣了。

「健，謝謝你。可不可以讓我考慮一下？我的確曾經住在日本，現在也只剩下我一個人……來去的確很輕鬆。如果只有我一個人住，這棟房子也的確太大了。但是……我之前曾經住在日本，但幾乎都住在美軍基地內，只是偶爾出去喝酒，或是去哪裡執行任務，偶爾去觀光而已。我雖然有在日本多年的生活經驗，但也只不過就像是住在日本的美國。這點希望你能夠瞭解。這麼一把年紀……再去適應完全不同的文化，學習新的生活方式，老實說，我沒有太大的自信。」

當然，不光是因為這些理由。

日本這個國家讓我害怕。日本的街道讓我害怕。在劃分成一小塊、一小塊的土地上，一棟棟小房子林立的整齊景象讓我害怕。

在那種地方，萬一在雨夜，又不小心迷了路——。

不，不必擔心。我已經不再是以前的我。我已經不是軍人，也戒了菸酒。最重要的是，我現在有了可愛的孫子。有像天使般可愛的喬治。為了這個孩子，我沒有做不到的事。沒錯，移居日本根本是小事一樁。

和這個天使一起展開新的人生，聽起來還真不錯。

2

二月十五日，星期六。

玲子約好早上七點集合，但菊田和小幡都提前幾分鐘到了。

「早。」

「早安。」

雖然兩個人幾乎同時回答，但小幡的聲音明顯比較小。

「怎麼沒什麼精神？宿醉嗎？」

「……不，我沒事。」

玲子也無意像戰爭電影中的中士一樣喝斥他：「聲音太小聲了！」所以也就沒再多說什麼。

菊田從一旁探過頭來。

「……幹嘛？」

「主任，我想確認一件事。」

「嗯，好啊，什麼事？」

「這次來支援，是為了解決『上岡命案』，還是『祖師谷命案』？」

那還用問嗎？

「……當然是兩起案子啊。」

「知道了。那就同時偵破兩起案子。」

三個人走進大門，搭電梯來到禮堂所在的五樓。

禮堂門口貼著「代代木三丁目短期租賃公寓內強盜殺人事件特別搜查總部」的紙張，門敞開著。

「早安……」

玲子向內張望，發現三個身穿西裝的男人在末座的桌子周圍。坐著的兩個人也站了起來，三個人都走了過來。

「我是凶殺組十一股的主任姬川，今天開始來這裡支援。」

「我是菊田。」

「我是小幡。」

他們當場交換了名片。

看起來最年長的是代代木分局刑組課統括股長橋本警部補，玲子昨天晚上曾經和他通過電話。目前由他統籌管理這個特搜總部資訊組的情資工作。應該說，他不得不接手這項工作。這個特搜總部內只有四名刑事部的偵查員，而且只有一名主任警部補，勝俣當然不可能乖乖坐在辦公桌前處理文書業務，所以只能由轄區警局搜查經驗豐富的人負責這項工作。

另一個是新宿分局刑事課的小川巡查部長。他乾乾瘦瘦的，看起來不像刑警，反而更像是區公所的職員。從某種意義上來說，他很適合坐在辦公桌前。

最年輕的是代代木分局刑組課的阿部巡查長。一方面是因為他穿了黑色西裝，再加上他矮矮胖胖的，所以讓人聯想到獨角仙。

所以，這裡的資訊組是代代木分局的統括、區公所職員和獨角仙。

玲子看著橋本說：

「……可不可以拜讀一下目前為止的資料？」

「都準備好在這裡了。」

那裡有三份事先影印好的資料，和裝訂在閱覽用資料夾內的資料。

首先要瞭解命案發現的過程。

玲子問橋本：

「這名報案人吉岡夏夫，的確是每天清晨都會慢跑嗎？」

「已經確認過了。」

報案人在慢跑時路過現場，發現血跡後報案。並沒有特別的疑點。

「齊藤雄介」租用了成為命案現場的二〇五室，但租屋者很可能使用了假名。嗯，應該就是假名。被害人上岡在凌晨四點多去找住在那裡、自稱是齊藤的人，五點多時，出現了三個蒙面人，殺了上岡，自稱是齊藤的人和三個蒙面人離開現場。離開時，還帶走了上岡的包包。難怪稱為「強盜殺人事件」。

其中一個蒙面人走路離開現場，包括自稱是齊藤的另外三個人開車離開。追蹤了徒步離開現場的那個人的行蹤，發現他最後在下北澤下了車，並成功確認了他的長相。因為是小有名氣的人，所以查明此人是「砂川雅人」。原來是這樣。

原來是下北澤。

「……高志打工的地方是？」

玲子小聲嘀咕道，一旁的菊田立刻點了點頭說：

「沒錯，就是下北澤。」

下北澤附近有好幾所大學，是年輕人喜愛的地方，所以即使剛好一致，也不足為奇。

砂川雅人是這陣子在東京都內各處舉行的「反美軍基地示威遊行」的領袖。

玲子再度問橋本：

「反美示威遊行和上岡之間有什麼關係嗎？」

「上岡應該採訪過示威遊行，只不過還沒有完成稿子，但相關人員已經證實了這件事。另外，新宿分局刑事課有一名姓東的警部補，他似乎和上岡認識。」

玲子認識東警部補。在赫赫有名的「歌舞伎町封鎖事件」的搜查過程中，他是舉足輕重的刑警。已經退休的搜查一課前課長和田徹對他有高度的評價。

橋本繼續說道：

「東也提到，曾經和上岡聊過示威遊行的事。剛好是上岡遭到殺害的三天前。」

當時，不知道有沒有和上岡聊到「祖師谷一家命案」？玲子立刻產生了興趣。

「是喔……」

她開始看驗屍報告。

死因是出血性休克致死。凶器是刀長十公分的刀子。腹部有十一處刀傷，這些加總起來成了致命的傷害。除此以外，還有將刀子刺進右臉頰後，在裡頭執拗攪動的痕跡，導致右側上下牙齦、下側的四顆牙齒，和上側的兩顆牙齒嚴重損傷。上岡死後，刀子一度插進心臟。包括顏面在內的頭部、肩膀、手臂上，都有生前造成的挫傷、擦傷和防禦傷——。

也就是說，在極盡凌虐之餘連刺了好多刀，即使對方斷氣了，還是對著他的心臟再補一刀。

「蒙面人是？」

「在這裡。」

橋本打開了資料中的影像頁。應該是從週租公寓的監視器影像中擷取的圖像。看起來不太清楚，但仍然可以辨識出，那不是正常人的臉。

看起來像是用黑線把動物的皮革縫成圓形，看起來有點恐怖的頭套。三個人當然都是沒有頭髮的光頭狀，但在眼睛的位置挖了洞。

「這是市售的頭套嗎？」

「不，目前還不知道市面上是否有出售。但小川說，外國的恐怖片中，有戴這種頭套的獵奇殺人魔……小川，對不對？」

區公所的小川不發一語地點了點頭，似乎沒有特別需要補充的內容。這個人看起來很不中用，但玲子更在意橋本昨天晚上通電話時，說話語氣不像現在這麼隨便。昨晚感覺他更彬彬有禮。

「你們應該已經在追查砂川的下落吧？」

橋本毫不掩飾臉上不悅的表情。

「是啊，已經在查了……只是還沒有抓到人。」

玲子能夠瞭解，之後進來特搜總部的人問這種問題，好像在質疑「你們有沒有認真在辦案？」任何人聽了，心情都不可能愉快。但組織搜查就是這麼一回事，所以也無可奈何。如果不想被問這種問題，就應該在支援人力抵達之前解決問題。話說回來，

「祖師谷命案」至今過了三個月仍未破案，所以玲子才來代代木支援。至於玲子是否有資格質問這件事，答案當然是「沒有」。

橋本繼續翻著資料。

「由於他之前的報導都以歌舞伎町為主，所以一開始便針對可能會有小道消息的黑道、餐飲店、色情店、外國人……進行搜查，但在查到砂川的名字，以及反美示威遊行後，所有的人員都開始調查那條線。至於……是否因此縮小了搜查範圍，其實也很難說。只是有很多人力都在查示威遊行這條線。另外，新宿分局不知道透過什麼方式逮了人，總之，他們目前拘留了向砂川提供資金的一個叫矢吹近江的男人。」

咚咚。橋本用食指彈了彈資料那一頁。

矢吹近江。資料上還附了照片。一頭白髮，鷹鉤鼻，上了年紀的老人。眼神一看就不是善類。整個人感覺很凶惡。

玲子看向禮堂末座後方窗邊的角落，那裡堆了十幾箱印了警視廳標識的紙箱。

「已經去上岡家搜索了嗎？」

「去過了。因為他是爬格子的，沒收的電腦……」

橋本看向桌角，那裡有一台頗舊的桌上型電腦。

「雖然不知道是幾十年份的內容，總之，裡面儲存了大量文稿。光是製作清單就是龐大的工作……小川，對不對？」

區公所再度默默點頭。

玲子走到上岡的電腦旁。

電腦的外型很老舊，外殼已經嚴重變色。原本應該是淺灰色，如今幾乎已經變成了米色。上岡似乎是老菸槍。電腦連著電源線，應該馬上可以確認電腦裡的內容。

「橋本統括……」

但是，玲子的話還沒說完就被打斷了。

「啊喲啊喲，啊喲啊喲啊喲。姬川玲子警部補，這麼早就到了啊。妳今天化妝應該很匆忙吧……假睫毛都掉了一半。」

誰會戴假睫毛來特搜總部？

「早安，勝俁主任。從今天開始，來這裡……」

「我才不會關照妳，無聊的打招呼就等到會議上再說吧。……話說回來，姬川，妳又順利回到搜查一課了。妳到底用了什麼花招？到底對誰花言巧語，才能這麼輕而易舉地回來？」

勝俁沒資格在人事的問題上說三道四。

「哪有這種事？只是因為之前的任期還沒結束，所以不過是繼續任期而已……既然你提到這件事，我對你的人事問題感到很疑惑。你在搜查一課已經快十年了吧？」

「很可惜，只有八年。算數不好的大小姐連這個都算不清楚，真是傷腦筋……看來連影印和倒茶這種事，都沒辦法放心交給妳。」

不管怎麼說，通常只能在同一個部門任職五年。勝俣顯然用了某些非正規的手段。八成是接近恐嚇的手法。

勝俣巡視了資訊組。

「而且……妳自己的案子遲遲破不了，就把手伸來其他地方，真搞不懂妳在打什麼主意。……姬川，我早就知道妳很想調查上岡的情況……你們聽好了。」

勝俣大動作地指著資訊組的三個人說：

「要記住，這個女人對誰殺了上岡這件事，沒有一絲一毫的興趣，只是很想看那台電腦裡到底有什麼……怎麼辦？要給她看嗎？……喂，姬川，妳要不要像以前一樣拜託我，說妳願意給我看妳的內褲作為交換？」

菊田向前一步。

但是，勝俣立刻狠狠瞪了回來，似乎在阻擋他的氣勢。

「菊田，你也真是的。到底要跟在姬川屁股後面打轉到什麼時候？你不是娶了一個年輕的老婆嗎？那就別理這種老女人，回家好好取悅老婆。」

如果是以前，菊田可能最多只是狠狠瞪勝俣而已。

但是，現在的他不一樣了。

「……你沒資格對我說三道四。」

勝俁挑起單側眉毛，一臉嘲笑的表情說：

「啊喲，升上警部補，就完全不一樣了啊。渾身充滿了自信嘛……所以說，你有辦法同時搞定兩個女人囉？」

菊田揚起下巴。

「勝俁先生，我勸你還是少說兩句……這種玩笑話，從你嘴巴裡說出來，聽起來像是老男人在嫉妒。」

菊田，漂亮！

勝俁似乎也發現菊田占了上風。

「我說菊田啊……」

這時，有十名左右的偵查員同時走了進來，葉山也在其中。

「……早安，姬川主任、菊田主任……勝俁主任。」

玲子背對著勝俁，完全轉向葉山說：

「阿則，早安。從今天開始，我也來這裡了。」

「是，昨天聽管理官說了。請多關照。」

葉山很恭敬地向玲子和菊田低頭致意。葉山應該只是打招呼而已，但不知道勝俁看在眼裡會有什麼感想。他一定怒不可遏——玲子轉頭一看，發現他竟然面帶笑容地看著他們，反而讓玲子感到有點發毛。

「對喔，葉山，對你來說，他們是你的前上司。」

勝俣在說話的同時走向前，拍了拍個子比他高的葉山肩膀。

「……能夠在這裡重逢，也是一種緣分。就讓兩位前上司看看，你現在已經變得很出色……知道嗎？然後，也好好向兩位學習他們的工作方法……因為，沒有比他們更值得學習的刑警了。」

勝俣拖著步伐，走去最前排的座位。

那傢伙絕對在打什麼鬼主意——。

玲子的直覺這麼認為。

上午的會議，玲子他們三個人沒有坐去會議桌，而是在後方資訊組的座位上，在參加會議的同時，閱讀目前為止的偵查資料。

這裡的特搜總部除了在追砂川的下落之外，也已經搜索了住家，並著手進行相關的驗證工作。

砂川是一家小型網路公司的約聘員工，但這個月一直沒有去上班。在搜索他的住家時，也沒有扣押到電腦等相關物品。不知道是為了犯案帶走了，還是已經處理掉了。以他個人名義申辦的手機也無法定位。不是已經關機，就是已經處理掉了。

清查他銀行帳戶的資金流向後發現，的確曾經多次存入大額現金，但又立刻提領出來。因為是他本人存入的，所以難以瞭解資金是否來自矢吹近江。矢吹近江是傳聞中的「左翼大老」、「幕後黑手」，這種人為「反美軍基地示威遊行」提供金援也很順理成章。

說到美軍基地問題，首當其衝的當然就是沖繩。說到沖繩，就會聯想到反本土、反政府，也就是左翼。但與其說是沖繩縣民的政治思想偏左，不如說是左翼分子利用了沖繩。玲子對政治沒有太大的興趣，只瞭解大致的情況。

昨天晚上來不及趕回來參加偵查會議的偵查員，正在前方簡短報告。正如橋本剛才所說，目前大部分的偵查員都負責向砂川身邊的人瞭解情況。

坐在前兩排座位的小幡站了起來，把手上的資料拿給玲子。

「……這是上岡電腦中儲存資料的一覽表。」

「謝謝。」

這個特搜總部成立至今已經有八天的時間，也累積了不少偵查資料。將所有資料分成三份之後，由玲子、菊田和小幡輪流傳閱。小幡現在把他看完的資料拿了過來。

小幡把資料放在桌上時，彎下身體，把臉湊了過來。

「……他就是傳聞中的『鋼鐵』嗎？」

對喔，原來小幡以前沒見過他。

「沒錯。是不是無恥到極點？」

「是啊，這些話真的很難聽。」
「那種人如果不當警察，恐怕不出三天就會去犯罪。」
「你們已經習慣了嗎？我看你們一點都不退讓。」
「根本就輸給他了啊，退避三舍啊。」
「啊呀啊呀。」小幡嘴裡嘀咕著，回到了自己的座位。或許是心理作用，玲子發現他的心情似乎比早上好多了。雖然很想告訴小幡，「鋼鐵」的綽號是來自「徹頭徹尾的頑固」，以及他以前的各種惡行，但因為還在開會，所以下次再說。
玲子一隻耳朵聽著偵查員的報告，但並沒有令人耳目一新的消息。
即使有一百個關係人，其中有九十九個毫不知情，「九十九個人並不知情」的報告並非沒有意義。因為可以將這九十九個人從關係人的名單上排除，也可以縮小搜查範圍，所以具有意義。只是，查訪這九十九個人的過程很無聊。只能相信最後一個人一定瞭解某些情況，掌握了有助於逮捕凶手的重要線索，才能夠撐下去。
然而，這種期待往往會落空。這就是刑警的宿命。
「……以上是向七名參加示威遊行的人所瞭解的情況，但是沒有人知道砂川的下落，也沒有人認識那個沒有戴頭套的男子。」
太遺憾了。既然這樣，就調整心情，記住上岡儲存的文書資料。
上岡在整理稿子時，似乎不會在資料夾和檔案名上提及內容。比方說，【2008-

08】的資料夾中，儲存了【2008-08-12】的檔案，在清單上補充了【近代週刊　牛郎的日常生活】的注釋。應該是資訊組的人看了內容之後補充的。從目前手上的資料無法瞭解這項作業進行到什麼程度，也無法瞭解總共有多少文稿。這恐怕會是一項相當大的工程。

但是，以玲子原本的目的來說，上岡的這種整理方式反而更合理。「祖師谷命案」發生在去年十月二十九日，警方在十一月一日才發現。上岡不可能在此之前調查「祖師谷命案」，所以玲子只要看十月二十九日之後的檔案，應該就可以達到目的。只要瞭解上岡寫了些什麼，為什麼會在長谷川家附近打聽有沒有人看到白人，只要掌握他這些行動的根據——。

「……姬川主任。」

上座突然傳來聲音，玲子慌忙站了起來。

「啊，有。」

原本以為梅本管理官要向其他偵查員介紹，他們從今天開始加入這個特搜總部，沒想到並不是。

梅本管理官坐在座位上指著玲子，用麥克風說：

「你們十一股的三個人，就留在資訊組調查上岡電腦裡的內容。上岡應該和示威遊行團體有密切的關係，請你們早日釐清他採訪內容的全貌。」

「好，知道了……」

玲子發現勝俁坐在最前排。他看著前方，一動也不動。沒有像其他偵查員一樣轉頭看過來。從玲子所在的位置，只能看到他那件舊西裝的背影。

為什麼勝俁在那裡，而且他明明知道玲子真正的目的是想調查上岡的文稿，卻沒有對玲子負責調查這件事提出異議呢？如果是平時，勝俁應該會第一個說：「這種事怎麼可以交給姬川？」

為什麼？他的葫蘆裡到底在賣什麼藥？

3

勝俁也有負責的搜查範圍。他必須走訪東京都的各家出版社，向曾經和上岡合作的編輯瞭解情況，調查是否在採訪過程中埋下禍因。但是，勝俁認為這種事不值得自己去做，讓別人去查就好。比方說，可以由眼前這個不幸被任命為自己搭檔的代代木分局股長去調查。

「……喂，吉澤。」

雖然每天早上都會和吉澤警部補一起離開特搜總部，但從來不曾一起回搜查總部。為什麼？因為勝俁一定會甩掉他。每天必定會在某個地方甩掉他。

吉澤在第一天時，還誤以為是自己的疏失，導致和勝俁走失了。回到特搜總部後，立刻對勝俁鞠躬道歉說：「很抱歉。」但是，第二天發現勝俁在意想不到的車站下了車，之後也不接手機，他就知道並不是偶然，也不是自己的疏失，而是勝俁故意的。一個星期下來，吉澤的態度也明顯變差。此刻也拉著JR山手線的吊環，一臉不悅地看著車窗外。

「喂，吉澤，你沒聽到我叫你嗎？難道耳洞被耳屎塞住了嗎？」

即使勝俁這麼說，吉澤也不吭氣。既然這樣，就不要跟著我，大家乾脆分頭行動。雖然勝俁這麼想，但吉澤很頑固。他設法跟蹤勝俁，想要知道勝俁甩掉自己之後，到底去幹什麼。

好像是第三天，吉澤在晚上的偵查會議上問：「勝俁主任，請問你今天去了哪裡？」他可能想要讓勝俁在管理官和股長面前難堪。

管理官梅本只是露出「不會吧？」的眼神瞪著勝俁，但代代木分局的刑組課課長用拳頭捶著桌子，氣勢洶洶地說：

「勝俁主任，可不可以請你解釋一下是怎麼回事？你是不是不把組織搜查放在眼裡？你當刑警幾年了……真是的。又不是才當刑警兩、三年的菜鳥。都老鳥了，還這麼想搶功勞嗎？」

這種事，如果有辦法說出來，根本不需要特地甩掉搭檔。

「恕我反駁……這個世界上，哪有不想立功的刑警……你這個王八蛋課長！」

他坐在座位上，狠狠踹向會議桌。因為他踹的是角落位置，所以會議桌沒有倒下，但發出了巨大的聲響。

他當然不可能就這樣善罷甘休。

「更何況偵查會議又不是放學前的班會。你們是小學生嗎？還要報告『勝俁同學打掃的時候不見了，請你說清楚到底去了哪裡』這種事嗎？莫名其妙。這種事比掀女生的裙子更無聊。如果以為這種事可以整到我，就大錯特錯了。……喂，王八蛋課長。我告訴你，不是我去了哪裡，而是你的手下是廢物，自己走丟了。既然這樣，明天就換一個像樣的搭檔給我啊。嗯？我也不想照顧這種乳臭未乾的小鬼。」

說完，勝俁一把抓起坐在旁邊的吉澤，然後用雙手握住他的睪丸，捏了幾下，然後踢向他的腿。吉澤跌倒在地。勝俁回想起來，那次可能激怒了吉澤。

接下來的一個星期，他都試圖跟蹤勝俁。

「喂，耳屎，下一站下車囉。」

勝俁走到車門旁，等待電車停下來。

『目白，目白到了。』

車門打開後，勝俁第一個下了車。吉澤和他保持一段距離，跟著其他乘客一起下了車。勝俁曾經多次玩假裝下車卻不下車、下車後又上車、下車後假裝準備上車，最後卻沒有上車的花招，所以吉澤也提高了警覺性。勝俁回頭一看，發現吉澤跟在和他隔了一道車門距離的後方。吉澤一定以為保持這樣的距離，即使勝俁突然再度上車，他也可以立刻跟著上車。

太天真了。簡直天真得讓人受不了。

勝俁下車的位置剛好在階梯下方，他隨著人潮繼續往前走。勝俁當然搶先一步來到樓梯口。但是，他並沒有走上樓梯，而是等在樓梯口。跟在身後的吉澤也走了過來。

這時，吉澤露出「慘了！」的表情。

沒錯。對面的月台停了一輛相反方向的電車，發車的音樂聲即將結束。

勝俁跳上了那輛往新宿方向的電車。

電車門關上，發出好像放悶屁的聲音。

吉澤露出既憤怒又窩囊的表情，站在貼了廣告貼紙的車窗外。

不一會兒，電車開動了。

勝俁以前曾經在公安部八年。當時的經驗中，能夠傳授給吉澤的，應該就是這件事。

想要跟蹤一個人，至少需要三個人以上。

勝俁回到新宿，從位在東口的投幣式寄物櫃中拿出了行李。裡面裝了從上岡的

USB隨身碟中，列印出來的一份資料。雖然塞滿了行李袋，但這只是其中的一部分而已。

他要找一個地方，找一個可以久坐的咖啡店或是漫畫咖啡店之類的地方，從頭到尾仔細看這些資料。這一個星期以來，勝俣都一直在做這件事。

上岡似乎把已經在媒體上發表過的文稿儲存在電腦中，尚未完成的文稿都儲存在這個USB隨身碟中。特搜總部的資訊組負責確認電腦中的內容，在聽取他們的報告後，勝俣發現了這件事。聽說其中有些文稿沒有明確寫下刊登在哪一份雜誌上，光是調查這些事就會耗費不少時間。

調查這個隨身碟是不是比較輕鬆？很遺憾的是，事實並非如此。

隨身碟裡的資料甚至沒有寫日期，文稿都儲存在連續號碼的資料夾內，即使看了Explorer像流程圖般的顯示畫面，也完全不知道哪裡儲存了什麼文稿。勝俣起初獨自在漫畫咖啡店裡絞盡腦汁，思考如何才能輕鬆掌握文稿的內容。

原本打算請教資訊組的人，想找新宿分局那個姓小川的巡查部長。那傢伙只要不吩咐他做事，他應該會從早到晚都看著窗外發呆。

但後來他改變了主意。因為如果對方問：「勝俣主任，你目前的搜查工作並不需要用電腦，為什麼想瞭解這種事？」這種理所當然的問題，勝俣根本不知道該怎麼回答。

他也一度打算去問那個姓安藤的駭客。直到四年前，他都經常找一個名叫辰巳圭一的「黑道包打聽」，但辰巳後來和黑道發生衝突被幹掉了。之後，勝俣慌忙尋找替代人物，最後找到了安藤。安藤斗真。不知道為什麼，黑道的人都叫他「新野」。因為他是駭客，所以當然很精通電腦。

但是，最後他也沒有這麼做。因為他想到了更簡單，而且更不花錢的方法。

「喂，喂，店員……」

他在新宿街頭張望，發現有好幾家家電量販店。他決定扮演對電腦一竅不通的中年男人——事實上，他的確不太懂電腦，所以他想到不妨拋開面子，請教賣場的店員。

「是，請問您在找什麼？」

沒有找任何東西，也不想買任何東西。

「那個，我之前在樓下買的那個叫USB?我買了那個東西回家使用，結果啊，裡面的東西……我記得之前好像可以很簡單、就看到裡面的東西，但後來突然看不到了。應該是我、不小心誤碰哪裡、的關係……」

胃好痛。扮演這種鄉巴佬角色，簡直就像在否定自己的人格，演著演著，身體即刻出現了不良反應。如果演太久，恐怕會因為貧血而昏倒。

即使如此，效果卻很理想。

「好，請問那個USB隨身碟在您身上嗎？」

雖然帶在身上，但即使只有一小部分，也不能在這種地方曝光。

「不，因為很重要，所以我放在家裡了。」
「那我用這台電腦的螢幕向您說明。」
小兄弟，既然這樣，一開始就該這麼做啊。
「先顯示桌面的畫面，」
「嗯，嗯嗯。」
這些我都知道，也可以做到。
「可以從Explorer看資料夾的內容。然後像右側一樣，預覽檔案內容。」
就是因為沒辦法做到，所以才來問你啊。
「那個，問題是，用我家的電腦時，不會顯示出這個。應該說，現在顯示不出來了。」
我胃都痛了，趕快告訴我正確的方法。
「好的，如果是這樣的話，請在這裡……『顯示』的地方按一下，打開『預覽視窗』，就可以顯示出來了。剛才我打開了，再按一次就關閉了，所以就不會顯示出來了。再按一次，打開就可以顯示，關閉就不會顯示……差不多就是這樣。」
原來這麼簡單。
「啊，是喔，這麼簡單啊……是喔，這麼容易啊。啊呀啊呀，真是太謝謝了。」
學會使用『預覽視窗』後，作業效率大幅提升。可以輕鬆瞭解哪個檔案中寫了哪些內容。

但是，和儲存在電腦中的文稿不同，隨身碟中大部分都是尚未完成的內容，也有很多隨手記錄的東西。有上岡自己調查的資料，也有從他人的採訪中摘錄的要點，還有文稿的草稿，和像是日記般的文章。大部分的內容都沒有結論，有些文章的最後甚至沒有句點。

上岡的確對黑道有深入的瞭解。其中記錄了勝俣也很熟的幫派買賣安非他命的詳細情況。光是這些內容，就足以讓他送命，但那些應該只是草稿而已，或者只是記錄蒐集到的消息而已。因為根本不像是職業寫手寫的文章，也有許多條列式的內容。

上岡似乎曾一度調查在歌舞伎町很活躍的職業殺手集團「歌舞伎町七刺客」的情況。

勝俣也曾經聽過相關的傳聞。據說逼良為娼的人渣牛郎突然失蹤、歌舞伎町一丁目的町會長離奇死亡，都和「七刺客」有關。勝俣原本並沒有當一回事，覺得那只是都市傳說而已，但看了上岡寫的內容後，感受到其中的真實性，認為也許確有其事。事實上，勝俣曾經從完全不同的管道，聽過上岡在文中提到的「呵欠龍」這個名字。

在新宿的黑社會中，有一個殺手在行凶時能夠讓目標毫髮無傷，看起來像是心臟病發作。殺手名叫「呵欠龍」。當初告訴勝俣這件事的，是一名在處理產業廢棄物中，偷偷處理屍體的業者。那個人並沒有告訴勝俣如何做到這一點的詳細情況，也許他並不知道詳情。

「……那當然啊，因為看起來就像是心臟病發作，可以請醫生診斷之後，開具死亡證明。那種乾淨的屍體不會送來我們這裡。只有那些斷了脖子、沒有腦袋，眼珠子被挖出來、舌頭也被割掉，或是已經有一半腐爛這種面目全非的屍體會送過來。反正都是丟進焚化爐裡燒掉，即使腐爛了也沒有關係。」

不到半年的時間，那個業者也因心肌梗塞而死亡。並有醫生開具的死亡證明。然而，勝俁也不知道那是自然死亡，還是「呵欠龍」的傑作。

看了上岡的筆記，讓人忍不住懷疑，他是不是對黑社會瞭解太多，結果被「歌舞伎町七刺客」幹掉了。但是，監視器拍到了凶手，而且現場留下很多血跡，如果是「七刺客」，手法未免太粗糙了。那根本不是職業殺手的手法。殺了上岡的人並不是職業殺手，這件事應該沒錯。

到底哪一條線最接近現實？想來應該和沖繩問題有關。

SSBC查到了其中一名蒙面人的身分。砂川雅人。他是目前在東京都內頻繁舉行的「反美軍基地示威遊行」的領袖。

上岡雖然沒有直接提到砂川，但似乎針對「反美軍基地示威遊行」進行了各方面的調查。

當初是一名要求美軍基地撤離的老年社運人士，在沖繩普天間基地附近被美軍憲兵隊的警車撞死，因而引發了這場大規模的示威遊行。美軍起初否認這件事，沖繩縣警也公開否認，但不久之後，網路上出現了車禍當時的照片。於是，示威遊行從沖繩擴大到全國各地，尤其在東京都內頻繁舉行，而且規模愈來愈大。砂川雅人就是這場示威遊行的領袖。他是沖繩人，今年三十五歲。嗯，很有可能是這樣的。

而且，矢吹近江提供了金援。矢吹近江被稱為「左翼大老」和「最後的幕後黑手」。但他目前被拘留在新宿分局，罪名是妨礙公務執行。都什麼年代了，還用妨礙公務執行的罪名拘留矢吹這種大人物，勝俣對此抱有疑問。

更令人驚訝的是，上岡的檔案中也提到了矢吹近江。勝俣確認更新的日期後，發現是今年的一月二十七日。矢吹在二月四日遭到逮捕，所以是在他遭到逮捕的一個星期前。距離目前兩個星期，算是比較新的內容。

【老年社運人士的死亡車禍照片到底是不是真的？我記得以前曾經看過很相似的照片，但現在想不起來在哪裡看過。到底該從哪裡查起？即使翻了剪貼簿，也試過用網路搜尋，仍然找不到相符的資料。

如果是捏造的假照片，會有什麼後果？無法確定後續是否會有什麼政治動作。但我必須說，美軍並不會因為示威遊行而撤離沖繩。

不過，有件事是千真萬確的，那就是矢吹近江買了不少沖繩美軍基地的土地。】

USB隨身碟內的資料，幾乎都是用這種方式記錄。其中並沒有記錄任何足以證明矢吹大肆購買沖繩軍用地的證據。相關資訊可能寫在其他檔案中，有時候會記錄在其他表格計算的軟體中。

像上岡這種人並不少見。在別人眼中，這種人很不擅長整理，而且整天在亂成一團的辦公桌前喃喃自語、找東找西。其實，對當事人來說，那已經是經過整理的狀態，他們很清楚哪裡有什麼東西，以及什麼內容寫在哪裡。

如果矢吹有可能涉及上岡的命案，事情就會變得很複雜。

矢吹當初是靠做貿易生意致富。

他在檯面上經營從北韓進口松茸、海膽、螃蟹、蝦子等海產的生意，但據說他在暗中走私安非他命等毒品。既然能夠從北韓走私安非他命，顯然和朝鮮人民軍和朝鮮勞動黨有關係。而且，如果只是走私安非他命和販賣，就是組對（組織犯罪對策部）偵辦的對象，但像矢吹這種明顯有左翼思想的人，就由公安部負責監視。

事實上，目前已經查明，矢吹透過海運方面的工會向日本的共產主義政黨提供金援。除此以外，還和執政的民自黨資深幹部，以及新民黨的左派也有來往。在蘇聯時代，他曾多次受邀前往俄羅斯，也在當地和政要人士聚餐。

矢吹今年已經七十八歲。不知道是否因為年紀的關係，勝俣這幾年很少聽到他的消息。但是，既然他的名字會出現在這裡，顯然他還很活躍。

矢吹在沖繩買了不少軍用地。至少上岡對這個消息很有把握。勝俣目前無從得知矢吹的目的。但果真屬實的話，到底是怎麼回事？如果矢吹大肆購買軍用地是有什麼陰謀，會對四處打聽的上岡有什麼感想？難道不會覺得他是礙事的狗仔嗎？難道不會想要設法排除這個障礙嗎？

像砂川這種年輕人——姑且不論三十五歲的人在一般人眼中算不算「年輕人」，對矢吹來說，砂川這種年輕人應該是很好用的「子彈」。不少參加示威遊行的人只是頭腦簡單的笨蛋，有時並沒有深入瞭解其中的意義。只要稍微受到煽動，就會不顧一切地向前衝。這種人不是用來收拾那個死記者的最佳棋子嗎？

如果矢吹是上岡命案的幕後主謀，繼續追查這條線索，很可能必須和公安部門正面交手。也許矢吹目前被新宿分局拘留，就是公安部門指使的。如果真的要動手，必須多下點工夫，從對方意想不到的地方下手。

另外，姬川也是個麻煩。她會想方設法越界。尤其她剛回到搜查一課，很想要趕快立功。祖師谷的特搜始終毫無進展。她一定打算在代代木扳回一城。

他有一個好主意。

這次特地為姬川準備了「狗食」。

笨母狗就叼著那些狗食，愛去哪裡就去哪裡吧。

4

玲子等人一直在調查整理上岡的文稿資料。

玲子進入特搜總部後，通常都是負責在命案現場附近查訪，以及向相關人員瞭解情況。如果事件發生已經有一段時間，通常就不再查訪現場，而是負責相關人員的查訪工作。所以，很少像這樣接受特別命令的搜查工作，搞不好是第一次。

之前辦案時，也會花一、兩天的時間，整天都在特搜總部查資料，但和這次的情況完全無法相比。因為這次的資料數量太驚人了。新宿分局的小川巡查部長不停地把可能有關的文稿列印之後，堆在桌子上，老實說，看到那些文稿的分量就忍不住感到厭煩。所有的文稿都排放在一張桌子上，已經堆了二十公分高，但小川說，現在只列印了三分之一而已。

「小川先生，這堆資料的一覽表……」

「不好意思，我正在列印。」

「你在製作一覽表時，有進行篩選嗎？」

「有啊有啊，像有樂町的美食報導就排除掉了，還有歌舞伎町重新開發計畫的議事錄、商店會活動的雜感……但在歌舞伎町的活動中，有名為威士忌品牌大會的活動，民自黨、新民黨和公民黨的議員都參加了。只不過是區議會的議員。我看了之後，覺得可能沒什麼關聯，但又想到可能某一位議員和另一位議員在這次活動中產生了交集，所以我覺得還是讓其他人也過目一下比較好……」

「你是基於這樣的想法，所以就列印了。」

「是啊。」

這就是目前的困境。

目前整個特搜總部都在追查砂川雅人的下落。這個方針本身並沒有問題。因為被視為凶手的那三個蒙面人中，其中一人就是砂川，早日將他逮捕歸案是破案的關鍵。逮捕砂川後，再讓他招供另外兩個蒙面人是誰，以及沒有蒙面的「齊藤雄介」是誰，並交代他們的下落。只要把所有人緝捕到案，就等於破了案。

只不過，目前尚未掌握砂川的下落，難免會擔心無法在短時間內破案。到時候，在媒體抨擊之前，刑事部長應該就會來興師問罪，指出第一波偵查的方針有問題、明明還有砂川以外的凶手，為什麼不深入而廣泛地調查其他凶手的下落。搜查一課課長和管理官挨罵之後，就會臉色鐵青地在偵查會議上宣布，要從根本重新檢討搜查方針，追查砂川的人員也要減少一半，明天之後，要開始徹底清查上岡以前的交友關係、採訪對象和協助者——。

為了避免這種情況發生，所以玲子他們持續清查上岡的文稿。

玲子雖然覺得很麻煩，但並不會在這件事上馬虎。她很專心、認真地看稿。只不過無論再怎麼努力看，小川和阿部持續列印出的新文稿，在桌子上愈堆愈高。又不是在進行一口蕎麥麵的大胃王比賽，玲子很想這麼大叫，但還是拚命克制，繼續低頭看稿。

「這簡直就像是一口蕎麥麵比賽，才剛吃完一口，下一口就倒進來了。」太巧了。身旁的菊田小聲嘀咕了一句，用力伸著懶腰。

玲子也跟著伸了一個懶腰。

「我剛才也這麼想。這簡直就像是『一口蕎麥麵狀態』……啊，肚子好餓。我想吃蕎麥麵，但不是吃一口蕎麥麵。」

坐在菊田對面的小幡探出頭說：

「主任，妳在辦案時，也會吃『長飯』嗎？」

「嗯，因為我都有細嚼慢嚥啊。」

菊田噗哧一聲笑了起來。

「……細嚼慢嚥，這不是重點吧？」

「當然是重點啊。既然覺得長長的麵不吉利，只要細嚼慢嚥，把麵咬短不就解決了嗎？最糟糕的就是那個。像烏龍麵很好吞，有人就連咬都不咬，直接吞下去。那很糟糕，那個最糟糕了。」

「我覺得那好像也不是重點。」

其實，當遲遲無法破案時，如果之前曾經吃過「長飯」，玲子也會感到不安，懷疑是不是不該吃麵。蕎麥麵或是烏龍麵倒是還好，但玲子很喜歡吃義大利麵，所以平時也常吃。

在「祖師谷命案」的第一波偵查時，她也在赤坂吃了「生番茄干貝義大利麵」。吃的時候並沒有在意，一個星期之後也沒有想起這件事。一個月之後，仍然不覺得有什麼問題。但是，過了一個半月、兩個月後，漸漸開始覺得當初可能不該吃麵。現在已經悔不當初了。「只要細嚼慢嚥就沒關係」，這只是她自我安慰的藉口。其實她內心已經開始反省，是不是真的不可以吃麵。

沒錯，「祖師谷命案」——。

「上岡命案」是四名凶手，一名被害人。「祖師谷命案」是一名凶手，三名被害人。雖然不該用數字來衡量命案的輕重，但「祖師谷」命案仍然是罕見的慘案。

漸漸走紅的偶像團體主唱繭子被發現時，身體並非只是遭到傷害，簡直就是「身體遭到嚴重破壞」的狀態。雖然向媒體公布凶手使用了手槍，但因為繭子是名人，所以並沒有公布凶手用手槍射向她的下體一事。雖然不慎透露給部分媒體，但向他們說明了情況，請他們暫時不要公布，目前那些媒體也都遵守了約定。

只要想到一旦繭子的粉絲得知這個消息，玲子就心痛和難過得忍不住發抖。即使不需要聽西森冬香說，玲子也知道那些粉絲在得知繭子遭到強暴後，被摧殘得面目全非，一定會憤怒、悲傷得快要發瘋。絕對不能讓他們知道繭子的慘狀。那未免太殘酷了。

而且，凶手連她的母親桃子、弟弟高志也不放過。隻身在外地工作的繭子父親隆一在得知一家三口遭到殺害時，不知道是怎樣的心情。是不是覺得全世界在瞬間消失，只剩下自己一個人？

年輕時的桃子、年幼時的繭子和高志。那棟房子有著許許多多幸福的回憶。沒想到如今回到家，卻變成了滿地是血的命案現場。那裡已經沒有等待自己回家的家人了，而是成為空洞黑暗的沉默地獄。

人在正常狀態下，知道自殺是極其愚蠢的行為。幸好目前並沒有收到隆一企圖自殺的消息，但即使他真的這麼做，又有誰能夠指責他？自己的家人在轉眼之間就被奪走，自己卻完全無能為力。他為了家人，不惜隻身前往外地努力工作，但他最珍惜的一切，卻在轉眼之間遭到摧毀。世界上還有比這更空虛的事嗎？

隆一今天應該也在福岡努力工作——不，今天是星期天，所以是假日，平時應該每天都在福岡努力工作。自己到底為了誰工作？又是為何而工作？他一定這樣捫心自問，獨自在福岡度秒如年地熬過假日的時光。他一定完全沒有想到，自己的人生會在五十歲過後變成這樣。

玲子向來認為自己是個受傷很深的人。然而，每當遇到這種事件，就覺得也未必如此。自己和隆一都曾經遭遇類似的犯罪，而且也都僥倖活了下來。但是，隆一所承受的痛苦比自己更深沉、更沉重、更黑暗，也更冷酷。如今，隆一根本無路可逃，因此——。

「啊……！」

這種感覺。這種巧合，或者說是啟示。雖然玲子說不清楚，但就是這麼一回事。

「主任，怎麼了？」

「不……不不，沒什麼。」

現在還不能告訴菊田。不是因為想要保密，而是目前還不到這個階段。

玲子手上拿了一疊新的文稿。才看沒幾行，就忍不住「啊！」了一聲，但她覺得正是因為自己努力在思考案情，這種巧合才會不請自來。之前也曾經有過幾次類似的經驗。玲子原本並不在意所謂的趨吉避凶或是運氣好壞之類的事。但是，每次發生這種事時，就讓她不得不認為，想法或是意念這種東西，也許會跨越時空、穿越不同的次元連在一起。

【「昭島市一家四口滅門命案」和「祖師谷一家三口殺人事件」。兩起案子有許多共同點，為什麼警方不認為是同一凶手所為？】

玲子不知道兩起命案有什麼交集，所以，她現在忍不住覺得，在辦案過程中，也許真的不該吃「長飯」。

【夜晚闖入民宅，殺害在場的一家人。同時都在犯案後，長時間留在命案現場。還在現場喝啤酒。犯案後損壞屍體。而且都用手槍從屍體的肛門將子彈打進體內。】

不，等一下。「昭島市一家四口滅門命案」的確是尚未偵破的知名事件，凶手在犯案後喝了罐裝啤酒，也的確和「祖師谷」命案相同。但是，玲子不記得「昭島市事件」中曾經使用手槍，至少她目前的記憶中沒有這件事。雖然知道那是一起讓人感到驚奇、並具有歷史性的滅門命案，但並不覺得和「祖師谷事件」是酷似的事件。

怎麼辦？如果「昭島市事件」的凶手的確曾經使用手槍，為什麼自己不知道？只是因為瞭解不夠深嗎？如果是這樣，就必須拋開面子問題重新研究一下，但如果不是這樣呢？那起事件應該發生在三十年前，如果警視廳因為某種理由刻意隱瞞這件事，自己是不是又會涉足警視廳的黑暗面？玲子曾經因為揭露警視廳隱瞞的事實而被調離，姬川組也因此解散，當時擔任搜查一課課長的和田、擔任管理官的橋爪，以及股長今泉都連帶受到處罰，紛紛被調離了搜查一課。

難道要重蹈覆轍嗎？如果因為貫徹自己堅信的正義而傷害了夥伴，甚至失去夥伴——。

如果手上的文稿是這樣的資料，更不能被菊田看到。怎麼辦？雖然違反規定，但還是偷偷帶出去看？沒錯，可以去圖書館，順便確認「昭島市事件」的詳細情況。等調查清楚之後，再來思考警視廳是否隱瞞真相。

玲子趁菊田、小幡和其他資訊組的成員不注意時，把文稿偷偷藏到桌子底下。過了一會兒，她把最近使用的Loewe肩背包，從旁邊的座位拿到自己的腳下，打開拉鍊，把文稿塞了進去。

太好了，成功了。沒有人看到。

午休時，她帶著菊田和小幡一起去吃漢堡。兩個男人都點了兩個漢堡，而且加點了大份薯條，玲子只點了一個漢堡，而且薯條也是小份的，所以當然很快就吃完了。

「對不起，我要去一下便利商店。我先走一步。」

「喔，好啊。」

「……路上小心。」

自己離開之後，他們兩個人應該無話可聊。雖然玲子這麼想，但目前管不了那麼多。

一走出漢堡店，她立刻拿出手機。看起來，澀谷區立本町圖書館離這裡最近，但小圖書館可能沒有幾十年前的報紙縮印本，所以還是盡可能找大圖書館。中央圖書館應該是這附近最大的圖書館。地點就在明治神宮再過去一點，搭計程車差不多十分鐘左右就到了，並不算太遠。

玲子搭上計程車，心裡才想著「早知道剛才不應該謊稱去便利商店」，計程車就到了圖書館。

澀谷區立中央圖書館。五層樓的建築，的確是玲子期待中的大圖書館。

她走進館內，確認了樓層介紹後走上二樓，發現閱覽室就在右側。《朝陽新聞》、《讀日新聞》、《每朝新聞》、《日東經濟新聞》等各報的縮印版都排放在那裡。

她用手機查了「昭島市滅門命案」是什麼時候的事件。

「……二十八年前的六月十四日。」

她把那一年六月的縮印版從架子上拿了出來。為了保險起見，也同時拿了七月和八月的縮印版。目前只拿了三大報的縮印版。如果時間充裕，等一下再確認一下《日東經濟新聞》。

她抱著九本縮印版來到閱覽用的桌子前，從那一年的六月十四日開始看了起來。

警視廳將那起事件正式命名為「昭島市美堀町三丁目一家四口強盜殺人事件」，但報紙上都簡稱為「昭島市滅門命案」。每家報紙都使用這個簡稱。

從報導的內容瞭解命案的過程如下。

六月十四日星期五晚上十一點左右，有人闖入日吉正孝家，接連殺害了五十八歲的正孝、五十一歲的妻子貴子，二十六歲的長女麻里子，和十九歲的次女美穗子四人。四人生前都遭到激烈的毆打，最後被掐死。凶手在犯案後，在現場停留了數小時，吃了應該從是冰箱裡拿出來的草莓蛋糕，喝了三罐啤酒，抽了四支菸。到處都可以採集到指紋和血跡，同時判斷凶手曾經在現場翻找東西。

最初發現命案的是鄰居。隔天十五日上午十點左右，鄰居去日吉家送社區傳閱板時發現了命案。警視廳在十六日成立了搜查總部。雖然現場留下了應該是凶手的血跡、濕透而無法抽的香菸，但因為完全沒有任何目擊證詞，所以搜查工作陷入了瓶頸——。

報紙上刊登的內容幾乎和玲子的記憶相同。看了之後的報導，也沒有看到有關「昭島市滅門命案」使用手槍的內容。而且「昭島命案」中並未使用成為「祖師谷命案」主要凶器的刀子。犯案手法是毆打和勒斃。兩者行凶手法完全不同。

這起事件的搜查工作陷入膠著，在命案發生後十五年，也就是十三年前，追訴時效成立。設置在昭島分局的特別搜查總部也同時解散。幾個月前，玲子也在電視上介紹未破案事件的特別報導中看到了這起命案。可見「昭島市滅門命案」被認為是「歷史上未破案的重大事件」，至今在警視廳相關人士中，仍被視為是「一大汙點」。

上岡認為「昭島市命案」和「祖師谷命案」有共同點。

上岡在文稿中這麼認為，但並不是交給雜誌編輯部的「工作文稿」，看起來像是記錄了採訪和驗證內容的草稿。

【「昭島市命案」發生之後，有人證實當時在命案現場附近聽到了槍聲。也有人證實曾經看到可疑人物在附近徘徊。偵查員也證實了這件事。但這些情況並沒有在記者會上公布。

警方會為了日後的「祕密暴露」，刻意隱瞞只有凶手才知道的線索。媒體人員也瞭解這一點，所以即使是透過採訪得知的情況，只要警方要求不要報導，媒體就不會報導。雖然媒體不能喪失監督權力的功能，但也絕對不能報導對罪犯有利的內容。這是媒體人必須堅守的自尊。】

玲子對最後的段落感到有點奇怪。因為她覺得對一個獨立記者來說，上岡對「報導」的態度似乎太「拘謹」了。而且以歌舞伎町為主要戰場的獨立記者，怎麼有辦法進入「昭島市命案」的記者會現場？

警視廳內有三個記者俱樂部，分別是大型報社和通訊社加入的「七社會」，以及NHK和其他通訊社、電台等加入的「警視廳記者俱樂部」，另外就是民營電視台加入的「新聞記者會」，但獨立記者無法加入任何一個記者俱樂部。

但在確認上岡的經歷後，立刻消除了這個疑問。

上岡在大學畢業後，進入JPN電視台工作。時間剛好是二十八年前。如果他當時被分配在報導部門，應該有機會直接接觸「昭島市命案」的現場。即使他不在報導部門，也可能向相關人員打聽內幕。之後，他在三十八歲時因為健康因素向JPN電視台辭職。就目前手上的資料來看，無法瞭解他當時生了什麼病。

原來是這樣。玲子大致瞭解了情況。上岡曾經在「媒體」工作，所以也算是有資格談論「身為媒體人的自尊」。之後，他運用了當時的經驗，成為專門報導「歌舞伎町」的獨立記者重新出發。

雖然警方對外公布了「祖師谷命案」使用了手槍一事，但並沒有公布下體——上岡使用了「肛門」這個字眼——中槍這件事。不過，上岡應該可以透過以前的人脈知道這件事。如果他搶先一步在週刊上報導這件事，就會引起軒然大波，但不知道該說是幸還是不幸，上岡在此之前就遭到殺害。

繼續看下去。

【「昭島市命案」為什麼在追訴時效成立之前，始終無法破案？

搜查總部在案發當時，朝向可能是暗戀長女麻里子的男人行凶這個方向偵辦。以現在的話來說，就是「跟蹤狂殺人」，但循這條線搜查後並沒有找到凶手。接著，警方也針對次女美穗子進行了相同的搜查，並同時調查了正孝和貴子是否與人結怨，最後所有的調查工作都陷入了瓶頸。

我個人並不認為警方當時的搜查工作有何疏失。我也和其他電視台的採訪小組交換了意見，沒有發現任何疏失或是潦草辦案的情況，以及任何醜聞。

到底是哪裡出了問題？

關鍵就在於美軍基地。

命案現場的美堀町三丁目的北側就是美軍基地。不用說，大家也都知道，那是美國空軍和航空自衛隊共同使用，作為軍用機場的橫田基地。從日吉家到橫田基地五號門開車不到十分鐘，走路也只要三十分鐘左右。

如果凶手是美國空軍的相關人員呢？日本警方因為《日美地位協定》，無法對美軍相關人員進行搜查。但如果警視廳也沒有掌握決定性的證據，證明凶手就是美軍相關人員，會怎麼樣？警視廳只能針對美軍相關人員以外的人繼續搜查。即使覺得美軍相關人員最可疑，即使覺得就是美軍相關人員犯案，也絕對無法著手調查，所以只能朝其他方向偵辦。在凶手根本不在的地區四處查訪，向根本不可能是凶手的日本人瞭解情況，舉行不可能有任何收穫的偵查會議，只能一再開記者會宣布，偵查沒有任何進展。】

如果「昭島市滅門命案」的凶手是美軍相關人員，按照上岡的推理，「祖師谷命案」的凶手也是美軍相關人員。

原來是這麼一回事。難怪上岡在長谷川家周圍打聽，案發當時是否有人曾經看到外國人。

在使用手槍這件事上，比起日本人，的確更像是美國軍人犯案的手法。而且這也可以解釋，為什麼「昭島市命案」在追訴時效成立之前都無法偵破。

上岡慎介留下的手稿，到底有幾分真實性？

5

二月十六日星期天。

葉山參加了晚上的偵查會議。

目前，葉山和大部分偵查員一起調查砂川雅人的下落。砂川是小型網路公司「高見科技」的約聘員工，在「系統營業部二課」工作。主要是針對客戶的要求，提議可以使用公司的哪一個系統，但約聘員工的砂川從來沒有直接向客戶推銷的機會，幾乎都是協助推銷技巧比較高的正職員工，或是在辦公室接電話而已。

公司內幾乎沒有人知道砂川是「反美軍基地示威遊行」的主導者。同屬「系統營業部二課」，也是砂川直屬上司的主管佐藤卓郎也瞪大了眼睛說：

「我第一次聽說這件事。反美軍基地示威遊行嗎……我曾經在電視上看過。」

「你曾經和砂川先生聊過這方面的話題嗎？」

「沒有。我相信我們部門內應該沒有人和他聊過這些私事。他無故曠職時，大家也覺得不意外。」

「不意外？什麼意思？」

「因為他很陰沉。該怎麼說……有那種咻的感覺，好像幽靈一樣。」

砂川雅人沒有前科。目前特搜掌握的照片，是他駕照上的照片和根據網路上的遊行照片翻拍的，以及沖繩高中的畢業照，還有幾張和遊行的朋友的合影。他和朋友在一起時，絕對不是像幽靈一樣的人。有拿著麥克風激動發言的照片，也有和朋友穿著相同的T恤，露出得意的笑容，比出勝利手勢的樣子。然而，他在公司時，完全沒有表現出這一面。

警方在最後發現砂川行蹤的下北澤，也仔細進行了查訪。砂川住在東京都足立區花畑，位在東京的最東北端，只要過一座橋，就是埼玉縣草加市。下北澤位在東京中心偏西南的位置，搭電車要一個半小時，開車也要將近一個小時。砂川在殺害上岡之後，很可能去下北澤處理什麼重要的事。只是目前還不知道是關於逃亡的事，還是去找提供躲藏地點或金錢的女人。但葉山認為其中必有原因。

目前剛好有人在報告相關的情況。

站著報告的是原宿分局刑組課的人員。

「我今天也去找了住在下北澤附近的遊行相關者……呃，是住在世田谷區代田五丁目◎之○的吉村輝彥，他在家具廠商安藤製作所任職，今年二十七歲。吉村去年夏天認識了砂川，呃……他們曾經吃過幾次飯，參加幾次聚餐後，砂川邀他一起去示威遊行，他就從十月開始參加。但其實他對政治沒有太大的興趣，隨著遊行活動逐漸擴大，他覺得有點跟不上，今年之後，就完全沒有參加遊行，也沒有參加會議。命案發生後，砂川也完全沒有聯絡他，還有……當然也沒見面。關於沒有戴頭套的『齊藤雄介』……」

他說到這裡時，禮堂後方資訊組的電話響了。回頭一看，橋本統括輕輕舉起手，另一隻手接起了電話。可能示意大家繼續開會。

坐在上座的梅本管理官清了清嗓子說：

「……繼續說下去。」

「好的。嗯……關於『齊藤雄介』，我出示了照片，跟他確認是否認識這個人，他說不認識。嗯……接下來是世田谷區代澤五丁目的小倉孝人，在文具公司任職，今年二十五歲……」

後方再度傳來聲音，葉山轉頭一看，發現橋本統括手上不知道拿了什麼東西，身體微微前傾，朝上座的方向站了起來。他手上似乎拿著便條紙。可能是無法趕回來開會的偵查員向特搜總部報告什麼情況。

橋本統括把便條紙拿給梅本管理官。梅本皺了皺眉頭，立刻站了起來，大聲朗讀了內容：

「剛才資訊組接獲聯絡。搜一的黑田巡查部長向三十二歲的遊行參加者有島大輝出示了『齊藤雄介』的照片後，對方說，可能是獨立記者生田治彥。在確認了網路上的部落格後，發現非常像……所以先暫時中斷會議。」

梅本可能要求所有偵查員各自調查。他在黑板上寫下了「生田治彥」幾個大字，離開了上座，走向後方的資訊組。

葉山也用自己的手機查了一下。

輸入【生田治彥】後，立刻查到了相關內容。

那是一個版面設計很普通的網站，名為【想要傳達的真相】，應該就是梅本剛才說的「部落格」。網站上有一張六架螺旋槳飛機並排停在跑道上的照片，應該是沖繩的普天間機場。點入【Profile】的頁面，有他的半身照。職業欄內也寫著【獨立記者】。

遭到殺害的上岡，和被認為是凶手，但沒有蒙面的男子都是獨立記者。難道是因為同行，所以發生了糾紛嗎？不，不能先入為主。目前只要瞭解這個事實就好。

主任勝俁的座位在葉山的前面三排，目前座位上沒人。他的搭檔吉澤股長已經回來了。今天應該也在中途就被勝俁甩掉了，但這個特搜小組中沒有任何人會對此有意見，就連姬川也只是嘀咕說：「他又故技重演了。」並沒有多說什麼。同股的葉山、黑田和北野，早就對這種狀態習以為常。勝俁向來不和任何人搭檔。如果有事要回特搜總部處理，無論是白天或是傍晚，都會獨自回來。不想回來的時候，兩、三天都不會來參加會議。

但是，勝俁並非不在乎特搜總部的情況。葉山被分到凶殺組八股後，第一次加入特搜總部時，勝俁就對他說：

「喂，葉山……我沒有參加的會議，你要負責仔細聽。然後歸納要點後，用郵件傳給我，至於那些廢話就不必提了。去找了誰誰誰，但他說什麼也不知道，或是排除了幾個不知情的人都不重要，只要把重要的事，還有新的情況告訴我就好，用郵件傳給我，知道了嗎？」

「……知道了。」

葉山忠實地執行了勝俁的吩咐。他非常清楚，勝俁的命令很自私，身為組織搜查的一分子，也不該有這樣的行動。但是，他打算以自己的方式去理解其背後的意義。如果是勝俁，面對這麼多情報時會如何取捨？必須用勝俁的「眼睛」來看事情。用勝俁的「腦袋」思考問題。如此一來，就會注意到那些以前自己向來不重視的線索。

他進入凶殺組八股已經五個月。上個月，在前一個特搜總部時，勝俁第一次稱讚了葉山。

「葉山……你怎麼會注意到這個叫松崎的人，以前是壽司師傅這件事？」

勝俁把自己的手機拿到葉山面前問道。螢幕上顯示了葉山寄給他的電子郵件。

「因為……被害人之前住的地方，走路到築地市場只要五分鐘。」

「只是因為這個原因嗎？」

「對，只是這個原因。」

勝俁確認手機螢幕上顯示的內容消失後，露出笑容說：

「……葉山，很好，你很不錯。重點不在於這條線索有沒有中，而是身為刑警，需要具備不錯過這些線索的敏銳度。」

那個姓松崎的人並不是凶手。但真正的凶手櫻木克也是高級日本餐廳的廚師。原來是這樣。葉山反而對勝俣感到佩服。

胡亂猜測和理性分析。可能性和推理。想像和直覺。前後兩者有點相似，卻又不太一樣。如果無法分辨自己的想法只是亂猜，還是看清事件發展後做出的判斷，就無法針對眾多的線索進行取捨選擇。

勝俣的確是無法無天的刑警。他身上有很多缺點。但如果以優秀或是無能來評斷這個刑警，他當然是優秀的刑警。他身上也有很多值得學習的地方。這是葉山目前內心的真實想法。他希望在此基礎上，貫徹之前在姬川組學到的那種富有彈性的組織搜查。

先把「生田治彥」的事通知勝俣。

會議很快又繼續進行，但會議上並沒有任何人報告新的線索。相反地，幹部公布了關於生田治彥的詳細資料。

「先告訴各位目前掌握的有關生田治彥的情況。」

一開始都是刊載在部落格上的內容，但大概是經過查訪後又取得了一些資訊，接下來他提到了生田住家的地址。

「豐島區目白三丁目◇之▲，野木和公寓一〇三室。首先，勝……他不在，那北野組，還有……鶴田、庄野組，你們馬上去那裡。黑田已經去那裡了。」

「收到。」

「收到了。」

「其他人留在這裡待命。」

今天晚上應該會一直在這裡待命。這種情況在特搜總部很常見。

晚上十點過後，在特搜總部待命的人都拿到了便當。但不像平時一樣有啤酒和燒酒。因為目前在待命，這也是理所當然的。

葉山剛拆開綁著便當的橡皮圈，便聽到有人跟他說話。

「……阿則，辛苦了。」

一聽到聲音，不需要回頭就知道是誰。是姬川。

「主任辛苦了。」

「勝俣組只剩下你一個人。」

「嗯……是啊，因為我是嘍囉。每次都這樣。」

「沒這種事。」

姬川四處張望了一下，似乎在確認有沒有人偷聽。

「……我問你，鋼鐵最近在忙什麼？」

葉山只是拆下了綁便當的橡皮圈，還沒有打開蓋子。

「我也不知道。」

「那個人……吉澤先生好像每天都被他甩掉。」

吉澤目前並沒有在他自己的座位上。

「從第一天開始就這樣。第三天的時候曾經起了爭執，但之後並沒有換搭檔，所以就……一直是這種狀態。」

姬川目不轉睛地看著葉山的眼睛問：

「你真的不知道鋼鐵在幹什麼嗎？」

「不知道。我還納悶，為什麼妳會以為我知道勝俁主任的行蹤。」

「因為……我知道鋼鐵很賞識你。」

雖然不知道勝俁是不是「賞識」自己，但葉山知道勝俁在磨練自己。

「即使這樣，勝俁主任也不可能輕易洩漏他手上握有的線索。」

姬川露出苦笑，說道：

「那倒是。即使他攤開手心，也會讓人懷疑那是不是真的。搞不好……只是一些發臭的東西罷了。」

「我也這麼覺得。」

葉山雖然沒有笑出來，但他知道姬川剛才在開玩笑。

姬川指著葉山放在便當旁的手機問：

「你有沒有看生田的部落格？」

「看了最近的一些。」

「從上岡遭到殺害的前幾天開始，就沒再更新了。」

「好像是一月二十九日？」

「他雖然是東京人，但似乎很瞭解沖繩相關的問題。」

「他是東京人嗎？……簡介上有提到這件事？」

「不，是部落格的文章中提到的。還有……」

姬川說話時，遮上了自己的手機。她的手機使用了淡紫色的手機護套，但整體感覺很素雅。

「他以前是《產京新聞》那霸分社的記者。在那段期間對沖繩問題，尤其是《日美安保》和《地位協定》產生了興趣……他是這樣寫的。」

既然是參加示威遊行的人說出了他的名字，顯然代表他很關心沖繩問題。只不過，如果他曾經在報社的那霸分社任職，可能更加深入研究了這個問題。

部落格有他的半身照。年紀三十八歲，但看起來比實際年齡年輕。不知道是很久以前的照片，還是他有一張娃娃臉。身材應該屬於適中，不高也不矮，不胖也不瘦。

姬川把手機放回上衣口袋。

「……既然你不告訴我，我只能自己去調查了。」
「不是我不告訴妳，我真的不知道。」
「嗯，沒關係沒關係，你別放在心上……對不起，趕快吃便當吧。」
姬川轉身揮了揮手，走向後方的資訊組。
葉山覺得姬川也不是那種會乖乖坐在資訊組查資料的刑警。她早晚會採取行動。
在他快吃完便當時，菊田向他打招呼。
「喔，辛苦了。」
「主任辛苦了。」
只見穿著西裝的菊田，肩膀一帶的肌肉緊繃，他分別動了動兩肩。即使西裝的布料就這樣被他扯破，也不會讓人覺得意外。
「……肩膀、很痠嗎？」
北野剛才離開了，菊田面對著葉山，跨坐在北野的座位上。
「是啊，肩膀痠痛。因為我一整天都在看稿……我向來不太喜歡看這種小道消息。會覺得歌舞伎町真的這麼有趣嗎？不管是酒店還是色情店，或是黃金街。難道有趣到讓人不可自拔嗎？還是說，那種地方真的使人感到自在呢？」
葉山也不太喜歡那種地方。

「不過，如果警察喜歡歌舞伎町，恐怕也會有問題。」

「哈哈哈，那倒是。」

菊田看著禮堂正中央，有幾名偵查員聚在那裡說話。幾乎都是代代木分局的人。

「阿則……你怎麼看這起命案的來龍去脈？」

以前在姬川組時，菊田向來不會問葉山這種問題。

「來龍去脈嗎？」

「你是怎麼看的？」

被菊田這麼一問，葉山也不知道該怎麼回答。

「只能說，還不是很清楚。」

「其中一個蒙面人是反美遊行的領袖，沒有戴頭套的男人和被害人一樣，都是獨立記者。被害人的包包被兇手帶走了，但警方搜索住家帶回來的電腦中，並沒有最近寫的文稿……被帶走的包包裡，顯然有重要的資訊……這點沒問題吧？」

根據目前的狀況，這樣的分析並沒有問題。

但葉山對此有自己的見解和疑問。

「原本就在現場的生田，可能約了上岡去那裡……之後，大約一小時左右，出現了三個蒙面人。所以是生田告訴那三個蒙面人，上岡在那裡嗎？」

「只要清查一下生田名下的手機的通話紀錄，應該可以確認這件事。」

菊田將雙肘放在葉山前面的桌上。
「對了，之前有沒有查砂川的手機通話紀錄？」
「在殺害上岡前不久，就幾乎沒有使用了。顯然是預謀犯案。」
「也就是說，之前就開始使用他人名義的手機嗎？」
「八成是這樣。」
「既然這樣，生田可能也沒用自己的手機。」
如果生田和三個蒙面人是同夥，應該就不會用自己的手機。但根據監視器拍到的影像來看，葉山覺得他們四個人不像是這樣的關係。他認為生田不像是另外三個蒙面人的同夥。生田在影像中並沒有抵抗，看起來也不像是硬被另外三個人帶走，所以生田和他們應該不是明顯的敵對關係。但並不能因此就認定他們是同夥。
「……我說阿則啊。」
菊田的聲音聽起來格外溫柔。
「是。」
「真希望還可以在同一組共同辦案。」
如果是姬川說這句話，葉山並不會太意外，但沒想到會從菊田口中聽到這句話。
「嗯……是啊。」
「少了你，我覺得很不安。保哥和康平也都不在……雖然不可能把所有人都調回來，但至少希望你可以回來。我相信主任應該也這麼想。」

不，姬川應該已經放棄了。自己成為勝俁的手下，姬川應該接受了這個事實。

「沒這回事。姬川主任很仰賴你……應該最仰賴你吧。」

菊田用右手食指抓了抓鼻頭。

「喔……沒想到你現在也會說這種話。」

自己說的話，有哪裡值得驚訝的嗎？

「很奇怪嗎？」

「不，沒什麼奇怪的。這樣比較好……主任也說，最近的阿則很不錯。」

菊田自己也是主任，卻口口聲聲稱姬川「主任」這點很奇怪。

這真的很奇怪。

第四章

1

最後，我在妻子去世兩年後，四十六歲那一年才決定移居日本。為什麼一個人在美國努力了兩年？因為我對於在異國的土地，尤其是在日本這個國家生活感到不安。

雖然有些不安是杞人憂天，但大部分都成真了。

最重要的是，我因為不會日文吃盡了苦頭。雖然英文字母也有大小寫之分，但日文中的平假名、片假名的區分使用很複雜，讓人難以理解。雖然日本人說得很簡單，「片假名主要用於外來語」，但我原本就不懂日文，不知道日文中哪個是外來語。更何況根本就沒有「拉吉歐（收音機）」、「米信（縫紉機）」這種英文。

而且，光是平假名就有四十六個，再加上濁音和拗音等變化，一下就超過一百個。光這樣就是英文字母的四倍。即使將英文字母的大小寫分開計算，也是英文字母的兩倍。這還只是平假名。如果再加上片假名，就是四倍，或者是八倍。漢字更有超過兩千個。

但小百合告訴我，不必為這種事擔心。

「安索尼，幾乎沒有日本人能夠認識所有兩千個漢字，所以你不必擔心。而且即使是大人，很多人也不會漢字。只要記住和自己有關的漢字……比方說，『東京』、『世田谷區』，從自己身邊的漢字學起，你一定很快就能學會的。」

我最初學會的漢字是「小百合」。用英語來說的話，就是「small」、「hundred」和「mix」。我覺得「小小的一百合在一起」是很奇怪的名字，一問之下才知道，「百合」是「lilium」的意思。我終於瞭解了。小小的百合花。的確是很適合小百合的名字。

不久之後，健歸化了日本籍，在此之前，他就為自己取了「池本健」的名字。「池本」是小百合父親的姓氏，據說是很有淵源的家族。「健」是代表「healthy」的漢字。健康當然很好，但我問健，我們家族的姓氏「Golding」去了哪裡？

「這很難啦。」健苦笑著回答。

「我也想過了，但『Golding』很難加進日文名字中。不過，喬治還是喬治。雖然為他取了漢字『城士』，但還是發喬治的音，『城士』這兩個漢字的意思就是守護『castle』的『warrior』。這樣爸爸也比較能接受。」

「warrior」的確很棒，但我還是很希望名字中能夠出現代表「Golding」的部分。

日本的房子都很小。大門就很小，每個房間也都很小。床和其他家具也都很小。天花板也很低。東京的土地都很貴，目前我們所住的房子也不是買的，而是以小百合的名義租的房子，因為土地面積很小，所以建築物只能向上發展，才能夠讓一家人住。但是，向上發展後，就必須每天沿著又窄又陡的樓梯走上走下，這讓我感覺很糟糕。

在玄關脫鞋子的習慣倒是很快就適應了。理由只有一個，因為光腳走路很舒服。當然，為了能夠光腳走路，家裡的地板必須隨時保持清潔，小百合經常把地板擦得一塵不染。不是只有小百合特別厲害，而是日本人都很愛乾淨，很擅長使地板保持清潔和安全的狀態。而且他們的建築材料也很優質、平均。尤其地板通常都會在表面塗上塗層，即使光著腳走路，也完全沒有問題。

相反的，道路狹窄的問題讓我遲遲無法適應。在東京，只要出了大門之後走三步，就可以走到對面人家的門口。以前住在佛羅里達州坦帕的家中時，走出家門後，要走十公尺左右的通道才是人行道，然後走過雙線道的車道，來到馬路對面的人行道，再經過十公尺左右的通道，才終於走到對面鄰居家的門口。房子也幾乎都是平房。因為美國土地很大，根本不需要建造兩層樓的房子。

日本的國土不到美國的二十五分之一，卻有相當於美國四成的人口住在這片土地上，所以人均土地面積比較小。而且日本的平地不多，看空拍圖就可以清楚瞭解這一點，日本有很多山地，所以人口都集中在包括東京在內的「關東平原」。

像我這種美國人當然會產生疑問。

日本具有這麼強大的武力和經濟實力，科學技術和教育也都很完善，為什麼日本人不藉由戰爭搶奪他國的領土？

我雖然當軍人多年，但對戰爭歷史的瞭解並不比別人多。我知道一些基本的常識，但並沒有因為在軍隊多年，就有機會接觸到特別的祕密。

所以，在日本生活之後，發現了很多令人驚訝的事。

日本這個國家至今仍然使用在太平洋戰爭後，由GHQ制定的憲法，而且一字一句都沒有修改。不光是使用，而且遵守這樣的憲法。這件事令我驚訝不已。

我記得《海牙公約》中的條文規定，戰勝國不能改變戰敗國的法律。我並沒有經歷過第二次世界大戰，只是對日本在戰後的狀態略有所知而已。我當然不可能知道道格拉斯．麥克阿瑟當初是基於怎樣的判斷，也不知道為什麼要改變日本的憲法，但無論是基於什麼原因，日本人都沒必要遵守這種憲法將近七十年的歲月。

任何國家都隨時在改變。國民的意識、生活和國際情勢也隨時在變。最重要的是，美國和日本已經從戰勝國和戰敗國的絕對上下關係，變成了都對國際社會有巨大影響的同盟關係。所以，我覺得已經夠了。麥克阿瑟的下屬不是法律專家或是研究者，他們在戰後的混亂時期，在一個星期內倉促完成的憲法，應該可以重新修訂了。

目前似乎在討論，GHQ向日本民眾徹底灌輸了從根本否定戰前日本的「自虐史觀」。那是以「War Guilt Information Program」為題的「日本國民再教育計畫」，但從美國的角度來說，這是戰勝國理所當然的行為。

所謂戰爭，就是戰勝國可以對戰敗國為所欲為的行為。戰敗國承受了極大的損害，當然痛恨戰勝國。日本當然痛恨同盟國與美國。但是，對美國來說，好不容易占領了日本，如果被日本痛恨，就得不到什麼好處。尤其美國這個國家對領土沒有野心，不會採取直接統治戰敗國的政策。最好能夠安排對美國言聽計從的人當國家元首，並建立一個乖乖聽話的國家。為此，徹底思考了該採取怎樣的手段，而且加以實踐。如果真的有「War Guilt Information Program」，而且還予以實施的話，我認為這應該就是目的了。

只要縱觀世界，就會發現這並不是什麼稀奇的事。中國的每一代王朝在改朝換代時，新王朝就會重新改寫前代王朝建立的歷史。在當今的時代，即使不至於改寫歷史，但為了主張目前政權的正當性，也會徹底批判前朝。美國也只是做了相同的事而已。美國打敗了大日本帝國，為了打造一個符合美國利益的「新日本」，所以改寫了以前的歷史。雖然改寫前朝歷史的行為是來自國內勢力，還是國外的勢力，兩者的確有很大的差異。

這和憲法一樣，當時的GHQ高層可能會覺得「你們還在相信這種東西？」日本和美國不同，是一個歷史悠久的國家，也保留了很多古老的文獻資料。而且聽小百合說，民族的歷史並沒有因為每次政權交替就遭到改寫。既然這樣，日本人應該可以大聲說：「事實不是這樣！」

日本人生性耿直，導致數十年來，都乖乖遵守在短短一個星期內倉促完成的憲法，持續相信戰勝國灌輸的「自虐史觀」。

但是，說得難聽一點，就只是笨蛋而已。想法未免太天真太幼稚。

雖然我知道這麼說很傲慢，但其實戰勝國也有戰勝國的煩惱。

日本敗給美國，很多部分都硬是遭到了改變，但有些部分朝向好的方向轉變，這也是不容否認的事實。

那就是日本成為一個不加入戰爭的國家。

不知道美國是幸還是不幸——我認為只能說是一種不幸，美國從來沒有因為戰敗而導致本土陷入一片火海。的確很難說在越戰中打了勝仗。參與朝鮮半島、伊朗、伊拉克、波斯灣、阿富汗等戰爭，每次都歷經慘痛經驗，但美國本土皆毫髮無傷，所以有心人士可以在國內高喊「贏了、贏了」。如果戰火在美國本土蔓延，美國就不得不承認打了敗仗。但至今為止，始終沒有這樣的機會。

這也讓美國成為一個無法否定戰爭的國家。

不要說別人，我自己就是如此。我無法從正面完全否定曾經參與的越戰。如果不告訴自己，那是正確的行為、是為正義而戰，就必須思考那場戰爭的意義。

殺人凶手——。

如果那不是一場正義的戰爭，那就只是殺人的行為。而且，如果是內心很不甘願，每次看到血就偷偷去一旁嘔吐，覺得屍體很噁心，根本不想碰的話，或許還有藥可救。

但是，我並不是這樣。我若無其事地殺了很多人。雖然自己有生命危險時嚇得屁滾尿流，但砍別人的頭時，眼睛連眨都不眨一下。用槍打死對方也完全不為所動。打死別人的家人、強暴陌生的女人也覺得沒什麼大不了。

我不願去想，這到底代表什麼意義。

在戰場上實際殺人之前，我真的對這種事無動於衷嗎？如今已經無法得知了。但有一件事很明確，第一次殺人和最後一次殺人時，並沒有太大的差別。

最簡單的假設，就是我這個人原本就不排斥殺人。更可怕的是，得出「人類原本就是會殘殺同族的動物」這個結論。無論是哪一種情況，都無法否定我再次殺人的可能性。即使戒了酒還是戒了菸，這種事都無法從根本改變人性。

我以後可能會再度殺人。

這種想法始終揮之不去。

我唯一的希望就是城士。

我剛來到日本時，城士才三歲，喜歡玩塑膠電車和老虎娃娃。他是一個大眼睛的可愛男孩。因為無法順利發出「安索尼」和「爺爺」的音，有很長一段時間都叫我「安尼」。用日文來解釋「安尼」，好像是「名叫安的哥哥」的意思。姑且不論「安」是不是男人的名字，我明明是祖父，他卻叫我「哥哥」。我覺得挺不錯的。

退伍後，我進入一家和軍方有密切關係的食品公司任職，所以是以「軍屬」的身分再度來到日本，但我到日本十個月後，就向那家公司辭職了。因為我有少額的退伍軍人年金，所以之後並沒有再找工作。健和小百合都有工作，由我照顧城士最符合經濟效益。

那時候，我經常去公園。在這個國家，主要都由年輕的母親帶小孩去公園。美國可能也是這樣，只不過很可惜，在健小時候，我從來沒有帶他去過公園，所以不太瞭解這方面的情況。

大部分日本人一定覺得一個上了年紀的白人，上午就帶著三、四歲的小孩去公園很奇怪，所以沒有任何人靠近我。

我用英語問城士：「裡面有沒有你的朋友？」我不知道城士能夠聽懂多少我說的話，但他明確地回答：「No」。平時在家會同時說英文和日文，所以城士的英文程度和美國三歲的小孩差不多。

「那要不要和安尼一起玩『hide and seek』？」

「嗯。」

「Hide and seek」就是日文的躲貓貓。我只知道這個可以兩個人玩的遊戲，所以經常和城士一起玩躲貓貓。我在美國人中並不算高大，但和日本人相比，體型算高大。再加上退伍後運動不足，所以胖了不少。

「安尼……你要好好躲起來啊。」

「真奇怪，我還以為我躲得很好。」

「你的屁股很大，一眼就看到了。」

我應該是三歲小孩的理想玩伴。

日本雖然是一個先進國家，但幼兒園數量不足。城士遲遲無法進入幼兒園就讀，直到四歲那年秋天，附近的幼兒園才終於有了空缺名額。

每天去幼兒園接送城士，當然成為我的工作。

「安索尼，真的很謝謝你。你和我們住在一起，無論我們還是城士都很幸福。」

「小百合，我也要謝謝妳。和一個人住的時候相比，我現在幸福一百倍。」

雖然他們也需要我，但我更迫切需要家人。所以，城士去讀幼兒園這件事，對我來說，既是好事，但也是壞事。

把城士送去幼兒園後，我真的很孤單。我每天都在附近散步，看看電線桿和招牌上的字，然後走到附近的千歲船橋車站，在咖啡店打發一下時間。但是，這些事能夠打發的時間相當有限。而且以後城士會愈來愈獨立。我這個美國人的祖父——我很早就結了婚，在二十三歲時生下了健，雖然在年齡上比一般的「爺爺」年輕，但不可能永遠是城士唯一的朋友。

我必須自己建立在日本生活的方式。

只要搭上電車，不到三十分鐘就可以到新宿。

新宿就像是一個巨大的中國城。大樓的外牆掛滿了招牌，感覺很雜亂。有許多高樓的區域感覺不太一樣，但歌舞伎町一帶充滿了強烈的亞洲感。因為這個關係，我不太喜歡新宿。

但那天我去新宿的目的不是為了歌舞伎町，而是去書店。小百合告訴我，「全日本最有名的書店就是新宿的紀伊國屋書店」，所以我打算去那裡看看。沿途遇到的日本人都很親切。當我問他們：「請問、紀伊國屋、書店、在哪裡？」時，大家都會指著那個方向告訴我。

沒錯，每個、日本人、都很、親切——。

大家、都指著那個、方向、告訴我——。

烏雲不知道從哪裡向我逼近，帶走了白天的亮光，我找不到前進的路，迷失在黑暗中，迷失在雨中。意識融化腐爛，雨傘反射著電燈的光亮，圓點圖案的雨傘迎面而來——。

「……你還好嗎？」

年輕女人用英語問我，我終於擺脫了惡夢。沒有成為幻覺的奴隸。再度聽到了新宿大白天的嘈雜。

「啊啊，謝謝妳……剛才有點暈眩。」

「要不要找個地方休息一下？」

「不用了，我沒事。請問紀伊國屋是往前走嗎？」

「對，就在前面那個街區。我陪你一起過去。」

「謝謝妳。」

那個親切的女人差不多二十歲。不，日本女人看起來都很年輕，所以搞不好有三十歲。她留著黑色長髮，很漂亮。

她帶我去了書店的賣場。

「請問你要找什麼書？」

我覺得她簡直就像是親切的店員。

「不瞞妳說，我才來日本不久，幾乎不太會說日文。所以，我想找可以學日文的書。」

「商業用語嗎？」

「不，日常對話就可以了。盡可能不要太嚴肅，我想找能夠輕鬆學習的教材。」

她露出像鮮花綻放般的笑容。

「你不要笑我一個大人還看漫畫。請問你喜歡看漫畫嗎？」

「小時候經常看漫畫。」

「日本有很多給大人看的漫畫，而且有些還是雙語版。同時有英文和日文，很容易理解。漫畫中也有很多日常用語，我相信會對你有幫助。」

「那太好了。」

她帶我去書架，的確有一些給像我這種大人閱讀的漫畫，只是數量並沒有很多。並不是像美國的漫畫一樣，有漫畫獨特的世界觀，而是對現實生活的描寫，還有穿著西裝的上班族相互聊天的作品。

「這是以美食為主題的作品。是實地採訪日本各地實際存在的美食後創作而成的。」

「這太有意思了……那我要買這部上班族和這部美食的作品。」

我想買整套漫畫，她慌忙制止了我。
「只要先買第一集就可以了吧？否則萬一不好看就浪費了。」
「妳、說的對……那我各買兩本。」
結完帳後，我和她在書店門口道別。我不知道在每個人都很忙碌的東京，她為什麼陪我買書。也許是因為她原本要見的人臨時爽約，所以她剛好有時間。
無論如何，對我來說，這是一次寶貴的經驗。
這件事稍微消除了我對於在日本生活的不安。我似乎不會再被拉回那個雨夜的惡夢了。這種預感隱約在我內心萌芽。

2

玲子在會議暫時中斷待命時，打電話給林。
「你好，我是姬川，辛苦了。」
『妳也辛苦了。』
電話中傳來街頭的嘈雜聲和風聲，他似乎走在路上。
「林統括，你在外面嗎？」
『嗯，正打算回家，快到千歲船橋了。』

也就是說，他剛離開成城分局。林住在江東區深川。搭小田急線之後，好像要在表參道轉車。

「不好意思，可不可以請你先不要回家，讓我占用你一點時間？」

『當然沒問題。是不是有什麼進展？』

「因為我發現一條讓我有點在意的線索。關於這件事，我一個人……該怎麼說，我無法做出判斷。」

『知道了。我沒問題，但妳應該沒辦法馬上就離開吧？』

目前是晚上十點三十六分。玲子不知道待命到幾點才會結束。

「是啊……如果超過十二點也沒關係嗎？」

『我沒關係。那我先去初台車站附近。』

「不好意思，麻煩你了。」

之後，搜查總部接到前往生田治彥家的勝俣組黑田的聯絡，野木和公寓一〇三室目前並沒有人，報紙和郵件也有好幾天沒拿了。

生田治彥和凶手有密切的關係。現在已經是深夜，當然不可能在他住家附近四處查訪。因為生田也是獨立記者，有人建議可以和媒體相關人員聯絡，打聽他的情況，但玲子認為如果不先進行一番調查就貿然行事，那些媒體人可能會反過來把警方搜查的情況透露給生田。最後特搜總部採納了玲子的意見，在半夜十二點時解除了待命狀態。

但這個特搜總部成立才第十天，大部分的偵查員都在練武場鋪被子睡通鋪。玲子昨天晚上也借用了分局內唯一一間和室休息。如果這裡的偵辦工作無法馬上結束，恐怕必須在附近找一家商務旅館。

偵查員紛紛站起來時，玲子對菊田說：

「菊田……我要出去一下。」

「喔，好啊。去便利商店嗎？」

玲子還在猶豫，不知道該告訴菊田多少。

「嗯，白天忘了買一些東西。」

早晚會向菊田說明。她在內心發誓後，轉身離開了。

林在之前玲子和葉山去的那家串燒店對面的居酒屋，訂了一間包廂。

「不好意思，這麼晚把你找來。」

「沒事，我白天都在打瞌睡。」

玲子知道沒這回事。林只要一有空，就會反覆閱讀報告、資料和筆錄，確認是否有忽略的地方，或是有沒有矛盾之處。他的毅力和專注力很驚人，只要沒人找他，或是請他處理其他工作，他可以連續看資料好幾個小時。連玲子也自嘆不如。

「要點什麼？」

「那就生啤酒……還有炸豆腐。」
找來店員點了酒菜後，立刻進入了正題。
「林統括，你和『昭島市一家四口滅門命案』有沒有什麼關係？」
「有關係是指？」
林夾起了醃漬茄子。
「當時……參與辦案的意思？不，我沒有。」
「你是否知道有誰加入了特搜？搞不好今泉先生就是？」
「不，我不太清楚……嗯，我想想有誰加入那個特搜。」
林以前在搜查一課重案二股負責設立特搜總部的業務和蒐集、整理偵查資料。但這只是近十年的事，最多也只有十幾年，「昭島市命案」發生在二十八年前，應該不在林的守備範圍。
「那就算了。」
玲子想要進入下一個話題，但林難得皺起眉頭瞪著玲子。
「怎麼可以算了。為什麼突然問『昭島』的事？難道上岡寫了什麼嗎？」
玲子原本打算蒙混過去，很顯然失敗了。
「……差不多就是這樣。」
「雖然兩起案子都是一家人遭到殺害，但幾乎沒什麼共同點吧？」

「我也這麼覺得。」

「但是，妳想確認某些事，對嗎？」

不可能不說明任何情況，就請上司協助。

「是……」

「是什麼？妳至少要對我說清楚。否則，當初贊成妳調去代代木特搜的我很沒立場。」

「……我知道。」

生啤酒剛好送了上來，玲子喝了一口之後說了起來。

「你說的沒錯，上岡寫到了『祖師谷』和『昭島』的共同點。雖然『祖師谷』是刺殺，『昭島』是毆打和勒斃，但上岡提到『昭島』中也使用了手槍，而且子彈是從肛門打進體內的。」

「這……上岡怎麼會知道這些事？」

「他以前曾在電視台工作。知道這個很正常。所以我想確認一下當時的偵辦情況……雖然我並不是懷疑『祖師谷』的特搜幹部，但在現場採集到的指紋並不相符，對嗎？」

林始終皺著眉頭。

「……不符合啊。也比對了前科犯，以及事件的其他相關者，都沒有相符的指紋。」

「在『昭島命案』中，也採集了認為是凶手的指紋。不過，這只是當時的報紙上這麼寫而已。如果屬實，應該和『祖師谷』採集到的指紋一致。但現在並不一致……也就是說，這意味著兩起命案並不是同一個凶手。」

「照理說，應該是這樣。」

果然是這樣。原來兩起命案中所採集到的指紋並不相符。

「啊！」林突然斜睨上方。一副豁然開朗的樣子。

「怎麼了？」

「我想起來了。我記得東好像曾經提過，他當時加入了『昭島市命案』的特搜總部。」

東？

「你是說新宿分局的東警部補嗎？」

「沒錯，沒錯。」

「和田先生也讚不絕口的那個刑警？」

「對，就是他。妳認識他嗎？」

「以前曾有一段時間一起待在總部，所以知道他。最近在和田先生的退休歡送會上也打過招呼。而且他在上岡遭到殺害的幾天前，曾經和上岡見過面。」

「是喔，那……看起來似乎有什麼故事。」

只是不知道上岡和東見面，與「祖師谷」和「昭島」的關聯到底有多大。

但有必要去和東弘樹警部補見一面。

報告上寫著，東在上岡遇害的三天前，在新宿郵局對面的咖啡店和他見了面。當時聊到了據說在「藍色謀殺事件」中喪命的成和會成員濱本清治，還在室蘭活得好好的，以及矢吹近江遭到逮捕之後，對「反美軍基地遊行」的影響。

上岡沒有向東打聽「昭島市命案」嗎？不，上岡可能並沒有想到，東在二十八年前加入了「昭島」的特搜總部。連玲子也對這樣的巧合感到驚訝。

二月十七日星期一。玲子在早上的會議結束之後，立刻去找梅本管理官。

「管理官，打擾一下。」

「……嗯，什麼事？」

玲子不太喜歡梅本。他和勝俁的關係不錯固然是原因之一，但怎麼說呢？總覺得他是所謂的「昭和老頭」。他身體發福，渾身都是菸味，眼神色瞇瞇的，穿衣服毫無品味可言，卻又自以為很了不起。但平成年代出生的人到了中老年的年紀後，搞不好也差不多會是這樣。

先不談這些。

「我等一下要去新宿分局。我打算去找刑事課的東股長，前幾天總部有派人詢問過他，現在想跟他確認幾件事。」

「確認？確認什麼？」

「東股長和上岡談到了『藍色謀殺事件』，當初我也加入了『藍色謀殺事件』的特搜總部。雖然乍看之下沒什麼關係，但報告上並沒有提到為什麼會聊到成和會的濱本，所以我有點在意這件事。」

梅本一臉不耐地摳著耳朵。

「喔，是喔……這倒是沒問題，但是，千萬別去碰矢吹近江的事。」

雖然玲子知道原因，但還是問了一下。

「我並不打算問矢吹的事。但為什麼不能碰？」

「矢吹是公安的案子。碰了會惹上麻煩。」

「但這和東股長有什麼關係？」

「東負責偵訊矢吹啊。」

「啊？東股長不是重案股的股長嗎？為什麼會偵訊公安的案子？」

梅本突然把手上的資料重重地甩在上座的會議桌上。

「這種事，我怎麼知道？」

討厭討厭，就說很討厭這種昭和老頭。

獲得梅本的首肯之後，玲子準備走出禮堂。她去座位拿東西時，菊田露出意味深長的眼神看著她。

「……我去新宿一趟。」

「請問是什麼事？」

慘了。菊田的眼神顯示，他似乎猜到了什麼。

「我去找重案股的東股長，有點事。」

「有點什麼事？」

完了。他一定抓到了什麼。

「你……不要這樣為難我。你是不是有話想說？那就說出來啊！」

「姬川主任，妳才是該說的話沒說清楚吧。完全不把我當自己人。」

菊田說話的同時，把自己的手機遞到玲子面前。

螢幕上顯示了一封電子郵件，寄件人是【林廣巳】。

原來一切都曝光了。玲子想起忘了拜託林，不要把這件事告訴菊田。

菊田把手機收了回去。

「林統括很擔心，所以傳了電子郵件給我。他說昨晚主任一個人去找他，問我這邊的情況怎麼樣，還問我知不知道是怎麼回事。」

雖然玲子看不到全文，但看到大致寫的是這樣的內容。

「……對不起。」

「妳這麼做，會讓我的處境很為難。」

幸好小幡不在座位上。其他資訊組的人正在那堆文稿前討論什麼，並沒有在聽他們說話。

「所以……對不起，真的很對不起。」

「我並不是希望聽妳道歉，而是希望妳可以和我商量。」

「我知道……等我回來後會告訴你。」

「所以，妳並沒有要求我和妳一起去。」

總覺得，好可怕。菊田看起來又高又大。如果可以拿來當靠山，自己會很輕鬆。只是現在還做不到。

這線索予人不祥的預感。如果愈扯愈複雜，如果又牽涉到一些遭到隱瞞的案情的話……。在消除這些不安之前，不想把菊田捲進去。

「……別擔心，我不是想做什麼危險的事，只是有事想要請教東股長而已。」

菊田似乎覺得再說也是白費口舌。他最後嘆了一口氣，露出了笑容。雖然他的笑容有點落寞，但玲子最喜歡菊田這樣的笑容。

「好，那我在這裡等妳。」

「……嗯。」

「妳中午之前會回來嗎？」

「應該吧……」

「是嗎？那就吃午餐的時候聽妳說……路上小心。」

「嗯……那我走了。」

玲子開始想著，說不定中途會整個情勢逆轉。

也許自己並不瞭解前面有什麼危險，但菊田似乎知道，他似乎知道一切。

玲子漸漸有了這樣的感覺。

玲子在十點半到了新宿分局。

她在一樓櫃檯出示了身分證明，說明要去刑事課的理由後，走向電梯。雖然她在新宿分局並沒有認識的人，但可能一看就知道她是同行，所以大部分警察都會向她點頭打招呼。以前去命案現場時，在出示身分證明或臂章之前，在現場站崗的員警都不讓她進入。

這到底是怎麼回事？難道是自己愈來愈有架勢？果真如此的話，真不知道該為身為刑警的自己感到高興，還是該為身為女人的自己感到悲哀。好難下結論。

她在四樓走出電梯，走向刑事課。

玲子去年之前在池袋分局。池袋分局是很大的警察局，但新宿分局是超大警察局，規模是池袋分局的一點五倍。不愧是全日本最大的警察局，刑事課的辦公室也很大。

但玲子一眼就看到了東弘樹。

東弘樹的座位在中央附近那排辦公桌的後方，就坐在統括股長座位的前方。玲子走進刑事課，才走了兩、三步，就見他抬起了頭。

玲子以前就覺得，東很像是西伯利亞哈士奇。首先，他男人味十足。這是最大的特徵。其次，他散發出狼性。雖然不知道他的交遊情況，但總覺得他這人應是獨來獨往。但是，他又不是純粹的狼。基本上算是狗。這麼說並不是輕視他，也非自虐的意思，他是那種很像警察的警察，很像刑警的刑警，這部分就很像是狗。只不過如果叫他「狗狗警察」，似乎又太可愛了。

東已經發現了玲子，而且眼神也已經交會，卻始終面無表情地看著玲子。走近他時，他那一雙眼睛像監視器的鏡頭般跟著玲子移動。

所以，玲子直到走到他身旁時，才向他打招呼。

「東股長，好久不見。」

玲子說話時，向他行了十五度的鞠躬禮。

西伯利亞哈士奇目不轉睛地看著玲子，筆直地站了起來。他的個子並不高，但身體很厚實。這不是胖。應該說，他身體的密度很高。

「好久不見……我記得上次見面是在和田先生的退休歡送會上。」

他的聲音低沉而有穿透力，在腹部一帶發出共鳴。這樣的聲音如果是肚子餓時聽到，應該會很痛苦。

「對，是啊，沒錯。」

玲子說話時，看向東的辦公桌。

「請問……你現在忙嗎？」

東的視線仍然盯著玲子。

「來這個分局之後，從來沒閒過。」

新宿分局的確很忙，但難道沒有別的說法嗎？——不，沒關係。既然任何時候來，他都不得閒，反過來說，就是現在打擾他也沒問題。

「那可以占用你一點時間嗎？」

東既沒有點頭，也沒有搖頭。

「找我有事嗎？」

「對，有事想要請教你。」

「什麼事？搞不好我未必能夠幫上忙。」

「不會……而且，我目前在上岡慎介命案的特搜總部，你有興趣嗎？」

東的眼睛動了一下。或者說，他的眼神和剛才不一樣了。

他果然對上岡命案的搜查進度有興趣。

東安排了一個小型會議室，帶玲子去那裡談話。

他把來這裡的路上買的兩罐咖啡，放在會議室後方排成「口」字形的會議桌角落。

靠東的那一罐是微糖咖啡，靠玲子的那一罐是黑咖啡。

「拿妳喜歡喝的。」

「謝謝，那我要這個。」

玲子選了黑咖啡。但並不是因為她喜歡黑咖啡。如果可以，玲子想喝常溫的礦泉水。之所以挑選黑咖啡，只是不想特地伸手拿東面前的那罐咖啡。

好溫暖。玲子很容易雙手冰冷，所以熱飲拿在手上很舒服。

東打開拉環時問：

「找我有什麼事？」

「呃，我目前在搜查一課十一股。」

「嗯，」東喝了一口微糖咖啡後點了點頭。

「我之前聽說了妳回一課的事。」

看他說話的態度，顯然還聽說了其他事，但玲子決定無視。

「十一股的統括主任是林，林廣巳警部補。」

東再度輕輕點頭。

「對了，之前和田先生的退休歡送會時沒見到他。他在會場嗎？」

「不，那次他閃到腰，臨時缺席了。」

「是喔，我不知道……他最近好嗎？」

「最近很好，腰也沒問題……我從林統括口中得知，你二十八年前，曾經在『昭島市滅門命案』的特搜總部，對嗎？」

玲子直截了當地問。

果然不出所料，東露出了意外的表情。他這個人可能比想像中單純。如果說單純太失禮，可以說是坦誠或是率直。玲子並不討厭這種類型的人。

東微微偏著頭。

「……這就是妳想問的事嗎？」

「對，請務必告訴我。」

「這和上岡的命案有什麼關係？」

他問完之後，不等玲子回答，似乎就心裡有數了。也許剛才那句話，讓他把「昭島」和「祖師谷」連在一起。為什麼？難道在上岡遭到殺害的三天前，東和他不只聊了濱本清治和矢吹近江的事？兩人還曾經聊到「昭島」和「祖師谷」的關聯嗎？果真如此的話，之前代代木特搜總部的人向他問詢時，他為什麼隻字不提？難道其中有什麼隱情嗎？

這個人有所隱瞞——。

此刻，東面無表情，和玲子走進刑事課辦公室時一樣，用一雙好像監視器般的眼睛看著她。

是嗎？既然對方這樣，那我也不必客氣。

無論如何，都要讓他說出藏在內心的祕密。

「……你應該知道『祖師谷一家命案』吧？」

東沒有點頭。

「當然。不過是從電視新聞和報紙上看到的，聽說案情陷入了膠著。」

「我在被借調到代代木之前，在『祖師谷』特搜。」

「是喔，為什麼從那裡調去『上岡命案』的特搜？」

雖然他嘴上這麼問，但眼神中完全沒有疑問。

「因為上岡遭到殺害之前，曾經熱心採訪『祖師谷命案』。」

「原來是這樣。所以妳認為上岡命案和『祖師谷』有關。」

東說話的語氣有點揶揄，但如果現在生氣就輸了。

「沒錯，你不認為二十八年前的『昭島市滅門命案』和『祖師谷』的案子很相似嗎？」

「不清楚……這二十八年來，還發生了多起滅門慘案。」

既然這樣，那就讓你無法繼續裝糊塗。

「但是，我認為應該沒有其他凶手會特地把子彈打進屍體的肛門。」

這時，東的眼神終於有了變化。這一點顯然說對了。

「……『祖師谷』的凶手這麼做嗎？」

他的聲音也透露出驚訝。

玲子感到高興，忍不住笑了出來。

既然他有這種反應，那就對他實話實說吧。

「我想請教你的就是這件事。『昭島市命案』發生當時，警視廳並沒有詳細發表凶手的犯案手法。那起命案的搜查工作也陷入了瓶頸，之後，陸續有相關情資透露給媒體。……但不知道為什麼，並沒有公布使用手槍這件事。至少根據我的確認，當時警視廳公布的內容中，並沒有這件事……所以我首先想要向你確認的是，『昭島市命案』中，真的使用了手槍嗎？」

東的臉上漸漸顯現出疑問的表情。

「那起命案早就過了追訴時效。」

「是啊。如果沒有停止時效的外在因素，的確已經過了時效。」

「所以，即使去了昭島分局，也找不到當時的辦案資料……」

東用力點了點頭，似乎在說服自己。

「好。這種程度的問題，就以我個人的判斷回答妳。……『昭島市命案』中的確使用了手槍。我記得屍體內採集到多顆彈殼，附近住戶也證實曾經聽到槍聲。但是，這些情況都沒有對外公布……我當時也剛當上刑警不久，沒有資格對此提出異議，當時根本沒有這種想法，反而認為是為了『祕密暴露』所採取的必要措施。」

上岡寫的內容既不是憑空捏造，也不是妄想。

「昭島」和「祖師谷」的確都使用了手槍——。

雖然不知道東想要隱瞞什麼，但玲子認為已經不重要了。

這樣就夠了，不需要再問他任何問題。

「……我知道了。謝謝你。」

玲子想要站起來，東開了口，似乎想要制止她。

「妳的疑問解決了嗎？」

「對，託你的福。」

「那我來領取相應的犒賞。」

東說話時，用強勢的眼神看著玲子。眼神中透露出隱藏在狗身體裡的狼性。

好吧，那就禮尚往來一下！

「……對了，你在上岡遭到殺害的三天前，曾經和他見過面。」

「是啊，特搜總部的人也來向我瞭解過情況了。」

「你們怎麼認識的？」

「喂，妳竟然還想要附贈品？」

玲子今天第一次發現，東把表情寫在臉上時，看起來更有魅力。比起裝模作樣地板起面孔好太多了。

「……對不起。你說的對。」

此刻，東臉上露出生氣的表情。這樣的表情也不錯。

「那我就直截了當地問妳。目前的偵辦進度如何？」

果然是率直的直球。

既然這樣，自己也回敬直球。

「你知道凶手總共有四個人嗎？」

「我知道有三個蒙面人，還有一個人沒有戴頭套。但凶手是四個人這件事正確無誤嗎？」

「那你知道已經查出其中一個蒙面人的身分嗎？」

「雖然無法大聲說……但我知道。」

「我可以請教一下名字嗎？」

東猶豫了一下後回答說：

「……砂川雅人。」

「那未蒙面的那個人的身分呢？」

東明顯露出了「不知道」的表情。這也是理所當然。代代木特搜昨天晚上才掌握到這個線索。外人當然不可能這麼快知道。

「那我就用這個消息和你交換……但請不要告訴任何人，是我告訴你這件事。」

東的雙臂交疊。

「別說這些廢話了，快說吧。」

「好……他叫生田治彥。生活的生，農田的田，治安的治，姓名中常用的那個彥，生田治彥，三十八歲。和上岡一樣，也是獨立記者。」

「就是這個人以『齊藤雄介』的名字住在週租公寓吧？」

原來他連這件事也知道。太意外了。

「你瞭解得真清楚。該不會派了『探子』去我們特搜吧？」

「探子」就是「奸細」的意思，這是公安的人經常使用的暗語，東聽了之後，似乎很不高興。他露出不懷好意的眼神問：

「先不談這個……聽說妳和鋼鐵水火不容？」

為什麼現在問這個問題？

玲子立刻狠狠瞪著他說：

「……我告辭了。」

她拿起放在旁邊座位上的皮包和大衣，轉身走出會議室。離開前是不是應該鞠躬，但她忘了自己有沒有這麼做。

玲子太生氣了。

剛才還覺得他有點魅力，自己真是看走眼了。

3

二月十七日星期一。

林參加完早上的會議後，準備離開成城分局的特搜總部。

接下來這一陣子，都必須經常跑外面。因為姬川和菊田調去代代木支援，林必須接手他們的工作。

他的搭檔是姬川之前的搭檔鈴井巡查部長。今天他們要去長谷川家經常送洗衣服的洗衣店，瞭解長谷川家是否還有送洗後未取回的衣服。之後要去命案現場的長谷川家，確認姬川列出來的高志衣服清單中，是否少了哪件衣服。當然已經排除了特搜總部從現場帶回的衣服。

林第一次看到姬川列出的這張衣物清單時，簡直不敢相信自己的眼睛，懷疑真的有這種事。因為姬川經過詳細調查後，在清單上清楚寫了第幾號照片上的那件牛仔褲是哪個牌子、什麼形狀，那件大衣是哪一年到哪一年之間生產、銷售的。

當然，並不是每一件衣服都能夠寫得這麼詳細。有的只寫了【灰色T恤 不明品牌】，但在備註欄中寫了【圓領 尺寸為M】。大部分都是從網路的照片中尋找線索，然後向廠商洽詢、確認，但林覺得自己絕對無法完成這些工作。這不是靠毅力和專注力能夠完成的工作。如果缺乏洞察力和時尚品味、時尚知識，根本無法勝任。

林覺得所有牛仔褲看起來都一樣，但姬川理所當然地向他說明不同之處，例如「口袋的形狀不一樣」，或是「這件的縫線是橘色，那件是黃色」。林聽了姬川的說明之後，才發現的確如此，但他可以斷言，自己絕對不可能發現牛仔褲有什麼不同。

「……鈴井先生，長谷川家的鑰匙帶了吧？」

「對，不用擔心，我已經帶了。」

那就出發吧。林這麼想時，有人打電話給他。是他的手機。

「鈴井先生，不好意思……我接一下電話。」

「好，請先接電話。」

一看手機螢幕，上面顯示是菊田打來的。

「喂，我是林。」
『早安，我是菊田。現在方便嗎？』
「嗯，正準備出去，所以還好。」
『啊？林統括，你要外出辦案？』
不需要這麼大驚小怪吧？
「有什麼辦法呢，你們不在，我偶爾也要做做刑警的樣子。」
『怎麼說是……做做樣子呢？』
但菊田只笑了一下而已。
『言歸正傳，林統括，今天姬川主任一大早就去了新宿分局，請問你知道是怎麼回事嗎？』
喔喔，她這麼快就採取了行動嗎？
「嗯，我想是那個。她應該去新宿分局找東了。」
『為什麼？』
姬川連菊田都沒說嗎？
「……為什麼？她什麼都沒告訴你嗎？」
『她說中午之前會回來，回來之後會告訴我。』
這是怎麼回事？既然菊田不知道，那就代表代代木特搜總部內沒有人知道。姬川單獨行動並不稀奇，但很少連菊田都不瞭解狀況。

「菊田……姬川目前鎖定了二十八年前的『昭島市滅門命案』。」

『啊？為什麼突然扯到那起命案？』

「突然？不是上岡在文稿中提到的嗎？」

『啊？是嗎？我完全不知道這件事。』

如果是以前還有可能，但林很清楚，現在的菊田不可能有什麼「疏漏」。顯然是姬川刻意隱瞞了這條線索。雖然兩人不可同日而語，但她和勝俁都是為了破案會不擇手段的刑警。

「菊田，你去清查一下文稿的檔案，我相信一定可以找到。」

『好，我來查。我會再跟你聯絡。』

啊呀啊呀，姬川真是傷腦筋啊。

即使派了菊田監督她，還是白搭。

*

結果，玲子中午之前並沒有回來。菊田打她的手機，她也不接電話，也沒有回撥給菊田。傳電子郵件給她，她也不回覆。菊田好幾次想打電話去新宿分局找東，但最後還是打消了念頭。

東弘樹是以偵查「歌舞伎町封鎖事件」打響名號的刑警。而且據說他還從爆炸倒塌的大樓中，親自背著之後成為死刑囚犯的特警隊員伊崎基子，把她救了出來。菊田當然不可能打電話給這樣的男人，問他：「請問姬川主任有沒有在你那裡？」雖然這應該只是先入為主的成見，但菊田覺得東一定會看穿自己的心思，肯定會點出自己完全意想不到的事。

所以，還是不打電話為妙。目前先做一些力所能及的事。

菊田首先確認了玲子座位前的那堆文稿。對照文稿號碼和小川編寫的簡單標題，只要第一頁的內容相符，就不再繼續看下去。

他用這種方式確認後，發現找不到【266】【事件雜感】的稿子。

「小川先生，這是什麼內容的文稿？」

他把清單直接遞到小川面前。

小川皺著眉頭，微微偏著頭。

「怎麼會有這種標題？」

「怎麼會有？這份清單不是你製作的嗎？」

「是啊……抱歉，我完全不記得了。」

這個人真的沒問題嗎？

「那請你確認一下原始檔案。」

「好。」

小川走到從上岡家帶回來的電腦前，打開了電源。

確認了清單上的日期後，打開了幾個資料夾。

「兩百六十六號，對嗎？」

「對。」

「……有了有了，就是這份。」

他打開了直接以日期為檔名的那份檔案。

「請你把它列印出來。」

「好。」

菊田站在列表機前等待文稿列印出來。列表機很快就吐出了列印紙，他拿起第一頁看了起來。

【從半年前開始，歌舞伎町就進入了飯店建設的高峰期，簡直已經到了泡沫化的程度。】

菊田又繼續看了下去，內容是以投資的角度，評估歌舞伎町建造的新飯店，和老闆換人做的飯店有什麼差異，看起來是很普通的經濟評論文章。雖然其中提到了某些交易牽涉到中國的資本家和前黑道成員，從這個角度來說，的確需要仔細確認，但這些內容並不是【事件雜感】。

「小川先生，為什麼這份稿子……？」

小川也在電腦螢幕前看同一份文稿。

「是啊……我為什麼會替這篇文稿取【事件雜感】的標題呢？」

菊田很想說，我怎麼知道？但他當然沒有說。

「你不記得了嗎？」

「對，我不記得了，如果是這些內容，我應該會取歌舞伎町飯店泡沫化之類的標題。」

小川拿著清單站了起來，問坐在斜對面的阿部巡查長：

「阿部，阿部，你沒有為清單上的檔案輸入標題，對嗎？」

「啊？喔，對啊。我只是寫下標題，然後貼在浮籤上交給你，完全沒有輸入電腦。」

「對啊。」

小川轉身看向菊田。

「……就是這樣，即使是阿部想的標題，也由我負責輸入。如果是我輸入的，照理說應該會記得。」

「但你不記得【事件雜感】嗎？」

「對……為什麼會這樣呢？」

「恩，為什麼呢……」

雖然菊田難以釋懷，但也無可奈何。

「好吧，那算了……謝謝你。」

等一下再檢查一下自己接下來要看的文稿，和小幡負責看的文稿。菊田手上的【事件雜感】列印了兩份，既然玲子看的那堆文稿中找不到，很可能是混在菊田或小幡要看的文稿中。

小幡雖然一臉不耐煩，但還是一起幫忙找。

「這裡是我看完的，沒有這份……如果有的話，可能在這一堆裡。」

但是，完全都沒有。【事件雜感】只有菊田手上那一份。

也就是說，在剛才重新列印出來之前，【事件雜感】這份文稿從特搜總部消失了。最大的可能，就是玲子帶走了。雖然這麼說，對上岡有點失禮，但玲子為什麼要特地把上岡的這種文稿帶出去？

到底是怎麼回事？菊田有一種不祥的預感。

菊田繼續等待，但直到傍晚，玲子仍然沒回特搜總部。外出辦案的偵查員中，已經有幾組人回來了。

葉山也是其中一人。

「菊田主任，辛苦了。」

葉山說話時，巡視著資訊組。他看了看菊田的臉，又再度看向那附近。

「……姬川主任呢？」

葉山還是這麼敏銳。

「目前下落不明。」

葉山看向上座的梅本管理官，但他的擔心是多餘的。

「她出去之前有向管理官請示。管理官並不在意姬川主任幾點回來。但如果她還不回來，管理官恐怕也會不高興吧。」

「……是啊。偵辦那起案子時，一開始也是這樣。」

葉山說的「那起案子」，就是「東中野五丁目黑道分子刺殺事件」。玲子在偵辦時單獨行動，最後導致姬川組走向解散的命運。

葉山沒有看菊田的臉，小聲地問：

「發生什麼狀況了嗎？」

菊田遲疑了幾秒鐘，葉山雖然在不同股，但自己至今仍然把他視為前姬川組的戰友。即使他現在屬於凶殺組八股，直屬上司是勝俣，這種想法仍然沒有改變。

菊田希望對葉山坦誠。

「不瞞你說……主任今天早上去新宿分局找東警部補。她也親口這麼對我說，我們的林統括主任也知道。但她不可能一整天都在新宿分局。可能中途改變了心意……或是有什麼新的想法，從新宿去了其他地方。」

「電話和電子郵件呢？」

菊田搖了搖頭。

「早知道會這樣……就應該事先裝上GPS。而且，主任帶了一份上岡的文稿出去。從標題來看，是關於歌舞伎町飯店泡沫化這種無關緊要的內容……」

菊田很想聽聽葉山的意見，不管是什麼意見都好。

但是，等了幾秒鐘，葉山仍然沒有回答。

抬頭一看，發現葉山露出嚴肅的眼神看著上岡的電腦。目前電腦前沒人。從這個角度，看不到電源有沒有開著。

「阿則，怎麼了？」

葉山突然轉頭看向菊田，就好像是機器人的某個按鈕被打開了一樣。

「我來查一下。」

葉山走向上岡的電腦。目前是傍晚六點四十分，距離晚上的偵查會議還有三十分鐘以上的時間。

「查什麼？」

「查電腦的列印紀錄。」

「有辦法查嗎？」

「不知道。應該和電腦的型號、設定有關，但這並不是什麼特殊的功能。如果上岡沒有關掉這個設定……應該沒問題。」

在資訊組的角落。葉山一骨碌地坐到上岡的電腦前。因為電源開著，葉山握著滑鼠，直接操作起來。

葉山接連打開菊田平時從來沒有看過的視窗，確認之後，小聲地嘀咕著：「不對」、「就是這個」。不一會兒，他打開了一個背景是白色，看起來像是文稿的網頁，仔細看了起來。菊田站在葉山的旁邊，一直看著那個網頁。

「菊田主任，姬川主任帶出去的文稿是哪一份？」

「目前還不確定……但應該是這一份。」

菊田把文稿放在鍵盤旁，葉山只看了前面幾行，立刻再度看著螢幕。

差不多五分鐘後。

「……咦？」

葉山叫了一聲，突然站了起來。

「小川先生，可以請你過來一下嗎？」

「喔，好。」

小川走到葉山身旁。
「你透過這台電腦列印的只有文稿，對嗎？」
「嗯……對啊，是，沒錯。」
「像這樣打開按年份儲存的資料夾。」
「沒錯。如果是三月，就打開三月的資料夾。」
「先看各個檔案的內容，有必要就列印出來。」
「沒錯，就是這樣。」
「有沒有新的資料存進這台電腦？」
小川偏著頭問：
「你是說，用這台電腦讀取後儲存嗎？」
「對，像是SD卡或是隨身碟之類的。」
「不，沒有。只會把這台電腦中的資料移動到其他電腦。但其實只是存到我目前用的那台電腦而已。」
「有沒有其他偵查員在進行這項作業？」
「沒有。我負責為這台電腦內的文稿加上標題，製作成一覽表，然後列印出來，再為文稿編上和一覽表對應的號碼。」
葉山點了點頭。

「我知道了，謝謝，沒事了。」

小川一臉不解的表情，行了一禮後，回到自己的座位。

葉山四處張望了一下，向坐在旁邊的菊田使了一個眼色。

菊田低頭把耳朵湊到葉山嘴邊。

「……有人用這台電腦存取了文稿檔案，然後列印出來。」

「為什麼？」

「應該是想偽裝成上岡的文稿，把其他內容混進那堆文稿中。」

「……不好意思，你可不可以說得清楚些？」

葉山停頓了一下，點了點頭。

「除了小川先生列印的內容以外，還有其他人用這台電腦存取了不知道從哪裡來的檔案，偽裝成上岡的文稿，從這台電腦列印出來。姬川主任帶走的可能就是那份文稿。」

「無法知道那份文稿的內容嗎？」

「已經刪除了，所以無法得知。如果使用復原程式，可能有辦法恢復。」

有人把假文稿帶進特搜總部，然後讓玲子看到。玲子看到文稿之後，去新宿分局找東，之後就失去了音訊。

唯一的可能，就是那個男人。

「……是鋼鐵嗎？」

葉山也點了點頭。

「應該是他。」

玲子落入了勝俣設下的圈套嗎？

＊＊

之後，姬川若無其事地回到特搜總部，而且還趕在晚上的偵查會議之前。

「阿則，辛苦了。」

「辛苦了……」

沒想到姬川和平時沒什麼兩樣。既不像在傷腦筋，也不像在著急，更沒有興奮的樣子。她跟葉山打完招呼後，大步走向後方的資訊組，把自己的大衣和皮包放在平常的位置上。

因為座位離得比較遠，所以聽不清楚，但姬川似乎在向菊田說明情況。至少沒有像之前那起事件一樣，想要一個人處理所有的事。菊田雖然仍皺著眉頭，但應該鬆了一大口氣，表情看起來放鬆多了。

但是，在會議即將開始時，有一個熟悉的身影閃過禮堂的出入口。而且那個人沒有走進禮堂，而是走向電梯。
葉山慌忙站了起來，追向那個身影。
是勝俁主任——。
「借過……不好意思。」
葉山推開幾名正走進禮堂的偵查員，快步走向電梯。
在距離電梯還有五公尺時，門慢慢關了起來。
「等一下。」
他一邊伸手一邊叫道，於是電梯門靜止不動，接著又再次打開。
只見電梯門後露出穿著舊大衣的肩膀，和有著一雙小眼睛的臉龐。
葉山按住大開的電梯門，往裡面張望。
「……勝俁主任，不好意思。」
「進來。」
勝俁的眼睛眨都不眨一下，越過葉山，盯著走廊前方的禮堂看著。
「勝俁主任。」
「廢話少說，進來吧。電梯就是要大家一起搭。」
葉山走進電梯後，勝俁按了「關」的按鍵。「1」的按鍵原本就亮著。
「主任，你不參加會議嗎？」

「你參加就好，我不必了。」
勝俣當然很清楚，這不是問題的重點。
「主任，我有幾件事想請教你。」
「不行，只能問一個問題。而且要盡可能是能夠用yes或no回答的簡單問題。」
電梯到了一樓。立刻聞到了雨的味道。今天的天氣從一大早就很陰沉，現在終於下了雨。
勝俣沒有跟在櫃檯值班的員警打招呼，就直接走了出去。走出大門後，沒有撐雨傘，繼續往前走。而且走向和初台車站相反的方向。
「主任。」
「要問就趕快問。你趕快問，我就馬上回答你。你也不必淋太多雨。」來不及了。今晚的雨下得很大。
「那我只問一件事……你為什麼在姬川主任桌上的文稿內，塞入了其他文稿？」
「這違反了遊戲規則，沒辦法用yes或no回答。」
「拜託了，你只要回答這個問題就好。」
勝俣走了幾步，走進第二個轉角處的公寓屋簷下。他的大衣已經淋濕，整件大衣的顏色都變深了。他駝著背，從內側口袋裡拿出菸盒。叼了一支菸，用手指很短的手遮住了嘴巴周圍。他手上應該拿著拋棄式打火機。只聽到兩、三次卡嚓、卡嚓的聲音，他的手中亮了起來。

他吐出第一口煙。

「……你是以稿子被我調包作為前提，在問這個問題，這樣好嗎？」

「難道不是你嗎？」

「我可能花錢收買小川或阿部啊，或是透過梅本。」

不必理會這個問題。這只是在模糊焦點。

「我不是來抓犯人的，所以就先不要討論是誰下手的。」

「喔，還真乾脆啊。你這麼想要保護姬川嗎？」

「沒這回事。只是我不瞭解勝俁主任這麼做的用意。」

勝俁吐著煙，搖了搖頭。

「不……你很瞭解。你只是假裝不知道而已。其實你只是不想承認罷了，因為你害怕成為我的幫凶。」

也許吧。關於這點，連葉山自己都搞不清楚。

「……請你回答我的問題。」

「好啊。既然只有一個問題，那我就回答你……你問我為什麼把文稿調包，因為姬川想要啊。」

「所以你提供假線索嗎？」

勝俁吐出一大口煙。

「……有道理，這個方法也不錯。但是，他留下那麼多文稿，要模仿他的文筆塞假線索進去，要花不少心思。而且我也沒那種文筆。我給姬川的，的確是上岡留下的文稿中的一部分。這也是那個鄉巴佬會來代代木的真正目的。所以，我就把帶著泥土的胡蘿蔔放在那個鄉巴佬面前，而且那傢伙馬上就緊咬著不放……隨心所欲地操控別人，真是太有趣了。不過，我也要稱讚你。沒想到你馬上就猜到是我幹的。」

這大概是葉山平時就訓練自己用勝俁的「眼睛」看事件，用勝俁的「腦袋」思考事件的結果。葉山在不知不覺中，變得可以和勝俁的思考同步，進而搞懂了事情的來龍去脈。

葉山不抱希望地問了第二個問題。

「既然這樣，為什麼要在特搜總部列印？在其他地方列印之後，放在姬川主任的桌上，不就可以搞定了嗎？如果是這樣，我可能也不會發現。至少不會這麼有把握。」

勝俁把菸丟在腳邊。

菸蒂就像是燃燒到盡頭的仙女棒，火苗消失在黑暗的地面。

「……因為紙張。」

「啊？」

「我原本列印的文稿，紙張更高級，和原來的文稿放在一起時，看起來特別白，特別漂亮。根本一眼就可以看出來了。所以沒辦法，只能在那裡重新列印了一次……。你要記住，幹壞事時，往往會在意想不到的地方出問題。」

勝俣說完，走出公寓的屋簷下。

他沒有回頭，揮了揮短手，走向遠離車站的方向。

勝俣當然沒有參加那天晚上的偵查會議。

4

雖然不顧一切地衝出了新宿分局，但玲子並不知道接下來該做什麼。

上岡在文稿中提到「昭島市滅門命案」使用手槍的這件事，並非空穴來風。如此一來，凶手是當時在橫田基地工作的美軍相關人員的說法，就有相當的可信度。「昭島市命案」的特搜總部也一定掌握了相關的證據或是線索。

然而，即使掌握了證據或線索，也沒有方法加以確認。「昭島市命案」已經過了追訴時效。偵查資料在時效成立時，就已經交給檢察官了。每個警察分局都為缺乏足夠的空間保管偵查資料和證據物品而傷透腦筋，一旦不再需要，就會交給檢方保管，或是歸還給當事人，除此以外，就會當作廢棄物處理。玲子即使去了昭島分局，能夠找到相關線索的機率幾乎是零。

如果是普通的企業，也許還能夠找到瞭解當時情況的人，但在公家機關，則無法抱有這樣的期待。通常在同一部門的任期為五年。所以，當時偵辦那起案子的人員早就已經調往他處。

但如果有人在當時請產假或育嬰假，則可以成為例外。

原則上，請完產假或育嬰假，可以回到原來的部門。如果在育嬰假期間又懷了第二胎，請完兩個孩子的產假和育嬰假後，再回到原來的部門，任期就可以延長到九年，而且也有這樣的實際案例。但是，玲子想找的是十三年前的資料。即使因為產假、育嬰假延長了任期，也不可能超過十三年。而且，玲子想要瞭解的是搜查第一線的情況，絕對不是「育兒百科」。

檢方手上會有偵查資料嗎？這恐怕也無法期待。玲子隱約記得，追訴時效成立的案件，相關資料只保管一年。因為廢除命案時效已經多年，她已經不太記得詳細的情況了。

真傷腦筋。接下來該怎麼調查？

她一度想要實踐刑警的基本，「一旦迷失了偵辦方向就重回現場」，但仔細一想，才發現自己甚至不知道「昭島市命案」的現場在哪裡。

即使想破頭也沒用。雖然已經超過了時效，但昭島分局的人應該知道命案的現場在哪裡。

那就去昭島分局一趟吧。

玲子在新宿車站搭了中央線的特別快速車，幸好那班車直通青梅線，不需要換車就直接到了昭島車站。一看手錶，十二點半了。所以她已經搭了將近四十分鐘的車。

雖然肚子並不餓，但不知道接下來的情況會如何發展，所以她走進車站前的便利商店買了一個飯糰。因為擔心海苔會黏在牙齒上，於是買了紅豆飯糰。

她站在便利商店前吃飯糰時觀察四周，發現並不如自己原本想像的那麼鄉下。只不過走在路上之後，發現離車站愈遠，高樓就愈來愈少，漸漸看到了和都心不同的景象。最明顯的就是遼闊的天空和寬敞的道路。今天是陰天，如果是晴天，應該會讓人心曠神怡。

她在十二點五十分抵達了昭島分局門口。因為剛去過新宿分局，所以對眼前這麼小的警局感到驚訝。昭島分局管轄的區域是新宿分局的三倍或四倍，新宿分局是一棟十三層樓的建築，但昭島分局只有三層樓。人員應該也只有新宿分局的三分之一到四分之一吧。

她向負責警戒的員警點頭打招呼後，走進了自動門。她打算向櫃檯打聽命案現場的地址，如果櫃檯的人員不知道，就再麻煩他向別人打聽。

「打擾一下，我是搜查一課的姬川。」

玲子出示了身分證件，身穿制服的女警立刻站了起來，向她十五度敬禮。

「是，辛苦了。」

「呃……我可以冒昧請教一件事嗎？」

「是。請問是什麼事？」

一旦開口問，還是有點難為情。

「二十八年前，這個分局的轄區內曾經發生一起命案，正確的名字是『昭島市美堀町三丁目一家四口強盜殺人事件』。」

玲子發現女警的臉色頓時變得蒼白。

「……是。」

「請問妳知道現場的正確地址嗎？」

「呃，那、那個……我、那個……馬上、通知刑組課課長。」

她為什麼這麼慌張？而且她把事情搞這麼大，反而很困擾。

「不，不需要打擾課長，可以問一下這個樓層的……」

「不，我馬上通知課長，請您稍候。」

不等玲子制止，她就已經伸手到面前的電話，用力按著內線按鍵，她的力道之大，讓食指的第一個關節都要往上翹了。

「……喂，我是少年股的井上，辛苦了。總、總部搜查一課的人員、來問美堀町三的案子……好……好，那就在一樓的……啊？好……好，我知道了。那我會轉告……好，那就先這樣。」

事情好像真的搞大了。

女警掛上電話後，再度恭敬地鞠了一躬。

「……請您去二樓刑事組織犯罪對策課，赤尾課長會告訴您。」

女警看起來十分緊張，如果玲子再多說一句，她可能就會眼眶泛淚地說：「對不起，對不起」，然後轉身逃走。

「我知道了……謝謝妳。」

就連櫃檯周圍的其他人都顯得格外緊張。玲子雖然瞭解他們對以前尚未破案的事件感到羞愧的心情，但「昭島市命案」發生在二十八年前，和目前在這裡工作的人員沒有任何關係，完全沒必要這麼緊張。

玲子走上二樓，沿著走廊來到了【刑事組織犯罪對策課】的門口。

玲子向內張望，一個坐在靠門口辦公桌前的男人立刻站了起來。他的個子不高，看起來有點年紀。

「……打擾了。」

玲子走了進去，他也向前走了一步。

「請問是搜查一課的人嗎？」

「對，我是搜查一課凶殺案搜查第十一股的主任，我姓姬川。」

那個男人聽了玲子的回答，用力咬緊牙關幾秒鐘，好像在努力克制，隨即輕輕點了點頭說：

「……我是刑事組織犯罪對策課的課長赤尾。」

兩個人交換了名片。名片上寫著【警部　赤尾忠義】。因為他的名字沒有標讀音，所以不知道「忠義」兩個字該怎麼唸，八成是「Tadayoshi」。的確很像是警察的名字。

玲子鞠了一躬後說：

「我想請教『美堀町三丁目一家四口強盜殺人事件』命案現場的地址……」

「我知道，這邊請。」

赤尾課長伸手指向走廊，顯然是請她去其他房間談的意思。

「不，不用這麼麻煩，我只是想請問地址……」

「我安排了會議室，這邊請。」

看吧，果然把事情搞大了。雖然玲子這麼想，但既然對方已經這麼說，就只能跟著走了。

「麻煩你了……」

赤尾沿著走廊向前走，打開刑組課隔壁再隔壁的那道門，走了進去。

他站在門口，請玲子進去。

「……打擾了。」

裡面有兩張會議桌放在一起，赤尾和玲子面對面坐了下來。

赤尾的年紀大約五十五、六歲，或是五十七、八歲。因為個子不高的關係，感覺和林統括屬於相同的類型，但他的眼神更銳利。不難想像他對小孩子會展露親切的笑容，但也不難浮現他面對嫌犯時，厲聲說道：「難道你不覺得愧對死者嗎？」的樣子。收放自如。想必他就是這樣的刑警吧。

玲子再度問道：

「那個，我剛才也向你說明過了……今天來這裡，是想要請教一下『美堀町三丁目一家四口強盜殺人事件』的現場地址。」

「是。」赤尾點了點頭。

「案發至今，已經過了二十八年。當時的房子已經不在了，周圍的風景也大不相同了，但如果有需要，我可以帶妳去。現場的地址是美堀町三丁目〇〇之◆。」

「謝謝……是〇〇之◆嗎？」

赤尾等玲子在記事本上寫完地址後問：

「姬川主任，請問妳為什麼現在想去看當時的現場？」

他當然會產生這樣的疑問。

「赤尾課長，請問你知道三個月前發生的……」

玲子的話還沒說完，赤尾就語帶興奮地問：

「該不會是『祖師谷命案』？」

玲子感到很驚訝。

「你知道得真清楚。但是……為什麼？」

「因為那起命案很轟動，而且聽說偵辦工作也不太順利，所以有點關心。喔，原來是這樣啊……所以，妳目前在『祖師谷』的特搜嗎？」

「不，因為某些原因……我目前在代代木的特搜。就是獨立記者在週租公寓遭到殺害的事件。」

「喔，就是……監視器拍到蒙面凶手的命案？」

「沒錯，就是那起命案。」

赤尾微微偏著頭。

「嗯……所以，妳目前在代代木，卻因為『祖師谷』來這裡嗎？」

「說起來有點複雜。」

「嗯嗯。」赤尾低吟了一聲。

「雖然我知道我這種外人不該多過問，但如果方便的話，可不可以請妳告訴我？也許我可以助妳一臂之力。」

事。

聽赤尾說話的語氣，事情顯然不單純。這個姓赤尾的人，似乎很想告訴玲子什麼

「謝謝。那我就簡單說明一下目前的情況。」

玲子以最簡單扼要的方式說明了情況。

「祖師谷」的搜查的確遇到了瓶頸，但上岡這名獨立記者掌握了某些線索。只不過在和上岡接觸之前，他就被人殺害了。不久之後，自己被借調去代代木，有機會看了上岡留下的文稿，發現「祖師谷」和「昭島」有共同點。把子彈從股間打進體內的手法完全相同。而且還發現「昭島市命案」也與《日美地位協定》有關——。

「……不好意思，我只能快速說明。不過簡單來說，就是這麼一回事。也就是說，『祖師谷』和『昭島』可能是同一犯人所為……」

玲子說到一半，就發現赤尾的樣子有點奇怪，但完全沒有想到他竟然開始流淚。

「……赤尾、課長？」

赤尾閉著眼睛，微微顫抖地深深吐了一口氣。

眼淚順著他的臉頰不停地流下來。

「……啊，太久了……但等待是值得的……」

他從上衣口袋裡拿出手帕，按著眼角。

玲子完全聽不懂他這句話的意思。

「請問……你剛才說太久了是什麼意思？」
赤尾看著玲子，他已經不再擦拭眼淚。
「我們一直在等待像妳這樣的人出現，一直、一直，等待了很多年。十三年……不，如果從時效成立之前開始計算，時間還要更久。」
我們——？
「請問……這是？」
「姬川主任，二十八年前，我就在那起命案的特搜總部。」
「啊？」
怎麼可能？玲子暗想，但她還來不及開口，赤尾就說了起來。
「當然不是一直都在那裡。特搜總部的規模縮小後，我也很快就被調去玉川分局……啊，當時我並不在這裡，而是從八王子去特搜支援。但是……這些年來，我一直都很痛苦，也很不甘心……電視上的昭和事件簿之類的節目，必定會提到這起命案。雖然現場留下了很多物證，但警視廳卻無法鎖定嫌犯。有些節目甚至用靈異或是恐怖的方式報導。故意用可怕的影片，謊稱是重現當時的景象……所有的刑警都是一副蠢樣，看起來呆頭呆腦的。什麼都不會，只會在街上走來走去浪費時間，或是在街角啃冰棒……我們的搜查辦案，可不像電視演的那樣。」
赤尾握緊了拳頭，但這樣似乎不足以宣洩內心的憤怒。無處宣洩的憤怒逆流回身體，他的肩膀微微顫抖著。

「不久之後，那起命案過了追訴時效，這裡的搜查總部也正式解散了。差不多在解散的一個月後，當時參與搜查工作的所有人都接獲了通知，要在昭島聚餐喝一杯……我當時忍不住想，原來大家都記得，大家都和我一樣，這十五年來一直都很不甘心。我當然回覆說，我會參加。我們聚在車站附近一家居酒屋的包廂，但那家店現在已經收起來了。除了當時昭島分局的偵查員以外，還有像我這種支援的偵查員，以及搜查一課的幹部，我記得應該有三十人。如果其他人不是因為工作的關係無法前來，一定會有更多人。」

不知道東有沒有參加那次聚會。他應該沒有參加。

「那次聚會，並非只是為了大家要相互慰勞當年的辛苦。我並不認識在場的所有人，也不特別覺得有什麼奇怪的，但當時昭島分局的刑事課長也參加了那次的聚會。」

命案發生後過了十五年，追訴時效已過。想當然耳，那位課長在命案發生當時，並不在昭島分局。

「那位課長說，他想要說一件事……他說，自己手上還有『美堀町命案』的偵查資料，意思是說還沒有交送給檢方。他說，希望在徵求大家的同意之後，把這些資料影印下來。然後將影印的資料連同證物，一起永久保存在昭島分局的刑事課。」

永久保存偵查資料——怎麼可能？

「姬川主任，妳知道為什麼嗎？」

玲子點了點頭。

「因為嫌犯可能是美軍相關人員。」

「對……不，並不是可能而已。妳剛才也提到，這起事件的背景牽涉到《日美地位協定》。沒錯。我們確信，凶手就是美軍相關人員。這件事絕對沒有錯。但是，我們無法偵辦。因為面對美軍，我們完全無能為力……我們蒐集到不少證詞。有好幾個路人和開車的人都證實，在案發當天晚上，看到有一個外國人搖搖晃晃地走在下雨的街上。另外，在現場和橫田基地之間的大馬路邊，有一家泰國母女經營的小酒館，有一個與他長相相似的男人，在那裡跟人打架。當時畫了他的肖像。雖然無法查到他的姓名，不過也掌握到他在其他店家出入的證詞。……但是，我們無法逮捕他。命案發生後，再也沒有人在街上看過他。凶手躲在基地內不出來……八成之後就直接回了美國。」

赤尾一雙濕潤的眼睛直視著玲子。

「……我相信妳應該已經瞭解了。」

「是，追訴時效未完成。」

《刑事訴訟法》第二百五十五條明定，「犯人在國外或逃匿致起訴書無法有效送達，或無法告知簡易判決時，於其在國外或逃亡期間，視為時效停止進行」。

也就是說，「昭島市命案」的時效，目前有可能仍然成立。

赤尾點了點頭。

「那次聚會，是決定守護偵查資料的誓師會。警視廳人事一課和二課的幹部也參加了那次聚會。之後，昭島分局刑事課的幹部，必定有一、兩個人是當時參與辦案的人員，這些人負責守護『美堀町命案』的偵查資料，然後交給下一任幹部……雖然我不太瞭解人事相關的玄機，但當我接到要被調來昭島分局的人事命令時，真是大為振奮。終於輪到我了，終於輪到我肩負起守護這些資料的重責大任……熱血在我內心靜靜沸騰。只不過，無盡的等待比我想像中更加痛苦。到底什麼時候會有偵查員來尋找這些資料？真的會出現嗎？沒有人能夠保證……我在這裡已經第五年了。不瞞妳說，我的任期只剩下不到兩個月。我正在想，我這一代還是等不到，這些資料仍然無法見天日，但只要能夠託付給下一位幹部，在未來的某個時代總有機會出土，這樣就足夠了。沒想到今天，沒想到就是今天……終於出現了。妳終於來了。而且我做夢也沒有想到會是這麼年輕的一位女刑警。」

玲子也難以置信。

沒想到「昭島市命案」的偵查資料竟然保存了下來——。

玲子很想握住赤尾的手，對他一百八十度深深鞠躬。

「課長，如果可以，那些資料能不能讓我……」

「沒問題，當然可以給妳看。」

玲子產生了一個疑問。

「但是，這個……我知道問這個問題有點得寸進尺……赤尾課長，你不是很關心『祖師谷命案』嗎？既然這樣，為什麼沒有想到主動通知我們呢？」

「嗯，」赤尾點了點頭。

「我們決定不這麼做。因為事關重大，所以必須盡可能守住這裡保管了當時的偵查資料這個祕密。否則，如果事情傳開了，傳到美軍那裡，一切努力都泡湯了……其實，我前前任的課長在東村山發生滅門血案時，曾經不經意地試探了特搜總部。沒想到幾天之後，一個不願意說出自己所屬部門的警視跑來大發雷霆，要我們說明到底是怎麼一回事……事後調查發現，那名警視被派往外務省。當時，急急忙忙把資料藏在道場的防護具室，才終於躲過一劫。」

如果處理不當，這些資料搞不好會被沒收。那的確很不妙。

赤尾繼續說道：

「但是，現在已經沒問題了……姬川主任，不管妳想知道什麼，妳都可以問。只要是我知道的，絕對言無不盡。如果我答不上來，可以聯絡其他人。那場誓師會至今已經十三年。有不少人已經退休了，但這件事不一樣，即使已經退休，大家一定會欣然提供協助的。」

既然這樣，那就先瞭解一件事。

「謝謝。那我想請教一下我目前最有疑問的問題。請問在『美堀町』命案中，有沒有採集到凶手的指紋？」

「有，這件事絕對錯不了。」

「『祖師谷』的案子也一樣。但在比對之後，沒有發現任何相符的指紋。雖然犯案手法有很大的共同點，但指紋並不一致。」

赤尾一臉鎮定地點了點頭。

「這並不意外。因為『美堀町』凶手的指紋，從資料庫中刪除了。」

「什麼？」

玲子還沒有開口問，赤尾就主動回答說：

「因為受到了來自美軍的壓力。警察廳和檢方屈服了。」

原來是這樣。既然從資料庫中刪除了，當然不可能找到一致的指紋。

赤尾又繼續說：

「幾年前，也曾經發生過類似的情況。也就是越界捕魚的中國漁船衝撞海保巡邏船的事件。說是因為首相和官房長官下令，所以那個船長才遭到釋放……雖然一開始有人鬼扯說是檢方擅自做出這樣的判斷，但最終還是由首相和官房長官下令。但事實應該不是這麼一回事。那個首相怎麼可能顧慮到外交的問題。八成是聽了外務省和法務省的建議，便直接向檢方下達了命令。」

玲子也記得那起事件。處理方式完全踐踏了司法獨立，簡直到了讓人髮指的地步。

「所以，『美堀町』凶手的指紋，也是因為這個原因被刪除了嗎？」

「應該是基於相同的理由。和《日美地位協定》相抵觸的案件，都會由日美共同委員會進行協調。日本方面由外務省率領法務省、財務省、農水省和防衛省等代表委員出席，但美方幾乎都是軍人……我不想知道在那裡進行了怎樣的協調，八成是美方提出了這樣的要求，而日方無法拒絕。結果外務省和財務省的人又跑去首相面前提出建議，最後向警察廳下達了指示……既然無法逮捕，就沒必要留下指紋檔案。我猜一定是這麼一回事。這是唯一的可能。雖然我沒有證據……不過，既然警察廳的資料庫裡沒有那個指紋，反而成為最好的證據。」

玲子也覺得愈來愈有意思了。

「赤尾課長，你剛才說，昭島分局除了偵查資料以外，也會永久保存證物，對嗎？」

「是啊，我說了。而且至今仍然完好如初。」

「所以，在美堀町現場採集到的指紋也……」

赤尾第一次在玲子面前露出了笑容。

「是啊，也保存下來了。」

不光只是具有善良和正義感。玲子認為這也是赤尾的特徵之一。

就像是在懷裡的溫熱手槍。換句話說，就是他有那屬於警察「暴力裝置」的一面。

同時，玲子也確信，身為偵查員，自己也握有巨大的武器。

5

勝俣覺得事情不太妙。

老實說，他對逮捕殺害上岡的凶手這件事，並沒有太大的興趣。如果只查到砂川雅人，那還值得繼續追查，現在連生田治彥都已經查到了，他就對這起案子沒了興趣。其他兩個人的名字也早晚會查出來，而且不久之後，就會有人把這四個人都逮捕歸案。反正就是獨立記者被殺的小案子。即使破了案，也沒什麼太大的搞頭。

如果那四個凶手在遭到逮捕之前被人幹掉，勝俣反而覺得更有意思。同時，他有預感，事情搞不好真的會朝這個方向發展。為什麼？因為上岡在查的線索，很可能牽涉到重大的案子。

上岡的確留下了一些耐人尋味的資料。其中之一，就是將「祖師谷一家命案」和「昭島滅門命案」連結在一起，就是讓姬川去追查的那條線索。他用「肛門」來描述凶手開槍的部位實在太出色了。如果他還活著，真想請他喝杯啤酒。

內行人都知道，「昭島滅門命案」的凶手是美國人。如果姬川亂查一通、亂挖一通，因而惹惱了美方，派ＣＩＡ來幹掉她就太好玩了，不過應該不至於發生這種事。在此之前，外務省和法務省就會出面干預，檢察廳和警察廳則會識相地把案子壓下來而宣告落幕。如果順利，姬川會再度被貶去轄區警局，那就太可喜可賀了。

還有就是矢吹近江轉賣軍用地的消息。勝俣覺得這件事有趣多了。搞不好還可以成為生財工具，也可以成為和公安部之間的交易材料。他已經確認，公安總務課的確在調查這件事。

但是，勝俣在認真調查這件事後，又挖到了其他消息。

矢吹最近在積極爭取石油的生意。更奇怪的是，竟然和沖繩有關。

眾所周知，一九六八年聯合國實施海底調查，在調查結果中公布東海埋藏了數量龐大的石油和天然氣之後，中國便開始主張釣魚臺列嶼的領土權。所謂優質漁場之類的說法，基本上只是幌子。而且，最近又發現沖繩近海埋藏了新能源甲烷水合物。

如此一來，沖繩這個島嶼的存在價值立刻發生了變化。

沖繩的主要產業除了觀光以外，就是零星的農業和漁業了。「琉球獨立」是長久以來香煙裊裊的「沖繩的火種」，但因為沖繩缺乏可以成為一個獨立國家的產業，所以也被認為那只不過就是癡人說夢。

然而，一旦沖繩有了能源產業，情況就不一樣了。據說光是釣魚臺周邊的石油埋藏量，就足以和伊拉克匹敵。如果再加上甲烷水合物，沖繩有可能成為強大的能源輸出國。

勝俣確信，矢吹就是看上了這些資源。為此，他會毫不猶豫地和中國、俄羅斯和北韓聯手。更何況他是堅定不移的左翼分子。

只不過勝俣無法瞭解，這和上岡說的「轉賣軍用地的生意」有什麼關聯。

不可能完全沒有關係。

兩者必定有密切的關係。

在上岡命案的搜查中，勝俣針對好幾條線索都要求「由我負責調查」，但卻始終沒有著手調查。新宿黃金街那家名叫「艾波」的店就是如此。他沒有著手調查的理由只有一個：因為忙著調查其他事，暫時無暇顧及。

但是，在十七日傍晚五點半過後，他接到一通電話。是新宿的一個藥頭打來的。

「喂？什麼事？」

他的本名叫「小倉和弘」，但大家都叫他「尼可」。不知道這個綽號的來由。勝俣也沒興趣知道。

『嘿嘿，勝俣老大，新宿分局的東有動靜了。』

「是喔。如果只是他去了高級色情按摩店，小心我會拿滅火器砸爛你的卵葩。」

『才不是呢！東那個傢伙鬼鬼祟祟地走進黃金街的一家店。我敢保證，一定有什麼勾當在進行。』

東的確是勝俁的眼中釘，但這個男人不會去做那種會讓藥頭告密的壞事。如果東是那麼簡單的角色，根本不用勝俁親自出手，就可以被搞到身敗名裂。

但是，黃金街的確令人有點在意。

「他去了哪家店？」

『是一家名叫「艾波」的酒吧。』

是喔，東去了「艾波」。沒想到這麼巧，真是太有意思了。

「尼可，幹得好。晚一點我拿點零用錢給你。三個小時後，你再打電話給我。」

『謝謝囉。』

勝俁那時剛好在高田馬場的咖啡店，他慌忙攔了計程車，一路飆到了黃金街。

街道地圖上標示了「艾波」的位置，所以他很快就知道了。剛好在「花園三番街」的中間，似乎在一家名叫「巴班巴」的店的樓上。

但是，來到那家店門前，卻發現用黑色油漆寫著「艾波」的鐵捲門拉了下來。東特地去沒有營業的店嗎？這的確很奇怪。難怪藥頭會起疑心。

「所以……」

果然開著。他單手向上一推，就把鐵捲門抬了起來。剛才太用力了，鐵捲門捲起之後，還在上面嘎啦嘎啦抖個不停。

鐵捲門內是又窄又陡的樓梯，樓梯踏板是老舊的木板，但打掃得很乾淨。勝俣並不討厭這種感覺。但樓梯下方可能是空的，自己的腳步聲聽起來很吵。他對這點不太滿意。

走上樓梯，前方是一道很窄的門，那裡應該是廁所。左側是一道拉門，酒吧應該在這裡。

但是，勝俣還沒有碰那道拉門，門就打開了。

門內站了一個五十歲左右、身材高大的男人。就是他打開了門。八成是陣內陽一，歌舞伎町商店會的名冊上寫著，他是這家酒吧老闆僱用的店長。

藥頭的消息沒錯，東果然也在。他大剌剌地把手肘靠在吧檯上坐在那裡。

「……我來打擾一下。」

那個應該是陣內的男人恭敬地低頭致意說：

「很抱歉，今天是本店的店休日。」

既然這樣，就應該寫在店門口啊。你這個廢物。

「不必擔心，我剛才已經幫你把鐵捲門打開了。從這一刻開始，今天照常營業，招呼客人時要說『歡迎光臨』。否則……坐在吧檯前的這位老兄就沒立場了。」

勝俣打算走進店內，陣內擋在他面前，試圖阻止他。

「這樣會造成本店的困擾。」

他的動作很靈活。

他是什麼人？不像是普通的酒吧店長。

「陣內先生，」

這時，坐在吧檯前的東終於開了口。他還是那張不懂得變通，讓人看了就討厭的臉。就像是只聽飼主命令的笨柴犬。

「陣內先生……他是我的同行。」

他的表達方式讓人很不舒服，就像是蔥卡到了臼齒。但現在不跟他計較這些。

陣內似乎也瞭解了，他後退一步，再度低頭致意。

「原來是刑警啊……剛才失禮了。」

這次就饒了他。

勝俣轉頭看著東。

「我一再叮嚀，這家店由我負責調查，所以故意放著，一直沒讓人來動……沒想到竟然引來了一隻小老鼠。」

東從高腳椅上跳了下來。

「有什麼事？」

他在神氣什麼？

「你的耳朵被耳屎塞住了嗎？我怎麼可能來找你這種連特搜都進不了的廢物？我剛才說了，這家店由我負責調查，是以搜查一課刑警的身分調查。當然，如果你說想要提供協助，我也可以讓你幫忙。你特地在店休的日子，偷偷摸摸地來這裡查訪。如果你不是玻璃，想必應該打聽到不錯的線索了吧……嗯？」

東皺起了眉頭。你這條狗，想要吠叫嗎？

「是又怎麼樣？我可沒義務把線索提供給被公安一腳踢出來的人。」

啊喲，現在會回嘴了。

「既然這樣，就閉嘴在一旁乖乖聽著，不要來干擾我的工作……你這個被人僱用的店長，坐下來，我有話要問你。」

這兩個人似乎臭氣相投。陣內沒有聽從勝俣的指示，故意走進吧檯內，表現出反抗的態度。這樣也無所謂。

勝俣在第二張高腳椅上坐了下來。

先確認一下對方的身分，當作是打招呼。

「你是陣內陽一嗎？」

「對。」

這兩個人果然臭氣相投。臉上完全沒有笑容。

勝俁又接著問：

「上岡是這裡的老主顧，他最後一次來這裡是什麼時候？」

「五日星期三。」

「你記得真清楚啊。」

「因為我也這麼告訴東股長，所以只是重複相同的話。」

勝俁真的開始懷疑這兩個人是同性戀。

「那天聊了什麼？」

「因為他看起來很累，我就問他是不是很忙……就只是這種程度而已。」

「上岡怎麼回答？」

「他說他很忙。」

「有說在忙什麼？」

「應該是工作吧。」

姑且不論這個姓陣內的男人是不是玻璃，但他絕非等閒之輩。普通人無法像他那樣面不改色。而且很少有人能夠用這種態度對待勝俁。

「我當然知道，我是問工作的內容。」

「他是獨立記者。如果是賣車的，也許會吹噓這個月賣了幾輛車，做了多少業績，獨立記者要是到處吹噓他挖到的獨家，根本沒辦法賺錢吧。」

這個死玻璃，說的歪理倒是挺有趣的。

「算了……我也不是吃素的，有關這些，我很了。但是，我想問的不是這種可有可無的八卦話題。聽好了，你要仔細想清楚之後再回答我……你說的沒錯，上岡是獨立記者，尤其是以歌舞伎町為主戰場，也掌握了很多黑道的內幕……說起來，就是那種在臭水溝裡打滾的狗仔。」

陣內的表情沒有變化。東也默默地聽著。

「上岡被蒙面人亂刀捅死了。雖然你只是區區酒吧的店長，應該也可以猜到，他不是與人結怨，就是查到了不該查的事。……你仔細想清楚之後再回答。上岡在死前和你聊了些什麼？他查到了哪些獨家，和誰結了怨……黑道、混混、中國人、韓國人、右翼或左翼、本地的廢物議員雖然也都很可疑，但如果是這方面的隱情，差不多也該浮上檯面了。但是，這個案子沒這麼簡單……如果不再掀開另一張厚實的內幕，就無法看到真正的幕後真相。」

陣內緩緩搖了搖頭。他太鎮定了，完全不像是泛泛之輩。

「不好意思，我不知道。區區酒吧的店長，不可能知道這麼深奧的事。」

他的確不是泛泛之輩。但也不至於是擅長耍嘴皮的高手，他不會見人說人話見鬼說鬼話，也不會把黑的說成白的。

「是嗎？那我瞭解了……陣內陽一，你給我記住。還有，東，我另外有事找你，借一步說話。」

這才是勝俁真正的目的。他對破居酒屋的玻璃店長說的戲言，根本沒興趣。

勝俁沒有聽東的回答，就從高腳椅上跳了下來，走向門口。

身後傳來東和陣內說話的聲音，聽玻璃說話只會讓自己反胃，所以他直接走了出去。

離黃金街走路五分鐘的地方，是勝俁熟人的店。其實不能稱為店，更像是住家、窩、倉庫、巢穴，或是垃圾場。

「這裡可以嗎？」

勝俁用眼神示意，東沒有說話，點了點頭。

那家店位在破舊大樓的二樓。整棟大樓就像是廢墟，隨時倒塌都不足為奇，但勝俁並不討厭這種地方。

勝俁上了二樓後，沿著走廊往回走，來到第三道門前。他知道門沒有鎖。

「喔，打擾囉。」

灰塵味和黴味從昏暗的室內撲鼻而來。這也難怪。以前作為酒吧時使用的吧檯和少許酒勉強保留了下來，其他都是垃圾。壞掉的家電、生鏽的木工工具、少了輪子的腳踏車，留下尿床痕跡的被子，還有不知道從哪裡撿來的空高爾夫球套、空花盆、空保險箱。就如同這裡主人的人生。

「……喔，勝俣先生……你好。」

坪井健明。他以前也是警察。不過，不是像勝俣那樣從第一線慢慢升遷上來的，他的來頭不小，是東大法學院畢業的特考組菁英。

但是，他現在淪落到這個地步。因為室內不通風的關係，這裡搞不好比遊民睡的地方更不如。

「你迴避一下。」

勝俣遞給他兩張千圓紙鈔。

「喔，好……知道了……那……不好意思。那我就不客氣……啊，那……你們慢慢聊。」

坪井脫下毛線帽，向東鞠了一躬後走了出去。

勝俣拉開旁邊的鐵管椅坐了下來，但東沒有椅子。

「……東，好久不見了。我們有多久沒有單獨聊天了？」

東露出不悅的眼神打量周圍。

「有話快說。」

「怎麼了？歌舞伎町的地頭蛇這麼忙嗎？」

「我只是沒閒工夫和你聊廢話，有話快說。」

勝俁知道東很想趕快離開這裡，而且如果東不這麼想，勝俁反而傷腦筋。製造對對方不利的條件，讓對方心浮氣躁，想要趕快做出結論。這是談判時，基本中的基本。

「幹嘛……看你這表情，一副全世界的不幸都落到你的身上。難道現在還在想你離家的老婆的那對奶子嗎？」

東的兩道濃眉用力抽動了一下，但並沒有其他反應。真想好好稱讚他的忍耐力。

「如果沒事，我就先走了。」

「你是不是搞錯了什麼？」

聽到勝俁大聲說話，東的表情也明顯變了。這一點還太嫩了。

他的眼神也變得銳利。

「……你似乎沒聽過惡人無恥這句話。」

「喔？我哪裡是惡人了？」

「骨子裡就是。所以才會成為公安的爪牙。」

「我們好像在雞同鴨講。你對我有什麼怨恨嗎？」

這個問題是對東設下的陷阱。

「……如果有的話，你覺得是什麼？」

「我怎麼知道。如果是我對你有怨恨，那還說得通。」

「我們好像真的在雞同鴨講。」

不不不，東，我們根本是一唱一和啊。

「所以我剛才不是這麼說了嗎？看你的樣子，根本沒有發現自己到底幹了什麼好事。」

「我聽不懂你在說什麼。」

「中林瑞穗……你可不要對我說不記得了。」

中林瑞穗是為了詐領保險金而殺了自己丈夫和兒子的女人。但她害怕警方調查，畏罪自殺了。

「我記得，她怎麼了？」

「我花了十個月的時間調查那個女人。結果……竟然只因為區區保險金殺人，讓我的心血全都泡了湯。」

「為什麼要因為這件事怨恨我？」

雖然東故作冷靜，但一眼就可以看出他的腦袋陷入一片混亂。

「不光是這件事。還有米谷一征、會澤光史……為什麼你每次都要妨礙我的案子？我到底哪裡得罪你，讓你每次都來破壞我的案子？」

東應該完全搞不清楚是什麼狀況。這也是理所當然。因為這些全都是勝俣故意找碴。

東，接下來要怎麼接招呢？

「……所以你才偷偷溜進我家，偷拍我老婆和女兒的照片嗎？」
雖然話題轉得有點莫名其妙，但還是順水推舟一下。
「我不知道你在說什麼。要說夢話，還是去對你離家的老婆說吧。」
「難道你不記得自己幹過這種事嗎？」
不，是我幹的，而且記得很清楚。
「不記得。但即使我記得，你又能拿我怎麼樣？」
東露出憤恨的眼神看著勝俁。但除此以外，他也不能怎麼樣。
「……你放心。我現在不想對你怎麼樣。」
不是吧。不是不想，而是做不到吧。
「真是太感謝了。為了表達我的感謝，說一件事給你聽聽。」
為了改變話題，先來抽支菸。在談判時，為了創造對自己有利的局面，這種小道具也必不可少。
「你最近……在調查矢吹近江吧？」
東瞪大了眼睛。這個人還真好懂。
「那又怎麼樣？」
「新宿的屌垢警備股長再度用妨礙公務執行的名義拘留他。」
「我在問你，這又怎麼了嗎？如果你想送宵夜，我可以幫你帶給他。」

這傢伙偶爾也會說俏皮話嘛。
「無聊的玩笑就到此為止。否則會讓人懷疑你的品性。」
「既然這樣，就趕快進入正題。我沒空和你耍嘴皮子。」
我也沒那種閒工夫。
「我早就進入了正題。……偵訊矢吹進入第幾天了？已經延長拘留了嗎？」
「是啊，從今天開始。」
「目前進行到哪個階段了？」
「偵訊早就結束了。矢吹並沒有妨礙公務執行。他全面否認。我也會這麼寫筆錄。」
東這個人，應該會這麼做。
「……喂，剛才不是說了，無聊的玩笑到此為止嗎？誰在和你談妨礙公務執行的事？你不可能完全不知道矢吹目前在幹什麼吧？」
「那我倒要問你，你不是在上岡命案的特搜嗎？為什麼想知道矢吹近江的偵訊情況？和你有什麼關係？」
原來如此。這傢伙瞭解不少情況，所以才會這麼問。
「有關係啊……而且大有關係。」
「如果你不說清楚，我也無法輕易回答你。我當刑警也不是為了好玩。」

好啊，那就先亮出第一張王牌。

「……你知道上岡在遭到殺害之前，在採訪什麼新聞嗎？」

東搖了搖頭。

「不知道。如果方便的話，請你告訴我，我會感恩不盡。」

「少裝蒜了……你明知故問。是反基地示威遊行吧！矢吹向主導那場遊行的人提供了金援。」

「這件事矢吹並沒有犯法。」

「如果遊行的主導者也參與了殺害上岡呢？」

「即使這樣，矢吹的行為也無法構成犯罪。」

原來他已經知道砂川雅人的事。

「……你到底知道多少事？」

「你也實話實說吧！到底想從我這裡打聽什麼？」

目前還無法告訴他。必須稍微修正軌道。

「是公安的總務課把矢吹交給你的吧？」

「不，我只是奉分局局長的命令在做事。我不想為警備擦屁股，也不想聽公安的使喚，不要把我和你混為一談。」

這種態度讓人太有共鳴了。但現在這種事並不重要。

勝俣抽完了菸，但找不到菸灰缸，就直接丟在地上。

「……公安總務課正在調查矢吹目前正在進行的沖繩軍用地轉賣生意的內幕。上岡也幾乎快查到真相了。他的死，和這件事有密切關係。」

東，接下來輪到你了。

「……這件事，我已經向矢吹確認過了。」

「喔？他怎麼說？」

「他說，只是為了投資。」

「你應該不可能就這麼相信吧？」

「相不相信，是我的自由。」

說得好。

「王八蛋……你不是說，不想聽公安的使喚嗎？」

「我還要補充一句，我也不會聽你的使喚。」

話是這麼說沒錯。

既然這樣，那就再亮第二張王牌。

「那不如這樣……我們來進行公平交易。」

勝俣從內側口袋拿出上岡的ＵＳＢ隨身碟。

「……這是什麼？」

「這裡儲存了大量的上岡的工作資料。」

東的眼神再度變了。

「你……」

「不必在意那種細節。我猜到可能會有這種事，所以就預先從鑑識手上拿走了。特搜也不知道有這個東西。」

怎麼辦？你要怎麼接招？

「裡面有什麼資料？」

「你想知道嗎？」

「不，我不知道也不會有什麼問題。只是你說的交易無法成立而已。」

是不是第二張王牌亮得太早了？

「……沒錯。但是，你一旦聽了之後，就無法再回頭了。」

「那我還是不聽為妙。」

「別這麼說。這可是矢吹正在進行的軍用地轉賣清單。上面清楚地記錄了矢吹向誰購買，又賣給了誰。上岡這個狗仔，做事還真不馬虎。」

勝俣從大衣口袋裡拿出信封。雖然並不是為了交給東而準備的，但現在剛好可以派上用場。

「我把部分清單列印出來了。而且還為你把特別需要注意的部分用紅筆畫了出來……拿去吧。」

勝俣把信封一丟，東伸出右手接住了。雖然一把年紀了，但反射神經似乎還沒退化。

東打開信封，把裡面的紙抽出一半，隨手翻了一下。似乎在看勝俣畫紅線的部分。

「……蘭道、千藝？」

沒錯。這傢伙是需要特別注意的人物。

「他歸化了日本籍，原本名叫賽爾蓋．布拉德雷諾維奇．拉朵爾夫……我不知道這樣的發音對不對，反正他是俄羅斯人。以當時的時代來說，應該說是蘇聯人。」

東看了看勝俣，又看著手上的資料。

「……矢吹打算把沖繩的軍用地賣給俄羅斯？」

「光看那個部分，可能會這麼想，但事情沒這麼簡單。因為蘭道千藝這傢伙很愛日本。聽說最近還被俄羅斯鎖定為反政府運動人士，列入了黑名單。根據上岡的調查，他大量收購沖繩軍用地，也是因為擔心日本和沖繩的現狀。真是太令人感動了……可惜千藝已經死了，在三年前的秋天死了。」

東再度看著清單。

「我還是看不出是怎麼回事。」

「別著急。我會仔細說分明，讓四流大學畢業的你也能聽懂……所以呢，矢吹經手轉賣之後，不久之前還屬於普天間機場使用的土地中，有百分之二十七的土地集中在三名地主的手上，其中一人就是千藝，另外兩個人也已經不在人世。千藝是生病死亡，另外兩個人一個是自殺，一個是意外身亡。沖繩縣警的結論是，都和犯罪無關。」

東不知道想到了什麼，猛然抬起頭。

「該不會是指那位反基地運動家的死亡車禍？也就是那場遊行的導火線？」

原來如此，他用這種方式連結。雖然他的想法很有趣，但完全猜錯了。

「你想太多了。是另一場車禍，但這並不是重點。這三個人死後，名下的土地當然經過了繼承，但最後都落入了外人的手中……說是外人似乎有語病。因為其中一個是養女，不完全算是外人。」

東再度看著資料。

「有查到這兩個外人和那個養女嗎？」

「他們的名字寫在最後。安里龍二、花城數馬、蘭道昭子……更奇妙的是，花城數馬不久之後和蘭道昭子結了婚，但又馬上離婚了。在這段期間，蘭道昭子把土地的權利轉移到花城數馬手上。所以，這百分之二十七的土地集中在安里和花城兩個人的手上。」

勝俣觀察著東。

他似乎已經瞭解了大致的情況。

「……你好像終於感興趣了。」

「嗯，因為我從矢吹口中聽過花城這個名字。」

「沒錯。花城是矢吹開的那家貿易公司『日本箭作』的員工。只不過花城最近下落不明。搞不好已經躺在泥土下了，土地說不定也已經變更到安里的名下。」

雖然這是開玩笑，但如果東可以從矢吹那裡打聽到什麼，對勝俁來說，就是很大的收穫。

矢吹近江並非等閒之輩。東身為刑警的能力固然不差，卻無法讓矢吹說出真相。即使能夠從矢吹口中問出什麼，也必定是謊言。只是矢吹為了應付東，隨口編的謊言。

這樣就可以了。東問出的結果都與案情無關。勝俁之後只要想想這些以外的可能性就可以了。也就是所謂的刪除法。

像東這種程度的刑警，跟刪除法中所用的紅筆沒什麼兩樣。

就這麼一回事。

第五章

1

我適應日本的生活，學習日文的過程，剛好也是城士的成長過程。

我比他更早開始學習漢字，但在城士上小學之後，迅速縮短了我和他之間的差距，然後奮起直追，最後超越了我。我不能輸給他，所以拚命閱讀雙語版的漫畫，努力增加漢字的詞彙量。雖然寫漢字很難，但只要使用手機和電腦，即使無法用筆寫出漢字，也不會造成任何不便。

不久之後，我發現在看電視時，也能夠瞭解節目的內容。看搞笑節目時，聽到諧星在搞笑，也慢慢會笑了。健對此感到很驚訝。

「爸爸，你學日文的速度很快。你比我更優秀，一定很適合學日文。」

學會日文之後，我的生活圈一下子擴大了。除了新宿，我還可以去銀座，去橫濱。我學會自己買東西，也加入了健身房的會員，重新開始健身。我還加入了西麻布的民間退伍軍人會，經常會收到交流會的通知和會報。

當閱讀日文的速度變快後，看有字幕的電影，也可以獲得和閱讀雙語版漫畫相同的學習效果。所以，在城士讀小學時，我們爺孫兩人經常一起去看電影。城士喜歡看《X戰警》、《蜘蛛人》這些根據美國漫畫改編的英雄電影。

看完電影後，我們就會去找專賣這些美國漫畫人物玩具的店，然後買玩具送給城士。城士每次都欣喜若狂。回到家之後，每次都由我當壞人，陪他一起玩。我會先將他逼入絕境，但最後都會故意輸得一敗塗地。

那段日子真的很開心。我做夢也沒有想到——曾經在越戰中浴血奮戰，最後倖存下來的我，竟然會和孫子一起玩戰爭遊戲。

我發自內心地想要守護這份幸福。

我發自內心地感謝日本這個國家帶給我這份幸福。

我不想重回那種地獄。

我對著上帝，對著佛祖發了誓——。

我太太是黑髮，所以健的頭髮也很接近黑色。小百合的頭髮當然也是黑色。所以，城士頭髮的顏色幾乎和普通的日本小孩沒什麼不同。

唯一的不同，就是他皮膚比較白，但上了小學之後，他經常在戶外玩，在中學時參加了足球社，曬黑之後，幾乎就和其他小孩差不多了。

至於五官，雖然我覺得他完全是東方人的臉，但日本人經常覺得他的五官帶有西方感。也許是因為這個原因，城士從小學開始就很有異性緣。在日本，西洋情人節被解釋為「女生向男生表達好感的日子」，這一天，他收到很多的巧克力。

但是，在他中學三年級那一年的情人節晚上。

城士悶悶不樂地坐在餐桌前。

「城士，今年應該也收到很多吧。有二十……幾個？」

「二十五個。」

「那也給爺爺嚐一個。爺爺最喜歡牛奶巧克力了。」

「好啊，你自己去拿你喜歡的。」

巧克力都包裝得很漂亮，根本不知道裡面是什麼。

「……城士，你怎麼了？看起來好像不太高興。」

城士搖了搖手，表示「沒事」，然後就沒再說什麼。

「我知道了。你喜歡的女生把巧克力送給別人了。」

他沒有回答。

「嘿，城士，你要對自己更有自信。這裡有二十五顆心，即使失去一顆也沒什麼大不了的。你照樣還是男神啊。」

我很清楚，這種安慰根本沒有意義。

城士無法得到的那顆心，那顆唯一的心。為了得到那顆心，城士願意用其他的一百顆、一千顆，甚至一萬顆心去交換。

這就是戀愛。

高中時代。和以前相比，城士身上出現了一抹「陰鬱」的色彩。也許是我想太多，但至少我覺得是這樣。我一直很猶豫，不知道該不該告訴小百合。我不知道該怎麼說，而且城士也沒做什麼壞事，我不知道要從何說起。

我甚至不瞭解自己的兒子健的青春期。當年，我只是在戰場和基地之間奔波，和育兒這種日常生活完全無緣。

那我自己呢？我沒有父親，母親整天都在工作，我很希望趕快獨立。所以高中一畢業，十八歲時，我就加入了陸軍。之後一直都是軍人。我這半輩子從來沒有青春期，也沒有青春。只有命令和執行命令、戰場和武器、汗水和塵土、敵人和戰友的血腥味。

所以，我對城士進入可以從家裡通學的大學，畢業之後也沒有搬出去這件事產生了疑問。和健、小百合、我生活在一起，一家人感情和睦很幸福，但難道他沒有想要獨立嗎？並不是因為我以前是這樣，才要求他也這麼做，而是因為他是男人，我才會對他有這種期待。

看著城士，我很想問他，他這麼害怕外面的世界嗎？我當然很愛城士。他是我在這世上最珍貴的寶物。不，正因為這樣，我覺得他身為男人，更應該有男人的樣子。

外面的確存在著可怕的暴力。戰鬥機在天空中飛來飛去，巡邏艇和核子動力潛艇持續在海上較勁。歐洲和美國為了反恐疲於奔命。不過，這和他不離家獨立應該是兩回事。

既然是守護「城堡」的「戰士」，怎麼可以整天都關在城堡裡呢？

難道不是嗎？

我認為應該有兩個原因。

原因之一，是兩年前的事。

那天，我去千歲船橋車站附近的健身房後準備回家。我記得那是傍晚五點左右。運動之後肚子很餓，但那天小百合會晚回家，所以我打算在附近逛一逛，順便吃點東西填肚子。

我很喜歡商店街角落那間肉鋪的炸肉餅，所以決定要去買來吃。一旦決定之後，就很想趕快一嚐美味。其實我很閒，照理說可以一路散步過去，但我忍不住走了捷徑。

那條路旁有一個兒童公園。很久以前，我曾經帶城士來這裡玩——我正在想這件事，沒想到看到城士真的在公園裡。但是，我沒有上前叫他。因為他坐在長椅上，一臉嚴肅的表情和身旁的年輕人在說話。

這兩個年輕人在相愛。

同時，我終於瞭解。

這就是城士對外面的世界感到害怕的原因。

另一個原因是電視。

自從不再上班，成為「老人」之後，電視就成了我的好朋友。健為我裝了有線電視，剛來日本時，我整天都看CNN和BBC，但隨著我的日文能力進步，漸漸發現日本的電視節目也很有趣。就是那些無線電視的民營電視節目。我看新聞，也很喜歡日本人稱為「綜藝節目」的談話性節目。我也看歷史劇、紀錄片和現代的連續劇。和以前一個人住在美國時相比，我明顯變成了「電視老兒童」。

在日本，每週固定播出的節目有時會突然變成其他節目，而且頻率很高。這稱為「節目改編期」，好像是日本特有的電視文化，每三個月就會大洗牌一次。

平時每週固定的那個時段，只要轉到那個頻道，就可以看到用少少的錢就能把老房子重新改造的建築紀實節目，可是，那天晚上卻很不尋常。

【昭和十大懸案　那一天，到底發生了什麼事？】

那個節目以排名的方式，結合真人演出，介紹了我移居到日本之前的昭和年代所發生的十起未偵破的懸案。

在節目開始時，我就產生了預感。但健坐在我身旁，小百合也坐在後方的餐桌旁。我無法開口說，不想看這個節目。

排名第十名的案件是在山上發現碎屍的事件。第九名的案子是小學女生在放學途中失蹤的事件。第八名是大企業的董事長遭列車輾斃的事件。第七名是在便利商店的商品中混入毒藥，恐嚇企業的千面人事件。第六名的懸案名稱是——

【昭島市滅門命案】

好像有一隻大手用力抓住了我的心臟。

低沉的男聲說明了命案的概要。電視螢幕上很快就出現了重現當時情況的戲劇。在某個下著大雨的夜晚，一個女人撐著透明的塑膠傘，獨自走在暗巷內。她走到自家門口，打開門鎖，想要走進屋內的瞬間，一個男人從暗處竄了出來，把她推進玄關，自己也擠進屋內。男人接連毆打屋內的父親、母親、妹妹，和最初那個女人，然後把他們掐死。男人露出可怕的笑容在冰箱內翻找，在壁櫥內翻亂，撿起地上的香菸抽了起來，等到心情平靜之後，才離開到處都是鮮血的房子。

許多警察著手偵辦這起案子。無論是海市蜃樓的夏日、楓葉與夕陽美不勝收的秋日、讓人手腳凍僵的冬日，或是櫻花盛開的春日。同樣的季節總是來了又去去了又來，當初年輕的警察如今已滿頭白髮，而事件也到了追訴的有效期限。

節目繼續介紹了第五名、第四名、第三名、第二名，第一名是之前曾經拍過電視劇的「三億圓事件」。

我第一次知道。

首先，原來那起事件的時效已經過了。其次，這在日本是非常知名的事件。而且，日本人至今仍然沒有忘記。

昭島市滅門命案。

電視上介紹的內容，和我所知的那起命案有很多不同的地方。所以我可以告訴自己，那是和那場惡夢很相似的事件。我也認為應該這麼想。這個世界上並不存在與那個惡夢相同的事件。至少和我無關。也許我該這麼告訴自己，這或許是最好的方法。

然而，命運並沒有放過我。

惡夢再度重演。

我站在惡夢的入口，滿是鮮血的黑暗誘惑我進入更深處。我的腦海中響起了〈女武神的飛行〉。那是殺戮的號角。可以聽到女人的尖笑聲。銅鈸每次敲響，頭蓋骨就好像快裂開了。聲音厚實的銅管樂器，小號、長號每次吹響，腦細胞就快破裂了。

我抓住趴在玄關的男人的兩個腳踝。抬起來後，想要轉向，但因為走廊太窄了，無法轉身，最後我決定從頭部那一側移動他。我抓起他的雙手，把他拖進最靠近玄關的和室。當我再度回到走廊時，不小心踩到了血，整個人向後跌倒。後腦勺撞到了剛才拖進和室的男人的腳後跟。沒想到那麼痛。

接著，我走向對面的廚房。只有那裡亮著燈。我開始處理倒在地上的老女人。她的兩條腿真的很像蘿蔔。因為要繞過餐桌，所以我拖著她繞了半個圓。我以前看過有人用巨大毛筆寫字的表演，我覺得有點像那種感覺。女人脖子流出來的血液剛好發揮了墨汁的功能，在地板上寫下了血字。如果可以從正上方俯視，應該會像「？」。

我走上二樓，走進左側的房間。那個年輕女人很嬌小，而且也很瘦，我可以把她扛下來，但我想起剛才踩到血不小心滑倒了，如果扛著她滑倒，恐怕會嚴重受傷，最後還是決定把她拖下樓。

我抓住她的兩個腳踝，把她從床上拖了下來。最後，她的臉重重撞到地面。姑且不論生前，如今她的臉已經慘不忍睹。所以無論屍體的臉會不會撞傷，會不會撞爛，我都無所謂了。

來到樓梯時，我決定不要這麼累。可以利用她的體重，讓她頭朝下滑下去。我站在二樓的樓梯口，讓她的頭朝著樓梯下方，上半身放在樓梯上。她的右手無力地垂向樓梯轉角處，左手貼著身體。雖然上下顛倒，但看起來像是舉起右手在說：「我走了。」

我踢向她的屁股。無法一次就順利把她踢下樓。踢一次，只向下滑了三級樓梯。我又踢了一次，這次滑了四、五級。每滑下一級樓梯，她的臉就撞到樓梯踏板，腦袋用力地彈了一下。後背也因為樓梯的凹凸而扭動著，好像蛇一樣。

我在樓梯轉角處改變了方向，然後把她踢向一樓的走廊。只有最後這次特別順利，一次就把她從轉角處踢到一樓。這時我才發現，她也頭朝前方。無奈之下，只好抓住她的手腕拖到了和室。我想起以前在打仗時，把受傷的戰友移到安全的地方時，也經常用這種方式拖行。他們中了槍，或是被砲彈打斷了手腳，卻在荒地上被拖行好幾公尺。他們當然還活著。雖然活著，雖然是為了救他們一命，但卻像這具屍體一樣被拖行。我現在才想到，他們當時應該很痛。

我把三個人的屍體排放在和室後，發現只有母親的方向反了，所以只好再次抓起她那兩條像蘿蔔一樣的腿，為她轉了向。一家三口終於相親相愛地朝向同一個方向。

我把女兒穿的牛仔褲拉到膝蓋，還把內褲扯了下來，也脫了母親的褲子，這時才終於拿出我事先準備的手槍。我不記得最後一次使用是幾年前，但我事後做了保養，如果保管期間沒有發生什麼狀況，應該可以順利擊發子彈。

我想到最好要消音，所以就巡視了室內。發現有一床被子疊在房間角落，上面有枕頭。我決定用枕頭。

首先，我把槍口對準了男人的肛門。然後把枕頭蓋在上面，扣下了扳機。同時響起了「砰」和「噗」的聲音。移開枕頭一看，肛門冒著煙。但不知道是不是剛好打進了肛門，肛門並沒有撐大。我稍微改變了位置，又打了兩、三槍。接著，對準尾椎骨開了第四槍。還不行嗎？第五槍、第六槍。我不想在他身上耗太多子彈，所以決定進行下一步作業。

我挽起袖子，手指並攏，大拇指壓向內側，盡可能讓手掌縮小。然後維持這個形狀，把指尖插入男人的兩腿之間，插進肛門被打爛、變成原來好幾倍大的洞口。起初抓不到角度，無法順利把手塞進去，手背碰到了碎裂的尾椎骨很痛。但試了幾次之後，手腕以下的部分一下子就伸了進去。

內部還很溫熱。我的手在內臟的洞穴中前進，發出了黏膩的聲音。雖然屎尿的味道很臭，但這是在戰場上很熟悉的味道。懷念的感覺略勝於不舒服感。

只要將內臟和排泄物充分攪和，就大功告成了。

相較之下，處理女人比較輕鬆。也許和女人的性器官構造有關，最重要的是，女人的肉很柔軟。男人的肌肉很硬，而且不習慣異物進入兩腿之間，即使死了之後，仍然會頑強抵抗。我先處理男人是正確的決定。

累人的工作要優先處理。

既然都在這兒了，我決定順便吃點東西。

打開冰箱，發現裡面有紙盒裝的牛奶、裝在寶特瓶內的可樂、醬油、沾醬、番茄醬、幾種沙拉醬、火腿、乳酪，還有不知道裝了什麼的鍋子、雞蛋，包了保鮮膜的盤子裡是燉菜、納豆。我掃了一眼，沒有任何想吃的東西，但發現門架上放了四罐啤酒。

嗯，那，不如就喝了吧！

二十多年來第一次喝酒，沒想到一下子就有了醉意。以前我都是拿起整瓶威士忌直接喝，沒想到現在只喝了三百五十毫升的啤酒，竟然就醉了。我努力喝了兩罐，但無法再多喝了。繼續喝下去，真的會回不了家。

我會再度獨自留在惡夢中——。

我著手進行準備，隨時都可以一死了之。我用手機寫信，但不算是遺書。不過其實也不算是信，是還沒有輸入收信人信箱的電子郵件。

其中一封的內容如下。

【我在這裡坦白。二十八年前，我在橫田基地工作時，曾經殺了一家四口。那是名為昭島市滅門命案的知名事件。之後，我回到美國。二十二年前，我再度來到日本，和兒子、媳婦、孫子一起生活。而且也把在昭島市命案中使用的槍帶來了。目前仍然放在壁櫥裡。那是一把貝瑞塔M9手槍。

我在去年十月二十九日，也在祖師谷二丁目殺了一家三口。當時也使用了貝瑞塔M9。

我也不瞭解原因。我在日本生活之後，喜歡上了日本這個國家，但內心還是常常會陷入交戰。想要殺人，不管是誰都沒有關係，認為殺人並不是錯誤的行為。可是，一旦內心的交戰過去以後，我就覺得自己非常可惡。】

我也知道自己的文章寫得不好，但這件事無法請教小百合、健或是城士的意見。因為這是我一個人的問題。

不必著急。我可以慢慢補充，逐漸修改，為那一天做好準備。

今天的天氣不太好。雖然我沒看天氣預報，但我有種莫名的預感，晚上可能會下大雨。

但是，我不會再被雨夜的惡夢欺騙。

沒錯，我沒有被騙。

那是我渴望的惡夢。

2

在昭島分局刑組課課長赤尾警部的好意之下，玲子看了「昭島市美堀町三丁目一家四口強盜殺人事件」的偵查資料。但那是直到時效結束前、整整十五年份的資料。沒有足夠的時間逐一翻閱。

基本的做法是，玲子將她的疑點告訴赤尾，然後只閱覽那一部分的資料，或是由赤尾說明。

犯案手法本身的確和「祖師谷」很相像。

「凶手在這起案子中，也在擊發數顆子彈後，把手伸進傷口，毀損屍體。」

赤尾點了點頭。

「只能說他瘋了。也許最初的目的是強暴，但中途之後，變成毀損屍體……但我認為如果是美國士兵，有這種行為就不意外。自衛隊員並沒有戰爭或是戰鬥的實戰經驗，但美國士兵……在第二次世界大戰之後，也在朝鮮半島、越南、利比亞、黎巴嫩、巴拿馬和波斯灣打了不少仗。也許對他們來說，這種事根本不足為奇。」

玲子最大的疑問，就是不得不放棄搜查的過程。

「不是有人看到有外國人在下著雨的現場附近徘徊嗎？還有小酒館的人也……確定是白人嗎？」

「有肖像畫。嗯……啊，就是這張。」

從淺色的頭髮和眼珠子沒有塗成黑色，就可以瞭解是歐美的白人。除此以外，還有鼻頭有點圓，以及下巴中間有一條溝，也就是所謂的「屁股下巴」等明顯特徵。身高不到一百八十公分。體格不胖也不瘦。年齡大約三十歲到五十歲。這是二十八年前的印象，所以目前應該是六十歲到八十歲。

「搞不好現在發胖了。」

「的確，歐美人上了年紀之後，比日本人更容易發胖。」

還有手槍的問題。

「確定使用的手槍了嗎？」

「不，還無法確定，但猜測應該是貝瑞塔92F。那是當時美軍剛採用的最新型手槍。雖然日本人很懷疑，把槍枝帶出基地外時，沒有相關的規定或是檢查嗎……雖然原則上禁止攜出，但實際上對美國人來說，槍枝是可以在超市購買的日用品，即使規定不能攜出，應該也不會遵守。」

目前先不討論美國的槍枝管理問題。

「當初是否曾經問美軍，有沒有長得像肖像畫中的人？」

赤尾痛苦地撇著嘴角，搖了搖頭。

「……連這一點都無法做到。除了我剛才提到的那對泰國母女經營的小酒館以外，還有其他三家小酒館也證實，有和凶手長得很像的人出入。我們在其中一家打聽到別人叫那個男人『安索尼』。但『安索尼』是很普通的名字。而且我們也無法向美軍方面打聽。特搜的幹部雖然去了警察廳、檢察廳，還有法務省和外務省斡旋，但都遭到拒絕，說沒辦法。」

玲子請赤尾影印了可能會用到的部分，最後還影印了指紋資料和子彈鑑定結果才離開。

走出昭島分局後，玲子發現菊田打了好幾次電話，也傳了好幾次郵件，但她決定先趕回去，所以直接搭上了青梅線。搭上電車後，剛好遇到下班的尖峰時間，根本沒辦法傳郵件。最後，在完全沒有和菊田聯絡的情況下回到了特搜總部。

玲子走進禮堂，看向資訊組，菊田和她四目相接後，咬緊了牙齒，露出生氣的眼神，但隨即放鬆下來。當玲子走過去時，他垂下肩膀，嘆了一口氣。

「對不起……我沒有和你聯絡，還這麼晚才回來。」

不知道是因為喪氣而垂頭，還是在點頭表示同意。菊田縮起身子，低頭看著地板。

「主任，為什麼……？」

「我不是已經道歉了嗎？不過也有很大的收穫。」

「即使這樣……」

「不好意思，我先去一下廁所。」

玲子並不是為了逃避尷尬的氣氛而說謊。她在新宿搭京王線後，就一直憋著。雖然可以去初台車站上廁所，但當時一心只想著趕快回來，所以就繼續忍耐。我都這麼努力趕回來了，就別再計較了。難道這種想法是自我辯解嗎？

玲子身心都放鬆之後來到走廊，發現小幡站在那裡。

「姬川主任，妳去了哪裡？」

小幡的怒氣很明顯。

「嗯，對不起……等一下會向你說明情況。」

「主任，妳這樣擅自行動讓人很傷腦筋欸。」

玲子以為光是道歉還不行，必須在這裡向他解釋，但似乎是她想太多了。

「妳不在的時候，菊田主任一直擺著臭臉。又不是小孩子了……真不知道要怎麼辦。」

「……嗯，喔，是、這樣啊……」

「我知道你們認識多年，彼此也建立了信賴關係……但是，對待下屬不是也該有對待下屬的方式嗎？請妳也多少讓我知道。免得我無所適從。」

「嗯，嗯……我知道了。謝謝……下次我會注意。」

雖然玲子覺得小幡有點狂妄，但也為此感到有點高興。

凶殺組十一股成立已經一年四個月。石倉去了鑑識課，葉山在八股，湯田還在龜有分局。玲子知道不能一直緬懷已經各奔東西的前姬川組。能夠爭取到菊田已經是奇蹟，不能再有更多的奢望。必須趕快調整自己的心態。

玲子這麼告訴自己。

十七日晚上的會議發展不太尋常。

在晚上八點半之前，偵查員一如往常地報告工作情況。但資訊組接到一通電話，橋本統括接起電話後，叫了梅本管理官。梅本接過電話之後，始終皺著眉頭聽對方說話，最後回答了幾句話便放下電話，立刻回到上座說了句：

「接下來……由熊谷課長主持會議。」

他把會議交給代代木分局的刑組課課長後，就走出了禮堂。

「發生了什麼事？」

菊田在玲子身後嘀咕。

「嗯……不知道發生了什麼事。」

絕對發生了狀況。只是目前不知道是否和代代木的案子有關係。最有可能是梅本負責的第四重案搜查其他股的案子有什麼狀況。除此之外，也可能是關係到整個警視廳，甚至是會影響到警察廳的重大案子。比方說，如果發生了綁架案，不管其他案子的搜查進度如何，都會召集所有的管理官開會。但是，如果發生了這種情況，就會以刑事部長的名義指示「因發生營利目的的綁架事件，進入特別警戒狀態」，警視廳所有職員都要在一定期間內，在所屬的部門待命。目前並沒有接到這樣的指示，代表至少不是發生了綁架案。當然，這只是目前的情況。

會議在熊谷課長的主持下順利進行，在十點多結束了。

現在應該還來得及。

玲子急忙聯絡了林。

玲子預約了上次的居酒屋，和林約在那裡見面。

但今天晚上有四個人，她也帶了菊田和小幡同行。

小幡不停地問：「怎麼回事？怎麼回事？」所以在林到達之前，先向他說明了大致的情況。

「啊？姬川主任，原來妳在忙這些事啊。」

「噓……小幡，你說話太大聲了。」

雖然在包廂內，但和隔壁包廂之間的牆壁並不厚，所以必須小聲說話，以免被別人聽到。

「……雖然我不太想提這件事……小幡，你知道我之前為什麼會被趕出警視廳嗎？」

「嗯，聽過傳聞。」

「我就知道。那我就省略不說了……反正就是我揭露了警視廳隱瞞的某些事。這次的事件也有類似的味道。我忍不住懷疑，為什麼沒有對外公布『昭島市命案』的凶手使用手槍這件事？是不是又隱瞞了什麼？」

「難怪。」菊田小聲嘀咕。

「嗯？難怪什麼？」

「沒有啦，我傍晚的時候和阿則討論妳為什麼失蹤了，他也很擔心……中間的過程就省略不談了，總之，妳看的那份上岡文稿的原始檔案，應該並不在上岡的電腦內。」

這也省略太多了。雖然玲子這麼想，但現在無暇顧及這種事。

「他的電腦內沒有這份原始檔案？什麼意思？」

「是不是很驚訝？我們也一直在想是怎麼回事……我們猜是勝俣主任幹的好事。如果是這樣的話，那就說得通了。他八成希望讓妳來掌握警視廳隱瞞的案情，然後再度引發糾紛。」

的確，那個男人很可能有這種企圖。

「是喔……不過沒關係。以結果來說，那份文稿是對的。而且，我也會親自去查明線索的真偽。和鋼鐵有沒有在打什麼鬼主意無關。」

坐在對面的小幡用力吞了口水後問：

「……所以，警視廳到底有沒有隱瞞？」

慘了，差一點偏離主題。

「不，這次好像不是這麼一回事。警察廳和警視廳都是受害者。幕後黑手是外務省和法務省。應該說是美國。」

小幡再度吞了口水。

「主任，不好意思……這不是更不妙嗎？」

「為什麼？揭露其他省廳的醜聞完全沒關係啊。」

「說話太大聲了！」菊田對她咬耳朵說。

「這種程度沒問題啦……而且，如果凶手是美國士兵，至少也六十歲了，搞不好已經八十歲了。我不太瞭解美軍的錄用標準，也不知道是幾歲退休，但我覺得有可能已經退伍了。如果是這樣的話，凶手就不再受美軍的保護，這次我們可以展開搜查，當然也可以逮捕他。雖然無法追究二十八年前那起命案的罪責，但可以偵破多年的懸案……只不過有一個疑問，既然他退伍了，為什麼又回來日本……菊田，你在幹嘛？」

菊田的大手拿著手機，不知道在查什麼。

「我想知道美軍的退休年齡……好像很複雜。雖然不太瞭解詳細情況，但美軍好像規定，在一定期間內無法升遷，就必須退伍。好像沒有退休這麼貼心的制度。」

「呃！」小幡整個人向後仰。

「也就是說，成為巡查部長之後，如果無法在十年之內升上警部補……」

菊田點了點頭。

「差不多就是這樣。如果不在幾年內通過下一次的升等考試就會被開除……好像是這樣的制度。」

如果是這樣，小幡可能快被開除了。

「先不管這些。問題在於具體要採取什麼方法，把這個之前可能是美國士兵，目前住在日本的美國人找出來。」

飯碗快要捧不住的小幡，一臉嚴肅地看著玲子的臉。

「姬川主任，在討論這個問題之前……」

「嗯，怎麼了？」

「我們目前在上岡命案的特搜總部。」

「對啊，沒錯啊。」

「但是，妳今天一整天外出，都是在調查『祖師谷命案』。」

「這要等抓到凶手之後才知道啊。」

「……啊？」

小幡的疑問很合理。但現在不能承認這件事。

「你聽好了，因為上岡的文稿，我發現了『昭島市命案』和『祖師谷命案』的共同點。沒有人能夠排除上岡是因為知道這個祕密，才會遭到殺害的可能性。」

小幡朝著玲子伸出手掌。

「等、等一下。目前特搜總部在追查反美軍基地示威遊行的主導者砂川雅人，和提供協助的獨立記者生田治彥，對不對？他們都是日本人，並不是住在日本的美國人。」

「是啊。」

小幡皺起眉頭。

「……妳這麼乾脆地回答，讓我不知道該怎麼接話。」

「砂川與生田和上岡命案有關的可能性相當高。」

「我認為他們就是凶手。」

「但是，目前並無法完全排除『昭島』的凶手指示他們兩個人，或是四個人殺了上岡的可能性。」

小幡皺起整張臉。

「恕我反駁，砂川和生田這兩個人應該反美吧？」

「是啊。」

「想要揭露前美國士兵犯罪的上岡，應該也算是反美吧？」

「也許不能說是反美，而是反《日美地位協定》。」

「既然這樣，『昭島』和『祖師谷』的凶手不是和上岡命案無關嗎？」

「嗯，這很難說。」

菊田露出苦笑，搖了搖頭。

「姬川主任，妳別鬧了。別再逗小幡了。」

「我沒有逗他。比方說，『昭島』的凶手……假設他的名字叫『安索尼』，要是安索尼在退伍後，開始出賣美軍內部的情報呢？然後和那個叫矢吹近江的『左翼大老』聯手，向反美示威遊行提供協助。但是這個傢伙又犯下了『祖師谷命案』。矢吹為了保護安索尼，只能下令砂川他們幹掉上岡……」

玲子也覺得這是無稽之談。

小幡也一臉完全無法接受的表情。

「主任，妳真的這麼認為嗎？」

「不，並沒有。」

「既然這樣……」

這時，包廂的紙拉門打開了。

是林。

「抱歉抱歉，我來晚了。」

三個人立刻坐直身體。

「辛苦了。」

「嗯，沒關係，你們坐得輕鬆點。」

林在玲子對面，小幡的旁邊坐了下來。

玲子代表大家發問：

「那裡的情況怎麼樣？」

「完全沒有進展。雖然仔細調查了高志的衣服，但無論如何都不好說有什麼進展。」

那就太好了。

「林統括，我和東警部補見面後，直接去了昭島。沒想到……」

玲子向林說明了昭島分局保管了偵查資料的來龍去脈，林「啊？」了一聲，一時說不出話來。

玲子繼續說道。

「我也難以相信，但真的都保留了下來。雖然目前還無法瞭解所有情況，但想要確認的部分大致都已經確認了。」

「喔。」林終於發出聲音。

「所以，『昭島』也有消失的指紋資料嗎？」

「我影印了。還有子彈的鑑定結果。」

「妳帶來了嗎？」

「帶來了，因為我想交給你。」

玲子從Loewe的包包裡拿出信封。

「在這裡。」

「是喔……那我馬上來看看。」

一旁的小幡也探頭張望。菊田應該也很想看，但因為坐在林的斜對面，即使想看也很難如願。

應該說，小幡這個人太不機靈。

無奈之下，玲子只能開口問：

「林統括，你要喝什麼？」

「嗯，喔……那就喝麥燒酒兌熱水。」

「小幡，你去看看有什麼不錯的酒，為林統括點一杯。」

「喔，好……」

林統括不愧是情資方面的專家，他閱讀的速度快得驚人。小幡為他點了「閻魔」，在酒送上來之前，他幾乎已經看完了。

「……我會立刻回去比對指紋。」

「還有子彈。」

「嗯，是啊。」

「還有，我覺得可以清查住在世田谷區內的美國人，也包括已經歸化日本籍的。如果找不到相符的對象，再逐漸擴大範圍……如果有人叫『安索尼』，應該八九不離十了。派人跟蹤，再請那個小組帶上採集指紋的工具，設法採集指紋，然後進行比對……一旦符合，就請他配合主動到案說明。」

林靜靜地喝著麥燒酒兌熱水。

「指紋的事有點麻煩……因為凶手持有手槍，必須防止意外發生。」

「是啊，還要安排口譯。因為不知道他能聽懂多少日文。」

「還有律師。美國人絕對會說，我要找律師。」

「對，一定會說。」

他們你一言，我一語地模擬完逮捕凶手之前的過程，然後又點了續杯的飲料。

這時，林突然皺起眉頭說：

「不過……真希望逮捕那天，妳也在場，不然不算是妳的功勞，枉費妳蒐集了這麼多線索。」

的確是這樣。

「到時候你叫我，我會去支援。」

「話是這麼說……但勝俁恐怕又要囉嗦了。」

「不必管他。而且只要有合理的理由，他就沒話可說了。不管是今泉管理官還是山內股長，他們派我去代代木時就心知肚明了。梅本管理官也只是需要人手整理文稿資料。我很認真整理文稿，他們根本沒什麼好抱怨的。」

「不，」菊田插嘴說：

「妳今天一整天都擅自行動，他們當然可以抱怨。」

真是的。別人正說到興頭上，為什麼要說這種潑冷水的話？

3

和姬川見面的隔天，十八日星期二。

早上的會議結束，大部分偵查員都離開後，林走去上座找山內。他請搭檔鈴井坐在資訊組的座位上等他。

「股長，姬川她……」

山內拿下眼鏡，坐在座位上，抬頭看著林。

「是，姬川主任她怎麼了？」

「她在昭島分局找到了驚人的資料。」

林把姬川交給他的厚實信封遞給山內。山內一隻手接了過去，重新戴起眼鏡看了起來。

「……這是什麼？」

「這是『昭島市滅門命案』的偵查資料。」

山內的表情沒有變化。他的眉毛也完全沒有動一下。

「這起命案和『昭島市命案』有關嗎？」

「姬川認為有關。這個線索來自上岡留下的文稿。」
「簡單地說，是怎麼回事？」
林點了點頭。
「首先，兩起命案的犯案手法很相似。這起命案和『昭島』不同的是，凶手使用了刀子，但在犯案後朝著死者的大腿之間開槍，以及喝罐裝啤酒這些特徵完全相同。最耐人尋味的是，當時的特搜認為是美國士兵犯的案。」
「原來是這樣。」山內輕聲地說。
「因為《地位協定》的關係，所以無法進行搜查。正因為如此，才會超過追訴期。」
「就是這樣。」
「我記得『昭島市命案』也採集到了指紋。」
「指紋檔案也在這裡。」
山內把檔案闔了起來，然後從後方開始翻閱。很快就找到了指紋檔案那一頁。
「好，那就找人去比對……這份資料可以先交給我嗎？」
「當然可以……但是，股長。」
山內把資料放在一旁，再度拿下眼鏡。
「什麼事？」

「這是姬川在偵辦代代木的案子時發現的，我們直接使用，是否不太妥當？」

山內稍微挪了挪椅子，把整個身體靠在椅背上，雙手交握在肚臍前方。

「有什麼不妥？」

「因為這是從代代木擅自帶出來的資料。」

「這不是昭島分局的資料嗎？」

「不，我是說上岡的文稿。姬川並沒有在代代木的會議上提出來。」

「那我們就接收過來啊。」

林差一點脫口問：「啊？」

林至今仍然難以看懂山內的心思。可以說完全抓不住他的基本態度，或者說是原則。

「……你是說，就直接拿來使用嗎？」

「有什麼問題嗎？」

「不，那個……因為股長平時一再強調，必須要重視組織搜查，所以我以為這次……」

「林統括，」山內把交握的雙手放在會議桌上。

「我最討厭的就是出紕漏的下屬。其次是沒有工作能力的下屬。如果當時不及時採取措施，姬川主任可能會不顧自己在這個特搜，去碰代代木的偵查資料。姑且不論刑法的問題，從廣義上來說，這是小偷行為。但是，姬川一旦進入代代木的特搜，如何靈活運用在那裡得知的事，可以由姬川斟酌處理，或者說是梅本管理官該管理的事。和我沒有關係……」

哪有這種事？林還來不及插嘴，山內就繼續說了下去。

「而且，既然這條線索的出處是上岡的文稿，也有可能來自代代木特搜以外的地方。所謂情資，就是這麼一回事。可以無限複製……更何況我也無法相信，在目前這個時間點，只有姬川一個人知道。在代代木，只有姬川一個人在整理上岡的文稿嗎？菊田和小幡可以視為自己人，難道其他偵查員完全都沒碰嗎？換成是我，不可能用這種方式安排人員，否則可能會成為醜聞的溫床。八股的股長和統括都不在代代木，梅本管理官下面是勝俣主任……即使那裡發生了什麼狀況，也是因為梅本管理官督導不周，並不是我的疏失。」

山內原來是這種人，之前完全不知道——林內心的這種想法似乎也被山內看穿了。

「我知道你現在腦袋裡浮現哪兩個字。」

「啊……」

「自保。你是不是在我臉上看到這兩個字？」

「不，沒有，怎麼會……」

「這樣也沒關係。無法保護自己的人，也不可能保護他人的生命。這種人不配當警察。」

山內再度拿起資料。

「要儘快研究、討論這份資料，並重新研擬搜查方針。目前，管理官被召回警視廳，所以由我和你進行。去請鈴井巡查部長待命。」

「知道了……」

雖然目前一切按照姬川的計畫進行，但林感到不安。

似乎哪裡不對勁。

比對結果顯示，被認為是『昭島市命案』凶手的指紋，和『祖師谷命案』現場採集到的指紋一致。

由此證明了兩起命案是同一凶手所為。

山內把特搜的三十六名偵查員全都召回特搜總部，傳達了新的搜查方針。

「林、中松、日野、宮脇、井岡組，負責找出住在世田谷區的美國人。尤其名字叫『安索尼』的要特別注意。石毛組去科搜研鑑定子彈。町村、橫島組去昭島分局，再次請刑組課課長赤尾出示當時的偵查資料。那須和山下組負責查一下這三十年來，美國國內是否有和『昭島市命案』或是本案有共同點的命案，岡村和清水組……」

山內向所有偵查員下達指示後，又補充說：

「目前認為本案的嫌犯是美國人。雖然必須視這個人目前在日本到底是基於什麼立場，但有可能除了警視廳總部、警察廳以外，還需要請求外務省、法務省和美國政府的協調。所以，有關本案的所有情況都必須保密，絕對不得向外人透露。……今天也拜託各位了，散會。」

包括林在內的十名偵查員立刻前往世田谷區公所，出示了協查函，要求調查住在該區內的外國人。

林說明了請對方協助調查的內容後，戶籍課的課長立刻皺起了眉頭。

「……住在本區內、所有的、美國人嗎？」

「對。」

「是喔……東北震災之後，外籍居住人口有減少的傾向，但數量仍然不少。總共超過一萬六千人。中國、韓國還有北韓分別有超過四千人，美國人少了很多，但也有一千五、六百人。」

雖然早就有心理準備，但還是覺得人數很驚人。

「男女的比例呢？」

「二比一左右，男性人數比較多。」

即使限定美國男性，也有大約一千人。

而且，雖然有這些統計資料，但如果要瞭解每個人的情況，只能逐一確認登記戶籍資料的住民票。雖然在目前高度資訊化的社會難以想像，但並不是只要把條件輸入電腦，就可以立刻搜尋到想要的資料。

但是，這是唯一的方法，所以沒時間猶豫。

「那就麻煩你了。」

「好，沒問題。」

戶籍課長安排了一間會議室，請職員把住民票的資料搬進會議室。為了避免影響區公所的正常業務，看完之後就立刻歸還，然後再借用另外幾本繼續清查。

進行這種作業時，分工合作的方式效率最高。

「日野，妳負責記錄。發現符合條件的人物時，記下地址、姓名和年紀。另外，加入美軍的年紀是十八歲，再加上二十八……所以是四十六歲。四十六歲以下的人不可能，所以不需要記錄。」

「好，瞭解。」

「中松、宮脇和井岡這一組，還有泉田負責清查，請日野記錄符合的人員。我和鈴井會在清查的同時，確認整體的檔案號碼，瞭解哪一個地區已經清查完畢。基本上先從祖師谷開始。清查完之後，再擴大到成城、砧、千歲台、粕谷和上祖師谷。查完一本再查下一本。」

「好，收到。」

他們將會議桌放在一起後，立刻著手清查。

日野的搭檔，代代木分局的泉田巡查部長最先舉起了手。

「有了。祖師谷一丁目，三十五之△之○，傑米·馬修斯。目前年紀……五十二歲。」

日野複誦了一遍。

「是，傑米·馬修斯……收到。」

井岡第二個舉起手。

「有了。祖師谷三丁目，二十八之◆，博儂·費里曼，四十八歲。」

「是人字旁的伯，還是木字旁的柏？還是博物館的博？」

「不好意思，是博物館的博。人字旁加農民的農，博儂。」

有時候連續五分鐘、十分鐘都沒有人舉手，奇怪的是，一旦有人舉手，就會接連有好幾個人跟著舉手。

「有了。祖師谷六丁目……」

「是。」

日野都快忙不過來了。

「我這裡也有了。亞蘭·羅伯特遜。」

「中松，你要先說地址。」

「啊，不好意思。」

「有了，我這裡也找到了。」

「井岡，你先等一下。」

清查了兩個小時後，林忍不住問：

「日野，目前有幾個人？」

「呃……三十二個人。」

一千人中的三十二人。即使以年齡作為篩選標準，應該也會篩選出大約五百人，所以目前只進行了整體的百分之六而已。按照目前的進度，以簡單的方式計算，至少也要超過三十小時。而且，祖師谷位在世田谷區的西側。以直接距離來說，比起世田谷區的東側，相鄰的三鷹市、調布市、狛江市距離更近。「昭島市命案」的現場離橫田基地三公里。從長谷川家往西走三公里，可以輕鬆進入調布市。所以，兇手也很有可能住在調布市。

如果要將偵查範圍擴大到相鄰的城市，難以預估到底需要多少時間。

「有了。成城六丁目，二十五之△▲，艾德．唐納，六十二歲。」

在區公所下午五點下班之前，他們都持續清查，完全沒有休息。

很可惜，在十八日的會議上無法報告發現了「安索尼．某某」的情況。

林代表所有清查的人員報告：

「……目前已經篩選出七十三人，都沒有叫『安索尼』的人。但是，在『昭島市命案』的偵查資料中，『安索尼』只是在查訪時所打聽到的名字，所以即使不是叫『安索尼』的人，也必須確認。希望可以確認這七十三個人，二十八年前是否加入過美國空軍，曾經被派到橫田基地……確認住民票的工作比想像中更耗時間，如果可以，希望能加派人手。」

關於這件事，山內回答說：「我會研究。」

負責調查美國國內是否曾經發生類似事件的那須組和山下組的報告如下：

「我們透過網路，山下主任那一組以出版物為中心，調查了美國國內的事件，目前並沒有發現與『昭島』和本案相似的事件。……應該說，美國國內發生的事件更悽慘。連續殺人，強暴殺人，亂槍掃射。被害者的人數也大不相同，遠遠超過日本。我們在調查過程中覺得，也許……即使有與『昭島』和本案相似的事件，在美國國內也不會成為太大的話題。當然，我們明天會繼續調查。」

關於子彈的情況如下。

「比對結果顯示，『昭島』和本案的子彈應該是從同一把手槍發射的。槍枝是貝瑞塔92F的可能性相當高。」

會議結束後，山內股長重新調整了人員分配。

今泉管理官今天也沒有在特搜現身。

十九日，早上八點二十分在世田谷區公所前集合。在區公所八點半開始辦公的同時，就和前一天一樣，進入會議室開始作業。

「有了。粕谷三丁目，九之〇〇，傑森．浩恩，七十三歲。」

今天又增加了兩組，四名人員一起清查。

「有了。給田一丁目，十一之▽■，馬丁．比澤克，六十歲。」

清查的區域也擴大到北側的給田、南烏山，西側的八幡山、船橋、櫻丘，以及南側的砧公園、大藏和喜多見。

凶殺組七股的宮脇巡查部長，最先在八幡山發現了叫「安索尼」這個名字的人。

「啊，有了，安索尼．馬耶斯，八幡山三丁目三十一之〇◎，七十七歲。」

這一次，日野沒有抱怨宮脇不按照地址、姓名的順序回報。

林拿起手機。

「我先向總部報告，搞不好有人能夠立刻去調查。」

山內直接接起電話。林首先向他報告了「安索尼．馬耶斯」的情況，順便問了昨天七十三個人的調查情況。

「其中有美軍相關人員嗎？」

『目前還沒接到報告。』

這起命案的搜查連續三個半月都在原地踏步，如今終於有了進展。照理說應該更興奮，或者說更加振奮，但從山內在電話中的聲音，完全感受不到。

「是嗎……如果再查到相符的人，我會向總部報告。」

『……拜託了。』

林把手機放回了口袋，中松問：

「是股長嗎？」

「嗯，目前並沒有查到任何美軍相關的人。」

日野除了記錄，也同時清查住民票，她插嘴說：

「股長至今為止，有沒有曾經稱讚過下屬，你們幹得很不錯？」

中松聳了聳肩，沒有回答。

林從來沒有看到過。

「股長應該有他稱讚的方式吧……」

「有嗎？我覺得根本沒有。」

林內心也同意日野的意見。

他們中午也沒有休息。鈴井去便利商店買了飯糰、三明治和寶特瓶茶飲，邊吃邊繼續作業。

林很習慣長時間確認資料的作業，其他十三個人並不擅長這項作業。但每個人都全神貫注。尤其是井岡，發揮了驚人的專注力和持續力。林覺得他也許和姫川分別行動時，工作才會更認真。

井岡在區公所即將下班的傍晚四點五十三分時，像火箭發射般從椅子上跳了起來。

「嗚哇讚，安索尼・格爾丁，找到了了了。」

「井岡，你太吵了。」日野冷靜地說道，但井岡當然不可能因此退縮。

「我認為絕對就是這個人。櫻丘二丁目，▲▲之■，安索尼・格爾丁，六十七歲。不，這次絕對中了。林冬瓜，林統括。這次是我，這是我找到的。請你一定要告訴玲子主任。而且要對她說，等辦完這個案子，就要嫁給我。」

姑且不論和姫川結婚的事，他剛才是不是說了什麼奇怪的話？是不是叫我「林冬瓜」？

4

二月十九日，星期三。

玲子他們和前一天一樣，在代代木特搜整理上岡的文稿檔案。其他偵查員的搜查範圍也沒有變化，除了玲子他們和資訊組的人以外，其他人都離開分局，在外面繼續搜查。

唯一的變化，就是梅本管理官在十七日晚上的會議之後，就不曾在特搜露過臉。這件事令玲子很在意。

代代木特搜總部成立至今還不到兩個星期。照理說，應該由凶殺組八股的股長，或是統括主任主持搜查工作，但他們兩個人都投入他案的搜查，所以八股目前處於群龍無首的狀態。在這種情況下，照理說應該由勝俁主持，但他根本不可能接下這種苦差事。即使這樣，不，正因為這樣，梅本管理官才盡可能守在這個特搜總部坐鎮。

但是，這一次竟然整整兩天都不見人影。

也不盡然就是為了這個原因，但昨天和今天，勝俁倒是在特搜頻頻露臉。而且開偵查會議時，也坐在自己的座位上，只是並沒有報告什麼情況。

十九日傍晚五點半過後，玲子接到了林的電話。

「你好，我是姬川。」

『我是林，讓妳知道一下這邊目前的進展。』

「好，謝謝。」

『我們從昨天下午進入世田谷區公所，開始篩選住在本區內的美國人，昨天找到七十三人符合性別和年齡的條件，今天有一百六十八人，總共篩選出二百四十一人。』
這樣的速度算是快還是慢？
「不好意思，總共有多少美國人住在世田谷區？」
『一千五百七十七人，其中男性是一千零二十六人，女性是五百五十一人。』
花了一天半的時間，才終於篩選完四分之一。
「那……辛苦你們了。」
『嗯，世田谷區的人口是八十三萬七千人左右，所以進行這項作業很耗時間……但是，其中有兩個「安索尼」。雖然這並不是決定性的線索，但目前打算在繼續進行篩選的同時，調查這兩個人的底細。如果確定曾經在軍中服務，就會展開跟監行動。』
「好，我認為沒問題。」
這是到今天傍晚為止的情況。玲子也和菊田、小幡分享了這些情況。
晚上的會議之前，勝俁竟然跑來資訊組張望。
「喔，鄉巴佬，原來在認真工作啊。」
「雖然我不是鄉巴佬，但工作很認真。」
玲子甩著文稿清單說。
「喔，是喔……那就繼續加油囉。」
說完，他走去最前排的座位。

菊田靠過來說：

「……一定有什麼狀況。」

「嗯，很明顯是來探我們的底細。」

「是不是來確認，他之前偷偷放進來的文稿的狀況？」

「也許吧。」

即使是這樣，玲子也毫不在意。乾脆假裝受騙上當，然後一舉破案。

今晚的會議也由熊谷課長主持，在晚上十點半時宣布散會。

「立正……敬禮。」

正當所有人都鞠躬時，禮堂的門用力打開了。

梅本管理官走了進來。

「勝俣，你過來一下。」

梅本一臉不悅的表情，大動作地招著手。勝俣一副懶洋洋的樣子，但還是應了一聲，走向禮堂門口。

熊谷課長不知所措，因為他請所有人站了起來，而且也敬了禮，但管理官在這時回來了，他難以判斷該不該就這樣散會。

最後還是宣布會議結束。

玲子他們完全不知道發生了什麼狀況。

隔天二十日早上，徹底改變了搜查方針。

梅本管理官逐一指示所有偵查員：

「……剛才這十個人組成A組，和SSBC合作，負責蒐集監視器影像。接下來是B組。鄉野、石本、六條、坂內、榎田、保井、笹野、蒲生、五十嵐、野木，這十個人……」

果然從十七日到昨天晚上為止，警視廳總部發生了什麼狀況。但梅本完全沒有提及這件事，只說明了將所有偵查人力投入千葉縣松戶市河原塚一帶的區域，「追查砂川等人的下落」。

「一個半小時後，在東松戶車站集合，就這樣。」

「是。」

梅本帶著所有偵查員走出了禮堂。

不，並不是所有的偵查員。

「……現在是什麼狀況？」

「不知道。」

姑且不論資訊組的橋本、小川和阿部，梅本完全沒有對玲子、菊田和小幡下達任何指示，玲子他們完全被忽略了。

小幡嘟噥說：

「管理官好像充滿了鬥志……但我們還要繼續整理文稿嗎？」

菊田也露出嚴厲的眼神。

「……不讓我們參與也沒問題，但至少應該叫我們等待進一步指示，或是待命準備支援之類的啊。」

玲子個人進入這個特搜總部後，中途去了新宿分局見了東，還去昭和分局向赤尾拿到了偵查資料，有不少收穫，但在偵辦上岡命案時，和菊田、小幡一樣，完全被當成打雜的。這應該是第一次在特搜總部遇到這種冷漠對待。完全搞不懂是什麼狀況。雖然搞不懂狀況，但即使不用思考，也知道誰是始作俑者。

「……對了，鋼鐵今天早上有來開會嗎？」

菊田搖了搖頭。

「他不在，也沒叫到他的名字。我一直豎著耳朵，他沒有加入任何一個小組。」

小幡也點了點頭。

「昨天晚上被管理官叫出去之後，不知道發生了什麼事。他之後也沒再回來。」

真的完全搞不清楚狀況。

他們繼續整理文稿，中午過後，接到了林的電話。

「你好，我是姬川。」
『我是林。姬川主任，我們終於……有可能找到凶手了。』
「啊？真的嗎？」
『目前還無法確定，但已經查到安索尼．格爾丁曾經當過兵。目前沒有工作。』
「年紀呢？」
『六十七歲。「昭島市命案」發生當時三十九歲。接下來要確認當時他是不是在橫田基地……希望可以查到。』
玲子很納悶，如何在這麼短的時間內查到那個人曾經當過兵，但林應該很忙，所以沒有追問。
『有進一步消息時，會再和妳聯絡。』
「好，麻煩你了。」
真好，到處都充滿了活力——。
玲子掛上電話，「啊——」一聲後，仰靠在椅背上。
寬敞的禮堂。連管理官都不見人影的特別搜查總部。三個負責接電話的人坐在禮堂最後方的辦公桌前，玲子他們根本無事可做。到底誰更慘？玲子忍不住在心裡嘀咕。無論怎麼想，玲子都覺得自己和菊田、小幡更慘。
搜查一課的地位這麼低嗎？

她正在想這件事時，有人走進了禮堂。
陰沉的身影簡直就像烏雲。
「鄉巴佬，怎麼看起來很閒啊？」
為什麼現在偏偏要聽到這個人的聲音？
即使再怎麼不願意，也不能無視他。
「……勝俁主任，你看起來也不像在忙啊。」
「現在還不忙。但我很快就會忙了……」
這時，電話響了。橋本伸手接起了電話。
「你好，這裡是『三丁目強盜殺人特搜』……呃，喔，好……嗯，請稍等。」
橋本按著話筒，看著勝俁說：
「樓下櫃檯打來的……」
「嗯，說什麼？」
「櫃檯說……生田治彥主動投案。」
「啊？」玲子忍不住叫了起來。菊田、小幡，還有小川和阿部幾乎都是相同的反應。
只有勝俁老神在在地說：
「好，電話給我。」

勝俁伸出手，橋本雙手握著電話交給他。

「你好，我是搜查一課的勝俁……啊啊……嗯……有沒有刑事課的人在旁邊……那你找兩個人，然後讓他們帶你到刑事課。我會馬上去那裡。」

怎麼回事？到底發生了什麼事？

勝俁把電話交還給橋本，臉上露出了冷笑。

「……反正就是這麼一回事。我接下來要去忙了，沒空陪妳這個鄉巴佬。不好意思啊。」

勝俁準備轉身離去，玲子慌忙叫住了他。

「喂，剛才那是怎麼回事？你知道生田會來投案嗎？」

勝俁停下了腳步。

「……是啊，我知道。而且梅本也知道。我已經和他談妥，由我負責偵訊。今天梅本帶著偵查員去松戶遠足，消息來源也是同一個地方。在妳摸魚打混的時候，這個世界仍在繼續運轉。」

玲子很想反駁他，但因為完全不瞭解狀況，所以也想不到任何話。

勝俁打算離去，但走了一、兩步，轉過頭說：

「……喔，你們的工作不必再做了，沒有意義。如果想去『祖師谷』，就趕快去吧。我會轉告梅本，因為看到你們閒閒沒事，所以就讓你們回去了。」

勝俣的話太過分了，玲子完全說不出話來。

「……怎麼了？都一把年紀了，連道謝也不會嗎？還是不相信我說的話？是不是嚇得半死，以為我騙你們？要不要我打電話給梅本？」

勝俁從舊大衣的口袋裡拿出手機。

他用又短又粗的食指操作的同時，把螢幕轉了過來。

「看清楚了，免得事後又囉里八嗦……看，是不是梅本的電話？妳不知道嗎？喔，資訊組，你們應該知道吧？這個號碼，是梅本的吧？對不對？看好囉，我要撥囉。」

鈴聲響了一會兒，電話一接通，就聽到『喂，我是梅本』的聲音。的確是梅本。

「喔，我是勝俁……管理官，即使再怎麼派不上用場，也不能讓三名偵查員在那裡打混啊……啊？……就是姬川啊。姬川和另外兩個人……對對，就是他們。可以讓他們回『祖師谷』了吧？反正已經不需要他們了啊……管理官，那你對他們說。我說了他們也不相信。請你說得大聲點，拜託啦……」

勝俁把手機對著玲子他們。

不知道是不是轉到擴音，聲音聽得很清楚。

『喂，喂？聽得到嗎？姬川主任、菊田主任，還有小幡巡查部長，如果你們沒事，可以回去成城的特搜，不然就聽從勝俁的指示。我會向上面打聲招呼。我在忙，那就先掛電話了。』

隨著「噗」的一聲，通話結束了。

勝俣確認螢幕後，把手機放回了口袋。

「……情況就是這樣，姬川組的各位，這樣行了嗎？」

玲子可能從來沒有像此刻一樣，這麼想把這個男人打倒在地。

「菊田、小幡……我們走。」

一切都如自己所願。雖然對去世的上岡感到抱歉，但玲子原本就只想要上岡的文稿檔案，而且已經拿到手了。這個特搜總部對玲子也沒用了。如果可以回「祖師谷」的特搜，當然是求之不得。

雖然玲子這麼告訴自己，但還是沒辦法。

現在根本無法冷靜。

玲子聯絡了林，得知他已經離開了世田谷區公所，準備跟監安索尼・格爾丁。

「地址在哪裡？」

『櫻丘二丁目▲▲之▲……怎麼了？那裡的搜查情況怎麼樣？』

「沒我們的事了。應該說，鋼鐵把我們趕出來了。」

『怎麼可以這樣……那我要向今泉管理官報告。』

「沒關係，晚上開會時再說。反正那個人根本不照常理做事。先不管他，我們要加入哪一組比較好？要去跟監的現場比較好？還是去區公所？」

『現在去區公所，也幾乎沒辦法做什麼事，因為那裡五點就下班了。你們來這裡和我們會合，跟監的人手愈多愈好。房子的斜對面有一個月租停車場，有一輛轎車和一輛廂型車停在那裡。』

「好，知道了。」

確認地圖後，發現長谷川家和櫻丘的那個地址相距一點五公里。玲子走路大約十五分鐘就可以到，但普通人可能要二十分鐘。記得「昭島市命案」的現場日吉家離橫田基地有三公里。如果櫻丘的「安索尼」是凶手，對凶手來說，長谷川家完全在他的射程範圍內。

最近的車站是祖師谷大藏的前一站，更靠近新宿的千歲船橋。玲子他們在代代木分局前攔了計程車到代代木八幡車站，搭小田急線在千歲船橋下了車。

走出車站，沿著大型工地現場旁邊那條路走過去似乎是捷徑。

「菊田，小幡……對不起，讓你們心情很不愉快。」

「沒事。」兩個人都小聲回答。玲子想起他們剛才在車上時幾乎沒有說話，也沒有對自己說話，難道是因為自己的表情太可怕了嗎？

「我已經沒事了。」

菊田走到她身旁，點了點頭。

「主任，目前的發展完全符合妳的意圖，結果很理想啊。」

「喂，不要說什麼意圖，說得好像我很有心機。」

小幡呵呵笑了起來。

「喂，沒什麼好笑的。」

「……好。」

他們經過街道旁漂亮的居酒屋、咖啡店和美容院。這裡的房子幾乎都是兩層樓。可能這一帶不能蓋太高的房子。

在麵包店的街角向左轉，然後在下一個街角向右轉，接下來就一直走。經過一家專賣進口雜貨的小店前，就是一片住宅區。

面向街道的是石造的氣派大門。繼續往前走就只能向左轉。所以，位在左側轉角處的就是「安索尼」的家?門牌上寫著【池本】的名字。

斜對面的確有一個月租停車場。

「對不起，你們再去繞一圈，我一個人先去車上。」

「好。」

「沒問題。」

這個停車場的位置方便監視池本家，但從池本家也可以清楚看到這個停車場。頻繁出入停在那裡的車子並非上策，更何況罪犯向來對周圍的氣氛變化很敏感。

月租停車場鋪著碎石子，可以停超過二十輛車，但目前只有十輛左右。只有一輛廂型車。是銀色的Hiace。玲子站在車子右側，那是池本家看不到的位置。車上的人為她打開了滑門。

「……辛苦了。」

是林。鈴井巡查部長也在車上。

「辛苦了。不好意思，臨時說要過來。」

「不不不，幫了我們很大的忙。我真的很久沒有這樣跟監了。」

車上只有兩個人。玲子上車後，林立刻關上了車門。

玲子指著事前聽說的那棟房子說：

「門牌上寫著池本。」

「嗯，那是租的房子，租屋人叫池本小百合，四十四歲。她的丈夫是池本健，也同樣是四十四歲。他是已經歸化日本籍的美國人。還有他們的兒子，二十四歲的池本城士也住在一起。所以說，這個兒子是混血兒。安索尼·格爾丁是健的父親，城士的祖父。」

原來是三代同堂。

林出示了自己的記事本。三個人的名字漢字分別是池本健、池本小百合和池本城士。

「安索尼來日本幾年了？」

「快二十二年了。」

「那完全可以歸化了。為什麼沒有歸化日本籍？他兒子不是已經歸化了嗎？」

「也許和退伍軍人年金之類的有關。我不是很清楚。」

有道理。美軍很可能會覺得沒理由付年金給已經取得日本籍的人。

「為什麼會查到安索尼以前曾經當過兵？」

「因為……這個。」

林從包包裡拿出一個A4尺寸的資料夾，上面印了英文。

「民間有一個日本退伍軍人會，官網上有會員的名冊……就是這裡。」

林手指的地方寫著【Anthony Golding】的名字，居住地是【Setagaya-ku Tokyo（東京世田谷區）】。

「……早知道去那裡查也許會比較快。」

「妳說到了重點……但是，可能性相當大。」

「是誰發現的？」

玲子猜想搞不好是井岡，但她猜錯了。

「山內股長。」

沒想到，竟然是山內股長——。

5

二月二十一日，星期五。

月租停車場後方有一棟公寓，昨天晚上順利借到了其中一個房間。雖然二樓角落的那個房間離池本家最遠，但這樣的距離反而更適合監視。

那是一個小套房，有一間四坪大的西式房間，還有簡易衛浴、壁櫥、小廚房。玲子、林、菊田、鈴井和田野都擠在這個小套房內監視。小幡和武藤是前線部隊，坐在停車場的廂型車內。另一輛轎車內也坐了兩個人。

「祖師谷命案」特搜的偵查員目前分成四組。

有十二名是負責在世田谷區公所清查住民票的「篩選組」。另外十名「兵役組」負責調查篩選出的美國人是否曾經入伍。包括玲子在內的九個人組成的「跟監組」負責監視池本家，以及跟蹤安索尼．格爾丁。另外還有八個人組成「特命組」，負責調查池本家的財務狀況，並尋找其他證據。但篩選組的作業即將完成，這十二個人就會加入其他人手不足的小組。

林和特搜保持聯絡，隨時掌握其他組的情況。目前只有山內股長和資訊組的三個人留在特搜。

「……是嗎？我知道了。如果有狀況，我會隨時聯絡。」

林說完後，把手機放回了口袋。

「目前並沒有發現其他人曾經當過兵。不過，要調查這件事很困難。」

玲子也有同感。

「安索尼加入退伍軍人會，對我們來說是很幸運的事。其他人未必會加入。」

站在窗邊的菊田對田野說：「你來和我換班。」

玲子看了手錶，時間是上午十一點十五分。

今天早上七點半左右，池本健最早走出家門。他穿了一件黑色短大衣，拎著黑色公事包，走向千歲船橋車站。他的頭髮接近黑色，如果不看他的臉，不會發現他是歐美人。他身高一百八十五公分左右，身材很結實。他在目黑區一家建築事務所上班，無論公司的人和客戶，都覺得他是誠實勤奮的人。

八點零五分，小百合第二個走出家門。她穿了一件和玲子很像的白色大衣，背著咖啡色肩背包，也走向車站的方向。她在西麻布一家設計事務所工作，但不是建築事務所，而是室內裝潢。她身高將近一百七十公分，所以也和玲子很接近，只是年紀比玲子大了約十歲，這是最大的不同。

城士在九點半後才出門。他穿了一件紫色羽絨衣，背著一個灰色背包。他也有將近一百八十公分。身材很瘦，頭髮也有點長，髮色偏棕色。不知道是原來的髮色，還是染過了。他是自由業，目前在新宿一家牛排店打工。

安索尼目前沒有出門。他昨天下午去了車站附近一家會員制的健身房，在玲子他們來這裡會合之前回到家，之後就一直沒有外出。

「林統括，」

聽到玲子的叫聲，林把手上的資料放在地上，轉頭看了過來。

「……嗯？」

「去蒐集安索尼的指紋吧。」

如果與「祖師谷」、「昭島」的指紋一致，就可以請他主動到案說明。

林皺著眉頭。

「未經當事人同意採集的指紋，無法成為逮捕的證據。」

「可以先請他主動到案說明啊。」

「如果他問為什麼要求他去警局，不是很傷腦筋嗎？他一定會找律師。」

「他是住在世田谷區的美國人，而且又當過兵。」

「這無法成為懷疑他殺了長谷川家三個人的證據。」

「所以請他到警局說明，然後採集他的指紋。」

「如果只是請他主動到警局說明，他可能不會同意我們採集指紋。」

「……對喔。對不起。」

但是，只差一步。只要再有一項證據，就可以抓人。

「啊，走出來了。」站在窗邊的田野小聲地說。

玲子也從窗簾的縫隙向外張望。一看手錶，十一點二十一分。

一個肥胖的人影出現在月租停車場對面的池本家門口。身高不到一百八十公分。體重應該將近一百公斤。他一頭白髮理得很短。穿了一件米白色刷毛上衣和藍色牛仔褲。和昨天記錄的打扮相同。即使是二月的天氣，他也沒有穿外套。不知道是因為他很胖，所以不怕冷，還是從小在寒冷的地方長大。

「林統括，安索尼的出生地還沒有查到吧？」

「嗯。只知道他來日本之前住在佛羅里達，但不知道那裡是不是他的出生地。」

安索尼走向與車站相反的方向。小幡和武藤隔了片刻，也走出了廂型車。坐在轎車上的兩個人也輕輕打開車門後下了車，然後又輕輕關上了車門，開始跟蹤安索尼。

「那我們也走吧。」

「好。」

玲子、菊田、鈴井和田野四個人走出房間，走去停車場。等安索尼回家後，小幡他們就會回公寓這裡休息。這次很幸運地借到了房間，所以跟監行動也比較輕鬆。

玲子和鈴井一起坐上轎車，菊田和田野坐上廂型車。

「哇……好冷。」

玲子和鈴井一起坐在後座。因為從池本家不容易看到後座的情況。池本家沒有車子，所以不可能開這輛車跟監。

玲子把拿下的圍巾蓋在腿上。她今天穿了一件黑灰色的西裝大衣，並沒有像小百合穿得那麼顯眼。

鈴井轉頭看著街道說：

「不知道安索尼去哪裡。」

「他出遠門和去附近時都穿同樣的衣服，所以根本搞不清楚。」

「但是……退休的老人恐怕都差不多。」

昨天晚上，安索尼沒有出門。如果他晚上喜歡出門亂逛，嫌疑就更加重大，但目前並沒有發現這種情況。雖然可以向附近的鄰居打聽，瞭解進一步的狀況，只不過這麼做很容易打草驚蛇。

安索尼在將近一個小時後回到了家。

小幡報告說，安索尼去了洗衣店，拿了幾件衣服，又去便利商店買了三明治和報紙回家。他買的是普通的體育報。

原來安索尼看得懂日文。

玲子他們在車內監視池本家到下午兩點。

「主任，換班的時間快到了。」

「對啊，那就聯絡一下。」

玲子準備在車上打電話到公寓，請在公寓的人確認池本家二樓是否有人。池本家只有二樓城士的房間可以清楚看到這個停車場，安索尼幾乎不會去城士的房間。至少在玲子來這裡之後，完全沒有聽到相關的報告。

玲子打電話給林。

「喂，我是姬川。那裡的情況怎麼樣？」

『不，稍等一下。目前安索尼在一樓的客廳。』

公寓內可以看到停車場無法看到的窗戶。

『……啊，現在關了燈。再稍微等一下。』

池本家位在轉角的位置，但採光不太好。窗戶也都很小，像今天這種陰沉的天氣，即使白天也要開燈。

『……可以了，安索尼好像去了二樓自己的房間。現在可以換班了。』

如果因為進行跟蹤而無法換班，下一組人會先來到停車場，把車開出去之後，在外面晃十幾二十分鐘。然後在中途交換前後排的座位，再回到停車場。坐在前排負責開車的那一組下車後，回到公寓。雖然兩組人馬用這種方式輪換班會耗掉將近一個小時，但凡事都必須小心謹慎。

關掉引擎後，玲子對坐在後座的小幡他們說：

「那就拜託了。」

「好。」

這樣才終於能夠回公寓。但即使回到公寓，房間裡既沒有座墊，也沒有沙發。

「我們回來了。」

大家或躺或坐，在空蕩蕩的房間內休息。目前房間內除了林以外，還有另外兩個人。他們都是調布分局刑組課的刑警。

「辛苦了。肚子餓了吧，快吃快吃。」

林指著放在房間正中央的幾個便利商店的塑膠袋說道。裡面裝了飯糰、寶特瓶飲料，還有一些零食。

「謝謝，那我就開動了。」

「我也開動了。」

房間內裝了空調，所以室內很溫暖。玲子把脫下的大衣和圍巾放在房間角落，在塑膠袋旁坐了下來。

林輕輕嘆了一口氣。

「……今天應該就可以完成篩選作業，但似乎還是很難確認那些人是否曾經當過兵。幾乎沒有進展。」

「我想也是。」

玲子拆下飯糰的包裝紙，鈴井把垃圾袋遞了過來，說：「丟這裡吧。」

「謝謝……林統括，你剛才說『幾乎』沒有進展，是完全沒有發現任何一個人嗎？」

「對，完全沒有。退伍軍人會的名冊上，也只有安索尼．格爾丁住在世田谷區。還有一個人算是住在附近，在小金井市，目前由特命組負責調查，但還不知道正確的地址。」

如果使用刪去法，發現安索尼．格爾丁的嫌疑重大，就更需要有符合逮捕條件的證據。

「林統括，有昭島分局畫的肖像畫嗎？」

「喔，有啊。」

林從包包裡拿出資料夾交給玲子。

「謝謝。」

圓鼻頭、屁股下巴。二十八年前的肖像畫是很常見的白人長相，只要看一、兩部歐美片，就可以找到長得很像的人。因為還沒有近距離看過安索尼．格爾丁現在的長相，所以也很難論斷什麼，總之，要說像嘛還真有點像，要說不像嘛又覺得確實不像。

老實說，這也無法成為逮人的關鍵線索。

二十一日的下班時間前，負責在世田谷區公所清查的篩選組，終於清查完區內所有的美國人。

清查結果發現，總共有四百二十六名四十六歲以上的男性。玲子覺得比想像中少。其中，住在長谷川家方圓兩公里內的有四十一人。接下來將優先清查這四十一個人是否曾經當過兵。

在數次換班後，晚上七點左右，玲子再度和菊田組一起休息。菊田很擅長跟監，所以精神還很好，食慾也很旺盛，吃著玲子在休息時去超市買的麵包。那是形狀有點奇特的培根麥穗法國麵包。

房間內沒有開燈，以免池本家的人會看到這裡的情況。而且，眼睛適應之後，靠著從窗戶照進來的路燈燈光，可以看到室內的情況，也可以看清菊田的表情。

「……安索尼只有上午出門過一次而已。」

玲子正在吃喉糖。在監視時，這種零食很理想。因為一旦吃太飽，玲子很快就會想睡覺。

「你覺得……鋼鐵遇到這種狀況會怎麼做？會不會趁對方不在家，就直接闖進去。」

「很有可能……的確有可能。」
玲子從以前就很喜歡看菊田大口吃東西的樣子。
「還有，我覺得他應該會擅自打開別人的信件。」
「嗯……完全是公安的手法。」
靠在牆上打瞌睡的林突然抬起頭。
「你們……不可以、這麼卑鄙……不可以……」
說完，他又再度垂下腦袋。
菊田立刻伸出手說：
「林統括，你躺下來睡吧。」
「不……沒關係，我這樣就好。」
「你這樣脖子會扭到。」
「嗯……沒關係。」
那天晚上，小百合八點多回家，健八點半回家，城士也在十點多回家。凌晨一點時，城士房間的燈暗了，池本家的一天結束了。
雖然熬夜監視，但安索尼深夜也沒有外出。
二十二日，星期六。

健和小百合在十點半左右恩恩愛愛地出門了。他們都穿著休閒服，可能去逛街買東西，或是去約會看電影。玲子坐在廂型車內看著他們，他們挽著手離開的身影看起來很幸福。他們做夢都不會想到，自己的父親是兩起滅門命案的凶手。

想到像他們這些家屬，就忍不住感到心痛。玲子本身是暴力事件的被害人，被害人當然最痛苦，但被害人的家屬也很痛苦。尤其玲子至今仍然覺得很對不起父母。

但是，事情並非只有一個面向。

被害人的家屬遲早能夠重新站起來。雖然也有些家屬無法重新站起來，但大部分的被害人家屬或是遺族，都會在之後的生活中努力向前看，而社會也會協助他們站起來。

然而，加害者的家屬有努力的餘地嗎？

以池本家為例，生活在同一個屋簷下的家人是連續殺人案的凶手，是把子彈打進屍體的兩腿之間，還把手伸進槍傷傷口，連內臟都徹底破壞的畜生。一旦家人遭到逮捕，媒體就會包圍他們的住家，他們也無法在原本的公司繼續任職，處於遭到社會半抹殺的狀態。在這種情況下，他們還會努力向前看嗎？

一旦發生這種狀況，不知道健和小百合會如何回想今天這個日子。今天也許將成為他們幸福生活的最後一次約會。平淡的週末，並沒有特別奢侈的午餐。雖然去百貨公司看了之前就一直想買的花瓶，但看到實物之後，發現自己並不怎麼喜歡。看的那場電影雖不無聊，但也稱不上是傑作。他們日後回想起這些事時，一定會發現這些微不足道的幸福有多麼珍貴。

那時候，一切都很美好。那時候，我們很幸福——。

正因為這樣，所以玲子希望趁家人不在時逮捕凶手。最好趁安索尼獨自在家的時候，靜靜地、不要被任何人發現。

十一點左右，城士房間的窗簾打開，不久之後，就確認安索尼走進了城士的房間。但似乎沒有看到他走出房間，所以不知道安索尼在那裡待了多久。

十一點半左右，玲子他們和小幡組換了班。

「中松和日野帶來了禮物。」

在篩選組解散後，中松和日野加入了跟監組。

「啊？是什麼禮物？真期待啊。」

玲子他們離開停車場，回到了公寓。

「……辛苦了。」

一走進門，就看到『禮物』放在門口。用方巾包起來的四方形包裹看起來很沉重。裡面應該是防護衣。

日野促狹地轉頭看著玲子說：

「姬川主任，辛苦了……妳要不要試穿一下？我從來沒看過妳穿。即使是這種衣服，穿在妳身上應該也很好看吧？」

怎麼可能？

「不用現在試穿啦。」

正在喝罐裝咖啡的林指著窗戶的方向說：

「剛才城士出門了，目前家裡只剩下安索尼。今天是這種天氣，他在房間時會開燈，所以應該很好掌握。」

「是啊。」

這時，在窗邊的調布分局偵查員說：「安索尼走進自己的房間了。」從這個角度看，安索尼的房間在二樓的後方。

林轉頭看著中松說：

「那你和我搭檔，沒問題吧？」

「沒問題，請多指教。」

之前林會輔助性地在停車場監視，但從來沒有和誰一起搭檔，正式加入輪班。

林用手機和菊田聯絡。

「……喂，我是林。安索尼剛才回房間了，我和中松現在過去和你們換班……不，不用把車子開出去，直接在停車場換班就好。旁邊不是有一輛卡車……嗯，就這麼辦……好，拜託了。」

林把手機放回口袋，拍了拍中松的肩膀。
「我們走吧。」
「好。」
玲子走到窗邊，對調布分局的偵查員說：
「換我來吧。」
「喔，不好意思……麻煩妳了。」
玲子透過窗簾的縫隙往下看。停車場的地上鋪著碎石。天空一片深灰色，看起來很冷，好像隨時都會飄下白雪。不，好像已經開始下了。天空中輕輕地、輕輕地飄下白色的東西。
「……啊，下雪了。」
日野聽到玲子的聲音，走到東側的窗戶旁，稍微打開了霧玻璃的窗戶。
「真的欸。這下子在外面監視應該很辛苦。」
冰冷的空氣吹了進來。
「是啊。」
玲子看到林和中松走進停車場。幸好從安索尼的房間無法看到停車場的出入口。城士房間的窗邊也沒有人影。林和中松迅速閃進廂型車和卡車之間，幾秒鐘後，菊田和田野走了出來。為了以防萬一，菊田他們並沒有從林他們剛才走的路回來，而是走向相反的方向。雖然有點繞遠路，但他們似乎打算從西側繞回公寓。

雪愈下愈大。窗外就像是有很多雜訊的電視螢幕，變得很粗糙，看不清楚。

「……有人看過天氣預報嗎？」

玲子問。

「喔，」調布分局的一名偵查員轉過頭。

「林統括剛才看了，還說可能會積雪。」

「是這樣啊……所以，最好趁現在去買暖暖包。」

「嗯。」日野點了點頭。就在這時，玄關的門打開了。

是菊田組。

「啊喲，好冷好冷。真的下起雪了。」

「辛苦了。」大家紛紛向他們打招呼。

玲子繼續看著窗外說：

「菊田，你知道會下雪嗎？」

「知道啊，剛才聽了收音機。」

「啊，」鈴井小聲低吟。

「我們沒有開收音機。」

「嗯。但我聽了收音機，反而想睡覺。如果是電視……」

玲子的話還沒說完，停車場那輛轎車的後車門同時打開，小幡和武藤走出車外。他們猛然走出來，毫無防備。

「……他們在幹嘛？」

「啊？怎麼了？」

菊田和日野都走了過來，但玲子不可能打開窗簾讓他們看外面。

「他們走出車外了。」

玲子說話時，林和中松也走下了廂型車。怎麼了？發生了什麼狀況嗎？

「連林統括也……大家都下了車。」

「菊田主任，要不要打電話問問？」日野在說這句話時，聲音還很從容。但是，停車場的四個人在警戒的同時，慢慢地走向池本家。形勢似乎很緊迫。

「……菊田，先別打電話。」

「喔，好。」

發生了什麼狀況。為什麼會這樣——不會吧？

「日野，有幾件防護衣？」

「呃，十二件，有多帶一件過來。」

「所有人都穿上，另外帶四件下去。」

林他們四個人已經走到池本家的玄關。

比起停車場，從這個房間更可以清楚看到池本家整體的情況，但是，停車場組有一個優勢。

那就是聲音。因為停車場離池本家比較近，所以更容易聽到聲音。

林他們聽到了什麼聲音？

會讓他們這麼緊張的聲音——只有槍聲。

日野將防護衣從玲子身後遞給她。

「謝謝。你們先下去，我會馬上追上你們。」

「好。」

玲子穿上防護衣後，正打算走出去，但總覺得不太放心，便再度確認了停車場、停車場的出入口，以及出入口前方的那條路，和池本家門前。林他們已經不在玄關了。他們進去了嗎？他們是怎麼打開玄關的門？

啊，糟了——。

當她把視線移回前方的路時，看到有一個人影經過池本家鄰居的門口。從髮型和髮色判斷，應該是城士。他為什麼偏偏現在回來？如果現在進去，就會撞見林他們，還有菊田他們——。

但是，玲子的思考在中途斷線了。

那件、牛角釦大衣——。

左肩有黃色布章的深藍色大衣。

糟了。

也許凶手並不是安索尼——。

玲子衝向玄關，沒有穿鞋子就直接衝了出去。

她在濕漉漉的外走廊上奔跑。衝下水泥樓梯，來到馬路上後左轉，在被雪濡濕的黑色柏油路上奔跑。

不行，現在不能讓他進入現場——。

長谷川高志在照片中所穿的牛角釦大衣，在命案現場並沒有發現這件有黃色布章的大衣。玲子沒有向末央奈確認，高志最後一次穿那件大衣是什麼時候。這是玲子的疏失，也是致命的過錯。

為什麼沒有立刻向末央奈確認？為什麼沒有更早發現這件事？

如果安索尼是凶手，不可能偷那件大衣。因為以他的體型，根本穿不下那件大衣。但是，城士可以穿。城士犯案後，在高志房間的壁櫥內翻找，找到了那件大衣，並占為己有——。

玲子不知道城士這麼做的理由，但目前並不重要。

不行。不能讓他靠近現場。

雪飄進了眼睛，打在臉上，但玲子仍然繼續奔跑。

她再度左轉，跑過停車場出入口的前方，終於來到池本家門口。她在玄關前絆了一下，小腿骨撞到階梯。但她雙手撐起身體，衝上了階梯。

昏暗的玄關、筆直的走廊上空無一人。走廊右側後方是通往樓上的樓梯。玲子在樓梯上再度滑了一下，但她立刻抓住扶手站穩了。

她衝上樓梯，聽到有人大喊：「叫救護車了沒？」可能是菊田。玲子衝上二樓，右側是安索尼的房間。大家都在那裡。玲子也走了進去。房間並不大，但擠了太多人，看不到房間內的情況。

「怎麼了？」

日野聽到玲子的聲音轉過頭。

「安索尼自殺了。」

「救護車！」又有人大聲叫道。

咦？城士去了哪裡？

玲子第一次踏進這棟房子，一下子無法瞭解誰在哪裡。跟監組目前有十一個人，她以為所有人都在安索尼的房間內。

但是，並不是這樣。

「……住手！」

背後傳來聲音。是從對面城士的房間傳來的。

回頭一看，發現菊田背對著自己站在門口。玲子衝了過去，立刻看到了室內的情況。

城士半蹲著站在前方的窗邊，林跌坐在他面前的地上。林穿著大衣，大衣內穿著深灰色西裝，繫了一條深藍色領帶，還有一件白襯衫。他襯衫的胸口被染成鮮紅色。

城士右手拿槍，左手持刀，刀尖對準了林的喉嚨。

中松也站在菊田的前方，玲子和他們一起與城士對峙。身後又有幾個人走了過來。

「不要過來！」

「池本，你別激動。」

城士的槍口輪流對著中松、菊田和玲子。

「嗯啊啊啊啊！」

「池本、池本！」

就在這一剎那，玲子看到了。

玲子看到城士的眼中失去了光，變成一片黑暗的空洞。

也看到他像野獸般齜牙咧嘴。

「嗯啊啊！」

城士的左手用力舉向斜上方。

林的喉嚨頓時出現了紅色的傷口。

玲子從菊田手上搶過防護衣。

「咻！」

她把防護衣丟向城士。

沒有聽到槍聲。玲子撲向城士。

她以拳擊的要領抱住城士的腦袋兩側，並用右手打掉城士揮過來的刀子。在城士把槍對準她之前，玲子就用頭頂頂向城士的下巴。

聽到了叫聲。那是玲子發出的叫聲，但她完全聽不到。她看到菊田和中松按住了城士。玲子抱著林的身體，把他拉到了房間角落。

鮮血從林的喉嚨噴出來。玲子用右手按住，但血仍然不停地流。無論再怎麼用力按住，鮮血仍然從她的指縫、從手掌邊緣流出來。完全停不下來。

救命，誰來幫他止住血。

「來人！」

救命，趕快來救他。為什麼？為什麼林統括會——？

「來人，來人啊！」

林微閉著眼睛，看著窗戶上方的白色天空。

從玲子指縫間流出的血漸漸減少。

「……林統括！」

無論再怎麼叫，林也沒有反應。他的眼睛也沒有動靜。

「林統括！」

被菊田和中松從背後架住的城士看了過來。

他不是人。也不是東西。根本不是生命。

玲子只想摧毀他。

「……王、王八蛋！」

真希望用剛才奪過來的那把刀割開他的喉嚨。把手槍塞進他的嘴裡，不停地扣扳機，直到打完所有的子彈。讓他的腦漿四濺，用腳踩他只剩下空殼的腦袋。很想用所有能想得到的殘虐方式對付他，把他碎屍萬段。

但是，此刻什麼都做不到，甚至無法動彈。

玲子無法放開林的身體。

她不想失去手上的這份溫暖。

終章

救護車抵達現場時，安索尼・格爾丁的心肺功能已經停止。到醫院前，就已經確認了死亡。

他使用的手槍是貝瑞塔92F。那是美軍的稱法，正式的型號名為「M9」。比對後發現，「昭島市美堀町三丁目一家四口強盜殺人事件」和「祖師谷二丁目一家三口強盜殺人事件」都使用了同一把槍。

當時，小幡和林等其他四個人聽到槍聲，所以立刻走下了車子。雖然他們下車之後，繼續豎起耳朵細聽，但只聽到剛才那一聲槍響。小幡立刻懷疑是安索尼自殺。對警察來說，讓嫌犯自殺和讓嫌犯逃走一樣，都是重大的疏失。如果嫌犯發現自己遭到監視而自殺，還有可能演變成必須追究責任歸屬的嚴重問題。

他們四個人來到玄關前，林轉動門把，門就打開了。他們小心翼翼地走進玄關，上了二樓，向安索尼的房間張望，發現他倒在地上，後腦勺靠在床上。床上濺到了大量鮮血，床的側面也有一大片因為移動而留下的血跡，可能是開槍後失去意識，整個人向下滑時沾到的。

林撿起手槍，走出了房間。小幡和武藤因為忙著確認安索尼的生死，所以並沒有看到之後的過程。

中松在幾秒之後，也跟著林走出了房間。但那時候，林的胸口已經中了一刀，手槍也被搶走，並被城士從背後架住。城士拖著林後退，進入了自己的房間。雖然聽到樓下的嘈雜聲，知道其他偵查員走上了二樓，但為了避免刺激城士，所以無法發出聲音。

菊田來到二樓時，看到只有中松一個人背對著門，站在對面房間的門口。他雖然對這件事感到奇怪，還是先去安索尼的房間察看情況，得知安索尼自殺，確認是否叫了救護車後，發現還沒有叫，就走出安索尼的房間，拿出了手機。那時，中松仍然站在對面房間的門口。即使叫他，他也沒有反應。菊田覺得不對勁，再度叫著他的名字走過去。接著，玲子就趕到了。之後的情況，玲子也知道了。

林失血過度，導致死亡。趕到的救護員確認了他的死亡。

玲子等人以殺人嫌疑的現行犯逮捕了池本城士。逮捕之後，立刻帶回了成城分局。玲子親自製作了「辯解紀錄」。

地址　東京都世田谷區櫻丘二丁目▲▲之■

職業　餐飲店店員

姓名　池本城士。平成※※年十月十一日出生，二十四歲

「池本，接下來是你在今天，二月二十二日犯下的殺人事件的內容。」

玲子出示了現行犯的逮捕手續單，朗讀給他聽。

「……以上就是事件的內容。首先，你有請律師的權利。你要請律師嗎？」

城士滿臉疲憊，低頭看著自己那一側的桌子。玲子覺得他就像是行屍走肉，或者說是被海浪打上岸邊的死魚。

「你要請律師嗎？還是不請律師？」

玲子身後的菊田壓低了聲音問：

「喂，池本，你沒聽到嗎？」

城士往上瞄了一下。他的眼神帶著膽怯，看起來有幾分飄忽。

「……反正都是死刑。」

他的聲音聽起來像賭氣，又像是已經不抱希望。

無論如何，都必須讓他被判處死刑。

「到底要不要請律師？趕快說清楚。」

「不用了，我不請律師。」

很好。

「那你有什麼要為自己辯解的嗎？」

「……啊？」

這個小鬼簡直目中無人。

「你殺了警察。如果有什麼要辯解的，就說吧。」
「辯解……妳不是都親眼看到了嗎？」
「我看到了啊。我會把我該說的話寫在偵查報告上交給檢察官。你用刀子刺向林廣巳警官的胸口，搶走了他的槍，並用刀子威脅他，還割向他的喉嚨，殺害了他。這就是我的認知。如果你有什麼要說的，我會洗耳恭聽，如果無話可說，也要說明白。」
「……我沒什麼要說的。」
於是，玲子在辯解紀錄上寫了「沒有辯解」幾個字，朗讀了紀錄的內容後，要求城士簽名、捺了手印。

偵訊工作也由玲子負責。因為首先偵訊林的事件，所以沒有問及長谷川一家的命案。玲子訊問他當時發生了什麼事，為什麼要刺殺林，為什麼要把林帶去自己房間，最後殺了他。
「我原本打算去打工，但走到一半懶得去了……而且又下雪，我覺得很累……結果回到家，看到大門開著……而且有好幾雙陌生的皮鞋，二樓還傳來陌生人的聲音……我上樓一看，發現那些陌生人穿著西裝，看起來像刑警，安索尼……我看到爺爺死了……我知道完蛋了，結果那傢伙拿著手槍走了過來。我從樓梯衝了出去……用手上的刀子刺了他……」

池本家的樓梯兩側都是牆壁。城士上了二樓之後，可能躲在牆壁後方觀察。具體情況等到日後重回現場時再仔細確認。

「你為什麼會有刀子？」

「為什麼……我隨時都帶在身上啊。」

「如果在路上遇到警察盤問，會以違反《刀槍管制法》逮捕你。」

「在他們逮捕我之前，我就會用刀子刺他們。」

玲子覺得身體深處萌生了冰冷而尖銳的東西。

「……為什麼遭到盤問，就要刺警察？」

「這樣想不是很正常嗎？」

「一點都不正常。當然，如果你有特別的隱情就另當別論了。」

城士從來不看對方的眼睛。始終都懶洋洋地晃著腦袋東張西望。

「特別……算了，沒關係啦。」

「當然有關係。你身上為什麼帶著刀子？」

「是為了防身。」

「什麼？你要防什麼？你為什麼隨時覺得自己有危險？」

「煩欸！」城士微微張著嘴，抬頭看著天花板嘟噥著。

「……因為我覺得早晚會敗露。」

「什麼？」

「……長谷川。」

你殺的三個人都是長谷川。

「長谷川什麼？」

「長谷川……高志。」

高志？原來不是繭子，而是高志──。

玲子很想追問，但拚命忍住了。努力不讓表情和聲音中流露出任何感情。

「長谷川高志怎麼了？」

「……是我幹的。」

偵訊時，嫌犯交代的內容不能有模糊的空間。

「你對長谷川高志幹了什麼？」

「我想強暴他。」

這個王八蛋──。

身體中心尖銳的東西幾乎快衝破頭頂了。

「……這是什麼時候的事？」

「妳明知故問。去年十月……啊，具體日期我忘了。」

「去年的十月二十九日，星期二。」

城士垂下了頭。

「對……就是那天。」

「你在去年的十月二十九日做了什麼？」

「我不是說了嗎？是我幹的。」

「我問你到底幹了什麼？」

「我……喜歡他。在居酒屋第一眼看到他，就喜歡上他……也在店裡聊了一會。他超正，而且好幾次都說我很帥……我跟蹤了他，發現他家離我家很近……所以我一直在想，有沒有什麼辦法可以把他搞到手……沒想到那傢伙竟然交了女朋友，還把女朋友帶回家……既然這樣，就不要在那種店打工……那天晚上，我剛好看到他姊姊出門，看到門開著，我心想，現在應該可以偷溜進去，然後我就進去了……我上了樓，打算躲在他房間……沒想到他姊姊走進他房間大聲嚷嚷，問我是誰……我知道沒戲唱了，所以就揍了她，用刀子殺了她……原本帶著刀子只是想嚇唬人，結果竟然真的殺了人……後來，他的媽媽也回來了。她的出現礙手礙腳，所以也殺了她……可能是割喉嚨……後來，高志回來了。那時候我全身沾滿了血，叫他不要吵，也不要亂動……我用刀子抵著他，一邊威脅他，一邊上了他……然後，就把他殺了。」

「然後呢？」玲子努力假裝平靜，催促他繼續說下去。

「但是，因為我之前喜歡高志……所以殺了他之後有點後悔，也很難過，於是就去他的房間，拿了他的大衣，然後穿在身上回家了……大衣上有他溫柔的味道……我回家時，只有爺爺還沒有睡。我的神情可能有點奇怪，他一直追問我發生了什麼事，我就告訴了他……」

原來是這麼一回事。

「爺爺對我說，城士，你什麼都不必擔心，一切都交給我，然後就一個人出門了……全家只有爺爺，他不知道什麼時候得知了我是同性戀。他完全諒解我……他是最瞭解我的人……不過，我覺得事情鬧這麼大，怎麼可能不被人發現？……但是，過了很久，仍然沒有警察上門，我以為沒事了……今天早上，爺爺也走進我的房間對我說，叫我不必擔心，一切都會很順利……我完全沒想到，他竟然會自殺……」

安索尼的指紋和在「祖師谷命案」、「昭島市命案」的現場採集到的指紋一致。安索尼偽造出和自己以前犯下的案子一模一樣的現場，試圖掩蓋城士的罪行。雖然是高志遭到了強暴，但他也同樣破壞了繭子的屍體，試圖擾亂偵辦方向。

安索尼的手機中留下了尚未寄出的電子郵件，看起來像遺書。上面用日文寫了自己犯下了「昭島市」和「祖師谷」的命案。目前並不知道是否因為玲子他們的監視，導致他下決心自殺。

城士開始流淚。

「……喂，你在哭什麼？」

城士聽了後，努力想要忍住淚水，但仍然淚流不止。

「我在問你，你在哭什麼？」

玲子很清楚，城士現在根本無法回答。

「你該不會是因為你祖父自殺而哭吧，胡鬧也該有個限度。誰管你是不是同性戀。這種事根本不重要。你只是在居酒屋對一個男生一見鍾情，就偷偷溜進他家，然後殺了包括他在內的一家人。你自以為事跡敗露了，所以還殺了進入你家的警察。你犯下了如此滔天大罪，卻為了你祖父自殺而流淚？你祖父原本就是殺人凶手。二十八年前，他殺了横田基地附近的一家四口。他是殺人魔，你知道嗎？」

「主任！」菊田抓住她的肩膀，但玲子已經無法控制自己，無法停下來。

「殺人凶手的孫子又變成殺人凶手，所以他破壞現場，想要湮滅證據，然後打算自殺扛下罪責？笑死了人。這算什麼？他想試圖表達親情嗎？莫名其妙，那只是你們這些殺人凶手的自私。因為你們根本沒有愛。為兒子著想？為孫子著想？你們這種殺人凶手根本沒資格談論這些。」

即使菊田抓住她的手臂，抱著她，玲子仍然無法住口。偵訊室的門打開了，中松和小幡也都進來制止她，但是，在被帶出去之前，無論如何都要把這句話說完，否則實在太不甘心了。

「你會被判死刑，你這種人當然會被判處死刑。否則，我會親手殺了你。」

玲子敵不過三個男人，最後還是被拉出了偵訊室。雖然今泉、山內、日野、井岡，還有鈴井、田野、武藤等人都在，但沒有人說一句話。

玲子也被帶離了刑事課的辦公室。菊田摟著她，沿著樓梯走到特搜總部所在的樓層。

其他偵查員都集中在禮堂內。

林平時坐的最前排左側的座位上有一個玻璃花瓶，花瓶裡插了花。

那是白色的土耳其桔梗。

「……菊田……林統括、死了……他死了……我真是受夠了……我不想再當刑警了……」

玲子哭了起來。

她不顧眾人的眼光，抱著菊田放聲大哭。

她雙腿一軟，跪坐在地上，菊田默默地抱著她的頭、她的肩膀，一動也不動。

玲子的身體裡，好像又有一塊地方崩解了。

三月一日，星期六。

林的守靈夜在南青山的一家殯儀館舉行。這裡經常舉行警察的公祭和名人的葬禮，警視廳也將在三月底在這裡為林舉辦公祭。

菊田、玲子、中松、日野、小幡和井岡六個人一起來到會場。其他十一股的人會晚一點才到。

走進石牆圍起的殯儀館，發現可以容納超過五十輛車子的停車場內並沒有太多車子，顯得格外空蕩和昏暗。停車場周圍是步道，前來弔唁的人排成長長一列。隊伍前方像低矮城堡般的建築物就是葬禮會場。入口流洩出溫暖的橘色燈光，旁邊寫著【故　林廣巳　儀　葬禮會場】。

在簽到處簽到後，走去排在弔唁隊伍的後方。

這一個星期以來，玲子負責偵訊池本城士，並整理相關的文書報告，但除此之外，她完全不思不想。以前來參加葬禮時，腦袋裡總是想著辦案的事，但此刻她的腦中一片空白。

隊伍慢慢前進。

玲子有許多關於林的回憶。在前姬川組時代，林曾經提供給她很多消息，也為她帶來不少有助於破案的提示，玲子把他視為心靈的支柱。如今，已經無法得知林為什麼特別照顧玲子，明著暗著都助她一臂之力。對此刻的玲子來說，連推想這些事都讓她感到沉重。

她躲在菊田的背後，隨著隊伍往前走。

上完香的弔唁者從隊伍的旁邊經過。遇到熟人時，會點頭打一下招呼，但並不會多做什麼。不能。玲子覺得自己沒有資格做什麼。

除非對方允許，玲子才有資格做點什麼。

如果路過的人並不原諒玲子，那就沒什麼好說的了。

「……嗨，姬川。」

又遇到這個人了。自從離開代代木特搜之後，就沒有再見過面。雖然至今仍然沒有抓到砂川等人，但玲子現在懶得挖苦他。

玲子不發一語地向勝俁欠了欠身。菊田和其他人也都向他欠身打招呼。

勝俁在玲子面前停下腳步。

「之前……我老是調侃妳，對不起，我錯了。」

玲子覺得勝俁有點不太對勁，但除此以外，已經無法湧現任何感情。

勝俁微微嘆了一口氣。

「……妳並不是普通的鄉巴佬……而是可怕的死神。」

玲子察覺到前方和後方立刻有了動靜，她舉起左手，命令他們不要動。不，是拜託他們。

「勝俁主任……既然你已經知道了，就請你別再靠近我。」

「我正有此意。但是妳以後也要多加注意，我還不想這麼快死……再見。」

勝俁的腳步聲從背後漸漸遠去。井岡不知道對著他的背影罵了什麼，玲子沒聽清楚。

隊伍繼續向前走，玲子他們也走進了會場。

巨大的祭壇上放滿了白花。遺像中的林在祭壇中央露出溫和的笑容。那是玲子也很熟悉，也很愛的溫柔笑容。

唸經的聲音似乎很近。應該只有一名僧侶在唸經，但玲子覺得那個聲音好像圍繞著自己。意識也漸漸遠離。

喪主是林的妻子，前年剛進社會的長子，和還在讀大學的長女站在林妻子的身旁。雖然林有時候會聊家人的事，但玲子無法和眼前的景況有所連結。一方面是因為喪禮中的家屬和平時不太一樣，另一方面則是目前的玲子處於非常狀態。有關林的記憶，好像蒙上了好幾層面紗。

輪到玲子上香了。她向家屬鞠躬後上了香。

但是，玲子已經無法向林發任何誓。

目前已經逮捕了凶手。凶手也對案情供認不諱。玲子無法再為林做任何事，也無法再為林奉獻什麼。

她再度向家屬鞠躬，離開了祭壇前。

她沿著牆壁走到出口前，接過了「答禮」的紙袋。

走出會場時，隊伍比玲子他們剛才來的時候短了不少。

「……回去吧。」

「嗯。」

和剛才相反，玲子他們從弔唁的隊伍旁經過。遇到熟人時會點頭打招呼，但並不會多做什麼，也無法多做什麼。

他們沿著石牆走到大門。

玲子轉頭看向會場。即使站在這裡，也可以看到導引牌上【林廣巳】的文字。不知道為什麼，會場的入口看起來比剛才更亮了些。

井岡走到玲子身旁說：

「玲子主任，小心階梯。」

「嗯……喔，謝謝你。我沒事。」

玲子轉向大門的方向，這時，看到一個男人快步走進來。

是日下。日下守。以前一起在凶殺組十股時，彼此都是主任警部補，但聽說日下升了一級，目前是統括警部補。

日下也立刻發現了玲子。

「姬川……」

玲子打算向他點頭打招呼後就離開。對待他，就像對待其他弔唁者一樣，沒有理由對他特別客氣。

沒想到日下在玲子面前停下了腳步。

「……我簡短說重點。我接到非正式通知，要接凶殺組十一股的統括主任。從下週開始。我們又要一起工作了……請多指教。」

日下說完，便快步離開了。他走向簽到處的背影愈來愈遠。

太意外了，玲子完全說不出話來。

日下要成為十一股的統括主任？

從下個星期開始，他將成為自己的直屬上司——。

主要參考文獻

《「日中韓」外交戰爭》讀賣新聞政治部（新潮社、二〇一四年）
《本当は憲法より大切な「日米地位協定入門」》「戦後再発見」双書2 前泊博盛編著（創元社、二〇一三年）
《GHQ作成の情報操作書「真相箱」の呪縛を解く》櫻井よしこ（小學館文庫、二〇〇二年）
《安倍官邸の正体》田﨑史郎（講談社現代新書、二〇一四年）
《警視庁科学捜査最前線》今井良（新潮新書、二〇一四年）
《沖縄の不都合な真実》大久保潤・篠原章（新潮新書、二〇一五年）
《日本の敵》宮家邦彦（文春新書、二〇一五年）
《最新軍用銃事典》床井雅美（並木書房、二〇〇〇年）
《本土の人間は知らないが、沖縄の人はみんな知っていること》須田慎太郎／照片、矢部宏治／文、前泊博盛／監修（書籍情報社、二〇一一年）
《政治の急所》飯島勲（文春新書、二〇一四年）
《政府は必ず嘘をつく》堤未果（角川SSC新書、二〇一二年）
《日米同盟の正体》孫崎享（講談社現代新書、二〇〇九年）
《密約 日米地位協定と米兵犯罪》吉田敏浩（毎日新聞社、二〇一〇年）
《ハーツ・アンド・マインズ ベトナム戦争の真実》ピーター・デイヴィス導演（DVD、KING RECORDS、二〇一〇年）